AF707904

DIE 4 VOM SEE

BAND 1

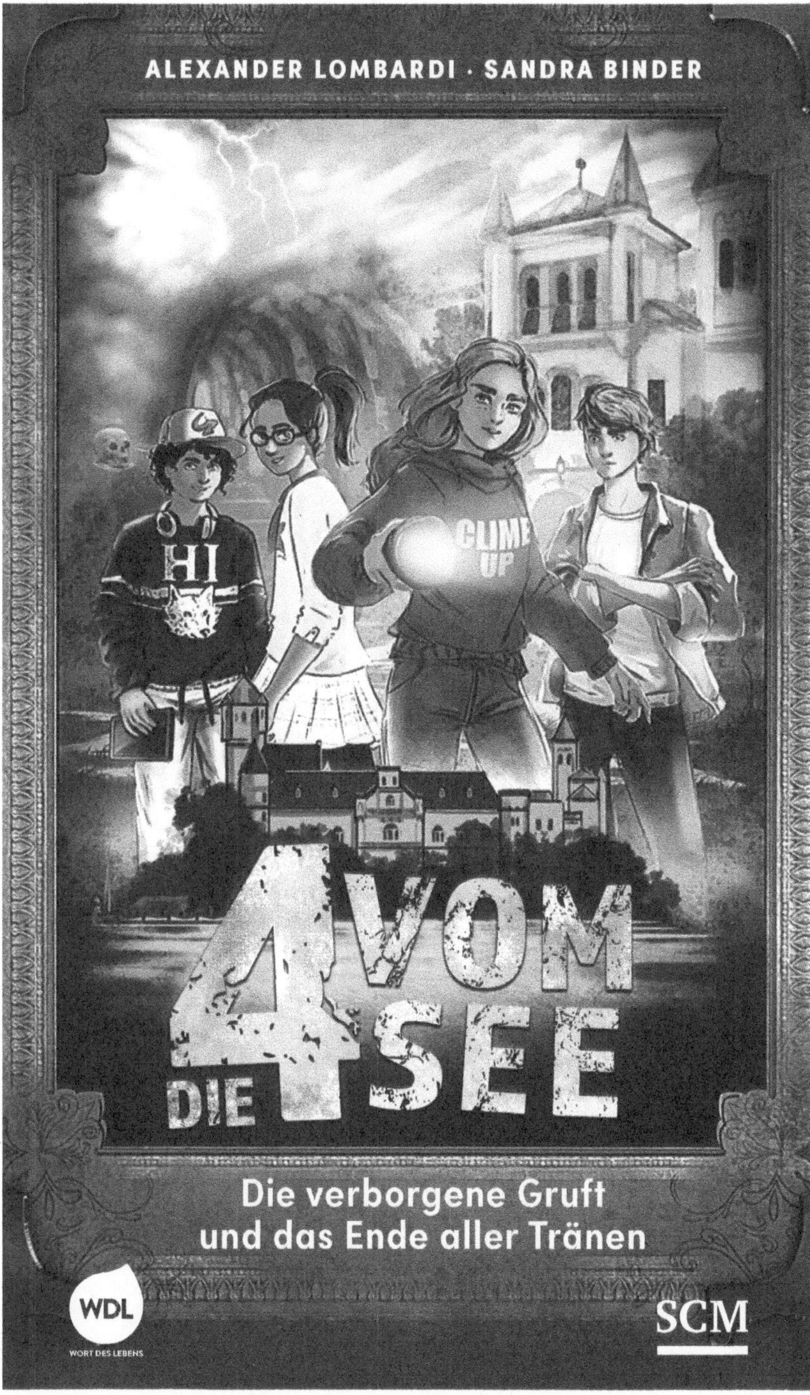
ALEXANDER LOMBARDI · SANDRA BINDER
HI
CLIME UP
DIE 4 VOM SEE
Die verborgene Gruft
und das Ende aller Tränen
WDL
WORT DES LEBENS
SCM

SCM

Stiftung Christliche Medien

SCM ist ein Imprint der SCM Verlagsgruppe, die zur Stiftung Christliche Medien gehört, einer gemeinnützigen Stiftung, die sich für die Förderung und Verbreitung christlicher Bücher, Zeitschriften, Filme und Musik einsetzt.

MIX
Papier | Fördert gute Waldnutzung
FSC® C014496

6. Auflage 2024

© 2019 SCM Verlag in der SCM Verlagsgruppe GmbH
Max-Eyth-Straße 41 · 71088 Holzgerlingen
Internet: www.scm-verlag.de; E-Mail: info@scm-verlag.de

Die Bibelverse sind folgender Ausgabe entnommen:
Neues Leben. Die Bibel, © der deutschen Ausgabe 2002 und 2006
SCM R.Brockhaus in der SCM Verlagsgruppe GmbH Witten/Holzgerlingen

Umschlaggestaltung: Patrick Horlacher, Stuttgart
Titelbild und Illustrationen: Clara Vath, vath-art.de
Satz: Christoph Möller, Hattingen
Druck und Verarbeitung: GGP Media GmbH, Pößneck
Gedruckt in Deutschland

ISBN 978-3-417-28841-4
Bestell-Nr. 228.841

Inhalt

Die 4 vom See – das sind …

Antonia Reihmann

Alter: 12
Hobbys: Klettern, Archäologie
Beste Freundin: Emma
Lieblingsort: Antonia hängt am liebsten im „alten Heinrich“ ab oder sitzt auf dem Burgturm und guckt auf den Starnberger See. Außerdem klettert sie auf jeden Berg, der ihr in die Quere kommt.
Lieblingsessen: Wiener Schnitzel mit Pommes
Besondere Kennzeichen: Trägt immer Jeans und Sneaker. Hat Diabetes.

Emma Weiß

Alter: 12
Hobbys: Reiten, Biologie
Beste Freundin: Antonia
Lieblingsbeschäftigung: auf ihrem Pferd „Firestorm“ reiten, mit ihren Freunden abhängen, Lesen, Träumen und in ihrem Labor forschen
Besondere Kennzeichen: Emma ist Vegetarierin. Sie trägt eine Brille und geht ohne Pferdeschwanz nicht aus dem Haus.

Franky Giuliani
Alter: 12
Hobbys: Computer, Zocken, Kochen
Bester Freund: Jaron
Lieblingsessen: Pizza und Döner
Besondere Kennzeichen: Franky trägt am liebsten Jogginghosen. Auf seine Baseballkappe würde er niemals verzichten. Außerdem hat er immer das neueste Smartphone.

Jaron Rahn
Alter: 12
Hobbys: Kung-Fu
Bester Freund: Franky
Lieblingsbeschäftigung: mit seinen Freunden zusammen sein, in Flugzeugbüchern stöbern, Flugzeugmodelle bauen
Lieblingsessen: Currywurst mit Pommes
Besondere Kennzeichen: Hat immer perfekt gestylte Haare.

Primum Capitulum

Ein Junge verliert seine Heimat

Vor 1883 Jahren in Jerusalem

Das Hämmern war kein Traum. Benjamin öffnete die Augen. Um ihn war es Nacht, doch er konnte hören, dass Fäuste gegen die Eingangstür polterten, und dann noch mehr: Kinder schrien, Männer brüllten, Pferdehufe donnerten die kleine Gasse vor dem Haus hinunter. Nun huschte ein Lichtschein über die Wände der kleinen Kammer. Benjamin richtete sich auf und setzte sich auf die Bettkante.

Es war ungewöhnlich, dass der Elfjährige eine eigene Schlafkammer hatte. Die meisten seiner Freunde im Handwerkerviertel von Jerusalem teilten sich einen Raum mit mehreren Geschwistern oder auch mit ihren Eltern. Benjamin wusste längst, dass er es als einziges Kind einer angesehenen Familie besser hatte als viele andere. Doch jetzt war es ihm unheimlich, so alleine zu sein.

Gehetzte Schritte hallten, dann flog die Tür zu seiner Kammer auf. Im Halbdunkeln erkannte Benjamin die Silhouette seines Vaters, hinter der Feuerschein die Treppe hinaufflackerte.

Der schlanke Mann stemmte eine Hand gegen den Türrahmen und blieb stehen. Benjamin hörte ihn keuchen. Dann bemerkte er, dass sein Vater etwas in der Hand hielt.

Schnell löste sich Jakob vom Türrahmen, mit zwei Schritten war er am Bett seines Sohnes.

Der Elfjährige stand auf, sein Herz pochte gegen seine Brust.

»Benjamin!« Die Stimme des Vaters hatte einen harten, metallischen Klang, den Benjamin noch nie gehört hatte. Jakob, der immer so besonnen war, der immer wusste, was zu tun war, hatte offenbar Angst. Todesangst.

Das Hämmern gegen die Eingangstür des Hauses wich nun Axtschlägen.

»Steh auf, du musst auf der Stelle hier weg. Sie kommen.«

Benjamin verstand kein Wort. *Weg? Warum? Und wohin?*

Doch sein Vater ignorierte diese unausgesprochenen Fragen.

»Die Soldaten brechen gleich die Tür auf. Und dann werden sie jeden mitnehmen, den sie hier im Haus finden. Ich komme schon klar, aber du musst fliehen, du bist der letzte Levit. Einer von uns muss das hier in Sicherheit bringen!« Er streckte seine Hand aus.

Nun erst sah Benjamin, was sein Vater da so fest umklammert hielt: Es war eine goldene Schale in der Größe einer Melone.

Benjamin riss die Augen auf. »Aus dem Tempel?«, stieß er hervor.

Sein Vater nickte.

»Aber wie …? Haben die Römer nicht alles geraubt?« Benjamin kannte den Tempel nur als Ruine, nicht weit entfernt von seinem Elternhaus. Sein Großvater hatte dort als Priester gedient.

»Das spielt jetzt keine Rolle.« Sein Vater griff ihn am Arm. »Schnell, komm mit!«

Er drehte sich um und eilte aus der Kammer. Fremde Stimmen drangen aus dem Erdgeschoss zu ihnen herauf. Benjamin folgte seinem Vater zu der Leiter, die auf das flache Dach ihres Hauses führte.

Oben schaute er sich um und schnappte nach Luft: Überall in den Gassen wimmelte es von römischen Soldaten. Der Nachthimmel leuchtete: Jerusalem brannte. Entsetzt schlug Benjamin die Hände vors Gesicht und schluchzte auf. »Was passiert hier, Vater?«

Jakob packte ihn an den Schultern und schüttelte ihn. »Die Römer vertreiben uns alle aus der Stadt. Benjamin, es ist Zeit. Hier, tu die Schale in den Beutel.« Er reichte ihm einen Sack. »Darin ist Geld. Verlass die Stadt, so schnell du kannst. Geh zu Publius, dem römischen Zenturio, der uns schon so oft heimlich besucht hat.«

Benjamin runzelte die Stirn. Er konnte sich gut an Publius erinnern: groß gewachsen, soldatisch kurz geschnittene Haare nach Art der Römer, eine Narbe auf der Stirn. Fester Händedruck und dröhnendes Lachen.

Dass sein Vater eine Freundschaft mit einem der römischen Besatzer pflegte, hatte in der Nachbarschaft immer wieder zu gehässigen Kommentaren geführt. Benjamin wusste nur zu genau, was seine Freunde darüber dachten. Stumm stopfte er die Schale in den Sack.

Jakob sah Benjamin eindringlich an. »Publius wird dir helfen, das weiß ich. Er ist ein Jünger unseres Rabbis. Die zehnte Legion hat nach dem Aufstand die Stadt verlassen und lagert nun irgendwo Richtung Westen. Publius wurde letzte Woche zum Wachdienst eingeteilt. Er hat immer die dritte Wache am südlichen Zaun des Lagers.

Schleich dich dorthin und versuche, ihn zu treffen. Wenn du ihn nicht siehst, versteck dich. Und dann versuch es jede Nacht wieder. Sprich mit Publius allein. Jetzt musst du los. Lauf, so schnell du kannst!«

Rasch richtete Jakob sich auf und hielt seine Hände über den Kopf seines Sohnes, eine Segensgeste, die Benjamin vertraut war, seit er denken konnte.

In diesem Moment begriff er, dass nun etwas endete. Sein Vater segnete ihn zum letzten Mal. Tränen schossen ihm in die Augen, er umfasste seinen Vater mit beiden Armen und drückte sein Gesicht an dessen Brust.

»Geh, mein Sohn. Der Segen unseres Messias Jeschua und die Liebe deiner Eltern werden immer bei dir sein.« Sanft löste Jakob Benjamins Arme und zog ihn zum Dachrand, wo eine Leiter in die Dunkelheit führte. »Geh!«, flüsterte er. »Schau nicht zurück.«

Benjamin kletterte über den Rand des Daches und stellte sich auf die erste Stufe.

In diesem Moment erschien ein Kopf in der Luke, durch die sie gekommen waren. Dann hievte sich ein römischer Legionär in voller Bewaffnung aufs Dach.

Benjamins Vater fuhr herum.

»Na, da ist ja noch eine dieser Ratten!«, grölte der Soldat.

Benjamin duckte sich hinter den Dachrand; er wagte nicht, sich zu rühren.

Jakob fiel auf die Knie und rief: »Habt Gnade, wir haben mit dem Aufstand nichts zu tun. Wir sind Christen, wir gehören nicht zu Bar Kochba!«

»Ihr Juden seid alle gleich! Wisst nicht, wie gut es unser Kaiser mit euch meint.« Nun ging der Römer drohend auf Jakob zu. Seine Rüstung klirrte bei jedem Schritt.

Jakob senkte den Kopf.

Langsam zog der Soldat sein Kurzschwert aus der Scheide, hielt es Jakob unters Kinn und hob dessen Kopf an. Für einen Moment starrten sich beide an, ohne zu sprechen.

Dann kniff der Soldat die Augen zusammen und zischte: »Dein Nachbar war ziemlich gesprächig. Was er wusste, hat mich doch aufhorchen lassen. Er erzählt, dass dein Vater im Tempel gearbeitet hat. Und dass ihr euch bedient hättet, bevor wir dort endlich aufgeräumt haben. Er sagt, du versteckst Tempelschätze.«

Benjamin ließ fast den Sack fallen.

»Das ist nicht wahr«, stammelte Jakob und wich dem Blick des Römers aus.

»Nein?« Der Soldat packte ihn am Gewand, zerrte ihn auf die Füße und hielt ihm die Klinge an die Kehle.

Da schrie Benjamin laut auf.

Der Römer fuhr herum und sah den Jungen auf der Leiter. Augenblicklich stieß er Jakob so heftig von sich, dass dieser mit dem Kopf auf dem Boden aufschlug und reglos liegen blieb.

Benjamin starrte seinen Vater an, dann den Soldaten. Der Römer kam auf ihn zu.

Für den Bruchteil einer Sekunde noch beobachtete Benjamin seinen Vater. Dieser lag ganz still auf dem Dach, seine Augen waren geschlossen. Da löste sich der Junge aus seiner Starre und rutschte die Leiter hinunter, den

Sack fest umklammert. Unten sprang er auf den Boden, packte die Leiter und riss sie um.

In diesem Moment schaute der Soldat über den Dachrand, zornig flackerte sein Gesicht im Licht der brennenden Häuser ringsum. Benjamin wandte sich ab, warf den Sack über die Schulter und rannte los. Hinter ihm verschwand das Gebrüll des Legionärs in den Rauchschwaden.

Benjamin kannte den Weg zum Stadttor im Schlaf. Fast jeden Tag hatte er den Esel zu dem kleinen Gemüsegarten vor der Stadt getrieben, wo sein Vater Hirse und Oliven anbaute. Seit dem Tod seiner Mutter hatte Benjamin kräftig mit anpacken müssen.

In dieser Nacht erkannte er sein Viertel jedoch kaum wieder: In den meisten Straßen standen Häuser in Flammen, überall marschierten Soldaten durch die Gassen und trieben Familien aus den Gebäuden. Manche warfen die Möbel und Besitztümer der Einwohner aus den Fenstern. Frauen, Männer und Kinder drängten sich in den Gassen und drückten das wenige, das sie in der Eile hatten zusammenraffen können, an sich. Babys weinten, Kinder schrien, es herrschte ein unglaubliches Chaos.

Benjamin duckte sich in die Menge, presste den Sack mit der Schale an sich und senkte den Kopf. Verstohlen schaute er sich immer wieder nach dem Soldaten vom Dach um. War es möglich, dass er ihm folgte?

Soldaten sah er viele, doch keiner sah so aus wie der Mann, der ihm gerade sein Zuhause genommen hatte.

Irgendwann strömte die Menge der Menschen an einer kleinen Seitengasse vorbei, die Benjamin gut kannte. Er löste sich aus dem Pulk und rannte davon.

Später hätte er nicht mehr sagen können, wie genau er in dieser Nacht aus dem Viertel und durch das Stadttor entkommen war. Aber als er aufhörte zu rennen, sah er in der Ebene vor sich das Lager der Legio Fretensis.

Eine Weile stand Benjamin einfach nur da. Den Lärm der Schlacht hörte er hier nur noch aus der Ferne; hier draußen schien alles zu schlafen, so wie immer.

Aber in Wirklichkeit war nichts so wie immer. Zu seiner Rechten konnte Benjamin die Straße sehen, die von Jerusalem in Richtung Jericho führte. Ein Strom von Menschen drang aus dem Stadttor – Menschen, die wussten, dass sie nie zurückkehren würden. Ihre Häuser brannten, ihre Stadt war zerstört. Wohin würden sie gehen?

Benjamin senkte den Kopf. Er war einer von ihnen. Wohin sollte *er* gehen? Seine Mutter war tot, sein Vater wahrscheinlich auch, die Verwandten auf der Flucht.

Ausgerechnet ein Römer sollte nun seine Rettung sein? Benjamin dachte an die Worte seines Vaters: »Er ist ein Jünger unseres Rabbis. Er wird dir helfen.«

Wenn Publius Christ war, dann würde er ihm vielleicht wirklich helfen. Dessen Kameraden aber sicher nicht, die würden Benjamin seinen Besitz abnehmen und ihn davonjagen. Publius allein zu treffen würde nicht einfach sein.

Benjamin sank auf dem staubigen Boden des Hügels in die Knie. »Jeschua«, flüsterte er, »auch wenn *du* weißt, was mich nun erwartet – ich weiß es nicht. Auch wenn *du* allmächtig bist – ich zittere. Mein Vater gab mir deinen Segen. Es waren vielleicht die letzten Worte, die ich je von ihm hören werde. Auf diesen Segen berufe ich mich, Herr. Ich verlasse mich darauf, dass du dieses Versprechen einlösen wirst.«

Als das erste Licht des Morgens am Horizont schimmerte, stand Benjamin auf. Immer noch strömten die Einwohner von Jerusalem aus der Stadt. Es wurde Zeit. Benjamin nahm den Sack mit der Schale und ging den Hügel hinunter.

Das Lager der zehnten Legion war eine richtige Stadt, fast so groß wie Jerusalem selbst. Etwa 5000 Soldaten hausten in den hastig errichteten Zelten. Über hundert Pferde, eine Menge Vieh und Kriegsgerät lagerten innerhalb der Palisade. In anderen Nächten hätte Benjamin das Rufen von Männern hören können, das Wiehern der Pferde und das Klirren von Waffen.

Doch an diesem frühen Morgen war das Lager fast leer: Die meisten Soldaten waren in der Stadt. Sie raubten und plünderten und zerstörten, was von Jerusalem noch übrig war. Ob Publius wirklich zurückgeblieben war, wie Jakob gesagt hatte?

Benjamin ging zügig weiter. Er musste sich beeilen, denn die dritte Wache würde bald zu Ende sein. Als er nur noch etwa hundert Schritte vom Lagertor entfernt war, wandte er sich nach links und marschierte parallel zum Zaun weiter. Noch war es fast dunkel und die Wachen am Tor würden ihn hoffentlich nicht sehen können.

Nachdem er die Ecke der Palisade erreicht hatte, versuchte er, etwas näher heranzugelangen.

Dabei duckte er sich immer wieder hinter Felsbrocken und niedrige Büsche.

Wenig später konnte er zwei Gestalten erkennen: Es waren die beiden Soldaten, die auf dieser Seite Wache hielten. Sie gingen in entgegengesetzter Richtung am Zaun entlang. Sobald sie das Ende der Palisade erreicht hatten, drehten sie wieder um und trafen sich in der Mitte.

Benjamin kauerte sich hinter einen großen Felsblock, als einer der Soldaten in seine Richtung kam. Immer lauter stapften die Schritte, bis der Mann nah genug war, dass Benjamin sein Gesicht unter dem Helm sehen konnte. Es war nicht Publius.

Enttäuscht lehnte der Junge seine Stirn an den Felsen. Aber nur kurz, denn eine Chance hatte er noch. Er beobachtete, wie der Soldat die Ecke des Zauns erreichte, umdrehte und auf dem gleichen Weg zurückging. Sein Kamerad kam ihm entgegen, und nachdem sie sich in der Mitte getroffen hatten, näherte sich nun der andere Soldat dem Versteck des Jungen.

Wieder strengte Benjamin seine Augen an und versuchte, das Gesicht des Mannes zu erkennen. Der Römer schenkte seiner Umgebung mehr Aufmerksamkeit als sein Kollege, er sah sich beständig um. Doch er merkte glücklicherweise nicht, wer sich ganz in seiner Nähe aufhielt.

Als er für einen Moment genau in Benjamins Richtung blickte, konnte dieser einwandfrei erkennen, dass es nicht Publius war.

Der Junge wandte sich ab, lehnte sich mit dem Rücken an den Felsen und rutschte nach unten. Dann sackte er langsam zur Seite, bis er auf dem staubigen Boden lag. Disteln und Gestrüpp stachen durch sein dünnes Gewand, doch er war zu erschöpft, um sich einen bequemeren Schlafplatz zu suchen.

Er merkte, wie kalt der Morgen war. Aber dagegen konnte er nichts tun. Benjamin schloss die Augen.

Kapitel 1

Der Fahrraddieb

Am Starnberger See

»Da ist er«, flüsterte Antonia und boxte Franky an die Schulter.

»Aua!«, schrie er.

»Pssst!«, zischten Antonia und Emma gleichzeitig und knufften ihn noch einmal.

Diesmal unterdrückte Franky jedoch seinen Schrei – schließlich waren sie auf einer wichtigen Mission.

Die drei Freunde kauerten schon einige Stunden im Gebüsch vor dem Geschwister-Scholl-Gymnasium und beobachteten die Fahrräder, die dort abgestellt waren. Denn heute musste es hier passieren, Franky war sich ganz sicher gewesen.

Seit Monaten verschwanden immer wieder Fahrräder vor Schulen oder anderen Gebäuden in der Umgebung. Und als Emmas nagelneues Mountainbike ebenfalls geklaut worden war, hatten die drei beschlossen, den Dieben auf die Spur zu kommen.

Deshalb lagen sie nun an diesem letzten Tag der Sommerferien auf der Lauer – und schienen Glück zu haben.

Der dunkelblaue Kastenwagen hielt direkt vor den Fahrradständern. Ein Mann stieg aus. Er hatte sich eine rote Baseballkappe tief ins Gesicht gezogen, über seine breite Brust spannte sich ein T-Shirt, auf dem ein Logo mit einem Hammer abgebildet war. Er schaute sich um und musterte für einen Moment den Busch, unter dem die drei Freunde kauerten.

Schnell duckten sie sich noch tiefer ins Laub.

Es war kein Zufall, dass sie genau heute vor dieser Schule warteten: Daran war Franky schuld. Er war ein richtiger Computer-Nerd und hatte Ort und Datum jedes Diebstahls sorgfältig dokumentiert. Dann hatte er ein kleines Programm geschrieben, das ihm das Muster errechnete, nach dem der Dieb vorging.

Antonia und Emma fanden es zwar immer sehr praktisch, wenn er solche Kunststückchen abzog. Aber es nervte sie tierisch, dass der Junge es nicht lassen konnte, mit seinen Fähigkeiten zu prahlen. Für seine aktuelle Recherche hatte er sich in den Ferien mehrere Tage zurückgezogen und dafür mächtigen Ärger mit seinem Vater bekommen.

Wie auch immer, er war sich sicher gewesen, dass das Geschwister-Scholl-Gymnasium der nächste Tatort sein würde. Denn hier fand heute eine Konferenz statt, und die Lehrer kamen zum großen Teil mit schönen, teuren Fahrrädern. Wie es schien, behielt Franky wieder einmal recht. Gegen seine Prahlerei würde das nicht gerade helfen.

Knack! Der Mann war hinter dem Kastenwagen verschwunden und schien das erste Rad loszuschneiden. Eine Kette rasselte aufs Pflaster.

»Und was wollt ihr jetzt machen? Einfach nur rumsitzen und beobachten, wie der noch mehr Fahrräder klaut?«, maulte Antonia.

Emma und Franky schauten sich an: So weit hatten sie tatsächlich nicht gedacht. Ihr Plan war gewesen, die Diebe auf frischer Tat zu ertappen. Aber was tat man, wenn man das geschafft hatte?

Wenn nur das Nummernschild nicht so verdreckt wäre! dachte Antonia. *Sonst hätten wir uns wenigstens das Kennzeichen des Wagens merken können.*

»Wir können ja die Polizei anrufen«, meinte Emma und schob sich ihre Brille hoch.

»Ja klar, und dann gemütlich zuschauen, wie der Typ mit einem Auto voller Räder abhaut, bevor sie hier ankommt«, zischte Antonia. »Das hätten wir uns früher überlegen müssen.«

»Wir können ihn doch filmen«, flüsterte Franky und zog sein Smartphone aus der Tasche. Nagelneu, wie jedes Jahr kurz nach seinem Geburtstag. Neidisch betrachtete Antonia das glänzende Gerät.

Da es erneut knackte, drehten sich Antonia und ihre Freunde schnell zum Parkplatz um. Dort tauchte der Typ mit dem Hammer-T-Shirt wieder auf, und zwar mit einem ziemlich neu aussehenden Rad. Er öffnete die Heckklappe des Kastenwagens und schob das Rad hinein.

»Ich hab's!« Antonia setzte sich auf. »Franky, hast du Gewebeband dabei?«

»Äh, ja …?«, erwiderte Franky verdutzt. Er hatte immer eine Rolle in der Tasche – mit dem Zeug konnte er fast alles reparieren.

»Und dein Handy – könntest du das orten?«

»Mein Handy? Wieso denn? Das ist doch hier!« Franky streckte ihr das Teil entgegen. Er stand heute wirklich auf dem Schlauch.

Antonia seufzte. »Ja, orten! Hast du auch dein Tablet dabei und könntest dein Smartphone wiederfinden, wenn du wolltest?«

»Ja klar, kein Problem.«

»Wunderbar! Ich brauche das Klebeband und das Handy«, kommandierte Antonia.

»Bist du verrückt? Was hast du vor?« Franky riss die Augen auf.

»Mann, Franky! Ich kleb das Ding unter das Auto. Dann können wir ihn verfolgen, wenn er abhaut.«

»Voll die coole Idee«, meinte Emma begeistert. »Franky, nun mach schon!«

»Ihr spinnt wohl! Das Ding hat 500 Euro gekostet! Nehmt doch euer eigenes Handy, wenn ihr so einen Schwachsinn plant.«

»Mann, wie soll das gehen?« Antonia verdrehte die Augen. »Ich hab doch nur so ein altes Teil und das von Emma kannst du nicht orten!« *Und selbst wenn*, dachte Antonia im Stillen. *Franky ist schon eher für einen solchen Unsinn zu haben als die vorsichtige Emma. Die würde vor Panik hinter dem Auto herrennen, wenn ihr Smartphone darunterklebte.*

Aber Emma war jedenfalls gut darin, Franky zu überzeugen. »Du kriegst es ja wieder. Nun mach schon!«, sagte sie und boxte ihren Kumpel erneut in die Seite.

Franky schnaubte und reichte Antonia widerwillig sein Handy.

»Klebeband«, befahl Antonia.

»Ja, ja, ich hab es gleich!« Franky nahm seinen Rucksack ab, fand die Rolle schwarzes Gewebeband und gab sie ihr.

Antonia streifte sich die Rolle über den Arm, steckte das Handy in die Hosentasche und machte sich bereit, in Richtung des Kastenwagens zu schleichen. Franky und Emma drehten sich auf den Bauch und ließen sie nicht aus den Augen.

Vorsichtig drückte Antonia die Zweige auseinander und lief geduckt bis an den Rand der Büsche. Vor ihr lag nun die asphaltierte Fläche des Parkplatzes.

Der Dieb hatte den blauen Kastenwagen einfach quer vor die Fahrradständer gestellt, sodass man nicht sehen konnte, was dahinter passierte. Auf der Seite des Wagens war irgendwann mal ein Schriftzug angebracht gewesen, der aber inzwischen so verwittert war, dass nur noch ein »U« erkennbar war.

Wieder erschien der Mann und zwängte ein weiteres Fahrrad in den Wagen, der nun bald voll sein musste.

Kaum war er verschwunden, rannte Antonia über den Parkplatz und kauerte sich vor die Karosserie. Als sie ein Stück von dem Klebeband abzog, ratschte es laut. Erschrocken blickte sie zu Emma und Franky hinüber, die beide den Atem anhielten.

Doch der Mann hatte offenbar nichts bemerkt; wieder klapperte ein Fahrradschloss auf den Asphalt.

Antonia löste das Klebeband immer weiter von der Rolle, bis sie ein langes Stück in der Hand hielt. Sie versuchte, es abzureißen, aber das Band war zu fest.

»So, das reicht für heute«, hörte sie den Dieb plötzlich zu sich selbst sagen.

Hektisch zerrte sie an dem Klebeband, doch es hatte keinen Zweck. Da steckte sie das Band in den Mund und riss mit den Zähnen daran.

Endlich! Sie hielt ein langes Stück in der Hand. Schnell streifte sie die Rolle wieder über den Arm und griff nach Frankys Handy. Nachdem sie sich rücklings auf den Boden geworfen hatte, spähte sie unters Auto: Der Unterboden war so unglaublich dreckig, dass das Klebeband wohl nie halten würde.

In diesem Moment hörte sie Schritte, dann warf der Dieb sein Werkzeug in den Kastenwagen. Es knallte, Franky und Emma zuckten zusammen, und Antonia dachte für einen Moment, der Fahrzeugboden über ihr würde durchbrechen.

Ihren Freunden stockte der Atem. Gleich würde der Mann zur Fahrertür gehen und Antonia bemerken, die immer noch lang gestreckt auf dem Boden lag, Kopf und Arme unter den Wagen gereckt.

Doch als der Dieb versuchte, die Türflügel des Kofferraums zu schließen, begann er, leise zu fluchen. Er hatte offensichtlich so viele Räder eingeladen, dass die Türen nicht zugingen.

Antonia hatte mittlerweile eine Stelle einigermaßen vom Dreck befreit. Eilig klebte sie das Handy an die Unterseite des Autos – es hielt tatsächlich. Sie hörte ein lautes Rumpeln, dann wurden die Türen zugeschlagen.

Keine Zeit mehr, sich in Sicherheit zu bringen. Antonia blickte sich unter dem Auto um. Sollte sie? Aber ihr blieb wohl nichts anderes übrig: Sie schob sich komplett unter den Wagen.

Emma entfuhr ein Schrei, sie biss sich in die Hand.

»Was macht sie denn da?«, flüsterte Franky. »Die hat doch voll einen an der Waffel!«

Antonias Füße verschwanden keinen Augenblick zu früh. Der Dieb ging zur Fahrertür, ohne Antonia in ihrem Versteck zu bemerken.

Die zweifelte inzwischen an ihrer Entscheidung, es war nämlich recht eng unter dem Auto.

Als der Mann den Motor anließ, begann der ganze Unterboden zu vibrieren. Dreck löste sich und fiel ihr ins Gesicht. Sie drehte den Kopf zur Seite, presste sich so eng an den Boden wie möglich und schloss die Augen.

Emma konnte nicht hinsehen, sie schlug sich die Hände vor das Gesicht. Franky hingegen starrte wie gebannt auf den Kastenwagen.

Der Dieb legte den ersten Gang ein und der Wagen rollte an. Dann gab der Fahrer Gas, der Wagen beschleunigte und fuhr davon. Kurz darauf war das Geräusch des Motors nicht mehr zu hören.

Für einen Moment wagten Emma und Franky nicht, sich zu rühren.

Doch schließlich ließ Emma die Hände sinken und sah auf den Parkplatz. Da lag Antonia. Mitten auf der leeren Fläche, immer noch auf dem Rücken, die Schultern hochgezogen, die Augen fest zugekniffen.

Emma stieß einen Jubelschrei aus, der alle drei aus ihrer Starre löste. Antonia öffnete die Augen und richtete sich auf, Emma und Franky rannten auf sie zu. Lachend fielen sich die drei in die Arme. Emma standen Tränen der Erleichterung in den Augen, während Antonia sich den Dreck aus dem Gesicht wischte.

»Boa, was für ein Vollpfosten, der hat ja nichts mitgekriegt!« Franky schüttelte ungläubig den Kopf. »Aber dir ist schon klar, wie riskant das war, oder?«

»Nun chillt mal, ist ja alles gut gegangen«, sagte Antonia betont lässig, obwohl ihr das Herz immer noch bis zum Hals schlug. Sie spürte, wie leichte Übelkeit in ihr aufstieg, ihre Hände zitterten. Schnell griff sie in die Tasche, in der sie eine Notration Traubenzucker aufbewahrte, und schob sich ein Stück in den Mund.

Gemeinsam gingen sie zum Rand des Parkplatzes, wo ihre Rucksäcke lagen. »Okay, dann wollen wir mal sehen, wohin der Typ fährt«, sagte Franky, zog seinen Tablet-Computer heraus und öffnete die Ortungs-App.

Auf der Landkarte blinkte ein Punkt und bewegte sich eine Straße entlang. »Der Punkt zeigt, wo sich das Auto befindet!«, erklärte Franky und deutete mit dem Finger auf den Bildschirm.

»Ach, das hab ich ja gar nicht gewusst«, antwortete Antonia sarkastisch.

»Oh Mann, jetzt hört doch mal auf!« Emma rollte genervt mit den Augen.

Angestrengt starrten die drei nun auf das Tablet: Der Kastenwagen bog rechts ab, hielt kurz an einer Kreuzung, fuhr weiter und bog erneut ab. Nach ein paar Minuten hatte er sich schon einige Kilometer weit entfernt.

»Ich glaube, er fährt in Richtung Wolfratshausen«, sagte Franky schließlich.

Antonia nickte. »Sieht so aus.«

»Hey, jetzt bewegt sich der Punkt nicht mehr!«, stellte Emma plötzlich fest.

Franky zog die Karte mit zwei Fingern größer. »So was. Der hat mitten auf einem Feldweg angehalten, was macht der da?«

»Vielleicht musste er mal aufs Klo?«, überlegte Antonia.

Franky schnaubte. »Ja, sicher! Viel eher hast du Mist gebaut und mein Handy liegt jetzt im Dreck.«

»Jetzt mach dir mal nicht ins Hemd! Und selbst wenn, dann finden wir es wieder«, entgegnete Antonia, obwohl sie sich dessen nicht so sicher war. *Hoffentlich muss ich es ihm nicht ersetzen*, dachte sie bei sich. *Sonst kann ich mein Taschengeld auf Jahre hinaus vergessen.*

»Hey Leute, hört auf zu streiten«, mahnte Emma und deutete auf eine Gruppe von braunen Rechtecken. »Es ist völlig egal, warum der Punkt nicht mehr weiterwandert. Der Feldweg führt sowieso nur zu einem Ort: den alten Wolfratshausener Fabrikhallen. Dort endet er. Der kann mit seinem Auto nirgendwo anders hin.«

»Stimmt. Kein schlechtes Versteck übrigens – in den alten Gebäuden kann man eine Menge unterbringen«, meinte Franky.

»Dann nichts wie hin!«, sagte Antonia.

Franky stopfte das Tablet in seinen Rucksack und die drei rannten zu ihren Fahrrädern, die sie an diesem Morgen hinter einem Busch versteckt hatten. Antonia war wie immer die Schnellste: Bevor Franky sein Rad auch nur aufgehoben hatte, saß sie schon im Sattel und trat in die Pedale.

Emma folgte ihr, und Franky beeilte sich, die beiden einzuholen, bevor sie hinter der Biegung verschwanden. Er stöhnte. Ging das schon wieder los!

»Boah, Leute, echt jetzt. Könnt ihr mal langsamer fahren«, rief er den Mädchen hinterher.

»Streng dich mal ein bisschen an«, rief Antonia über die Schulter. »Du willst doch dein Handy wiederkriegen.«

»Ja, schon, aber wenn ich vorher sterbe, nützt mir das Teil auch nichts mehr«, keuchte er.

Aber es half ihm nichts: Antonia war nicht zu bremsen, in einem Affenzahn sauste sie den Hügel in Richtung Wolfsratshausen hinunter. Emma hielt locker mit, sie war das Tempo ihrer besten Freundin längst gewohnt. Franky beschloss, für den Rest der Fahrt lieber seinen Atem zu sparen, und sagte nichts mehr.

Nach etwa einer halben Stunde lag endlich der Feldweg vor ihnen, der zu den Fabrikhallen führte. Auf dem überwucherten Weg ging es nur noch langsam voran, sodass Franky zu den anderen aufschließen konnte. Frische Reifenspuren zeigten ihnen, dass sie richtig waren.

Kurz darauf mussten sie an einer Schranke anhalten. *Privatgelände. Betreten verboten!* stand auf dem rostigen Schild, das darangenagelt war.

»Und jetzt?«, fragte Emma ängstlich.

»Was wohl? Von so einem lächerlichen Schild lassen wir uns doch nicht aufhalten«, sagte Antonia.

Franky stieg von seinem Rad. Er schnaufte heftig, sein T-Shirt war völlig durchgeschwitzt, und seine krausen, schwarzen Haare klebten ihm in der Stirn, als hätte er sie mit einer halben Tube Gel eingeschmiert.

»Den Dieb hat das auch nicht aufgehalten«, keuchte er. »Der hat das Schloss einfach geknackt und ist durchgefahren.« Er hob ein altes Vorhängeschloss vom Boden auf, das so rostig war wie die Schranke, und zeigte es den beiden Mädchen.

Dann sah er es sich genauer an. »Er muss dieses Versteck aber schon eine Weile nutzen. Das hier wurde nicht erst heute geknackt, die Schnittfläche ist schon ganz angelaufen.«

»Das war ja auch nicht sein erster Raubzug«, meinte Emma, »wahrscheinlich finden wir auch mein Rad hier. Und das hat er schon vor einer ganzen Weile mitgehen lassen.« Sie stieg ebenfalls ab und trat zu Franky. »Steck das Schloss ein, das ist Beweismaterial. Und dann lass uns weiterfahren, damit wir sehen können, wo der Gangster sein Diebesgut versteckt.«

Damit schob sie ihr Rad um die Schranke herum und die beiden anderen folgten ihr.

Der Weg führte in weiten Kurven durch ein lichtes Wäldchen. Er war so überwuchert, dass sie das Fahren rasch aufgaben und ihre Räder in den Wagenspuren schoben. Nach einer Weile hielt Franky an.

»Hey, wartet mal!«, rief er. »Hier irgendwo müsste mein Handy liegen.«

Die beiden Mädchen schauten sich um.

»Ja, dann hol es doch«, sagte Antonia und strich ihre langen blonden Haare aus dem Gesicht.

»Du bist lustig.« Franky schüttelte den Kopf. »So eine

Handy-Ortung funktioniert nicht auf den Zentimeter genau. Es müsste hier irgendwo in einem Umkreis von zehn Metern liegen.« Er suchte den Boden ab.

»Wie wär's mit Anrufen?«, fragte Antonia.

Emma zog ihr Handy aus der Tasche und wählte Frankys Nummer.

Prompt ertönte aus einem Grasbüschel am Wegrand die Titelmelodie der *Transformers*-Filme.

Franky rannte zu der Stelle, zog mit einem lauten »Ha!« sein Gerät hervor und steckte es ein.

Lachend sagte Antonia: »O Mann, wie ein Raubtier!«, und verdrehte die Augen. Doch im Stillen war sie beinahe noch erleichterter als Franky, als das Smartphone wieder sicher in seinem Rucksack lag.

»So, alle wieder glücklich. Und jetzt lasst uns nachsehen, ob der Dieb noch in den Fabrikhallen ist«, befahl sie. »Los, kommt schon.«

Nach etwa einem weiteren Kilometer endete der Wald und vor ihnen erstreckte sich das alte Fabrikgelände. Früher waren hier Dichtungsringe hergestellt worden. Opa Hans, der alte Fischer vom See, hatte ihnen einmal davon erzählt. Die ganze Gegend habe damals nach Gummi gestunken. Trotzdem habe er als Kind immer gerne in dem Wald gespielt und die Arbeiter beobachtet, wenn sie nachmittags von der Arbeit nach Hause geradelt waren.

Doch das war schon lange her; die Hallen waren seit vielen Jahren verlassen.

Ihnen am nächsten sahen sie das alte Pförtnerhaus und ein paar Lagerschuppen. Direkt dahinter ragte die alte Fabrikhalle aus Backstein in die Höhe. Die Farbe blätterte von der graffitibeschmierten Fassade. Teile des Dachstuhls waren eingestürzt und viele Fenster zerbrochen. Der Eingang zur Halle war zugemauert, lediglich eine kleine Holztür hing in verrosteten Angeln.

»Das muss es sein«, sagte Antonia und holte ihr Fernglas aus dem Rucksack.

Emma nickte und rückte sich ihre Brille zurecht, die ihr durch den Schweiß auf der Nase ein bisschen heruntergerutscht war. »Sollten wir jetzt nicht lieber die Polizei anrufen?«, fragte sie etwas ängstlich in die Runde.

»Nein, noch nicht, wir müssen erst sicher sein, dass er die Räder auch wirklich hierhergebracht hat«, antwortete Antonia. Sie nahm ihr Fernglas und beobachtete das Gelände, während Emma und Franky gespannt warteten.

»Nichts. Da rührt sich niemand«, stellte sie kurz darauf fest. »Lasst uns mal hinschleichen und schauen, was in der Halle ist.«

»Auf keinen Fall, ich bin doch nicht verrückt!« Emma schüttelte den Kopf.

»Und ich brauch erst mal Schokolade, ich bin völlig unterzuckert«, fügte Franky hinzu, der sich erst langsam von der wilden Verfolgungsjagd erholte. Er zog seinen Rucksack ab und wühlte darin.

Antonia war es völlig schleierhaft, wie er jetzt an Essen denken konnte. *Ich bin die mit Diabetes und du bist unterzuckert?*, dachte sie. *Das glaubst du doch wohl selbst nicht!* Sie stand unter Hochspannung und wollte keine Pause einlegen. »Oh Mann!« Sie schüttelte den Kopf.

»Ihr seid mir ja schöne Detektive. Dann wartet hier, ich schau mal nach.«

»Antonia, sei bitte vorsichtig«, flehte Emma.

»Ja, ja, jetzt mach dir mal nicht ins Hemd. Wenn ihr was Verdächtiges seht, ruft ihr wie ein Käuzchen, okay? Dann zieh ich mich zurück.«

Franky starrte sie entgeistert an. »Wie ein Käuzchen? Hast du sie noch alle? Ich hab keine Ahnung, wie so ein Vieh ruft! Echt jetzt, das ist total bescheuert.« Er biss in einen Schokoriegel.

Emma lachte und Antonia seufzte. »Na gut. Würde sowieso nicht funktionieren, mit so viel Schokolade im Mund.«

Franky schnaubte nur und kaute weiter.

»Dann pfeift halt. Kann einer von euch pfeifen?«

Emma nickte. »Kein Problem«, sagte sie, »ich warne dich rechtzeitig. Aber versprich mir, dass du vorsichtig bist.«

»Klar, keine Sorge«, antwortete Antonia und klopfte ihrer Freundin beruhigend auf die Schulter. Dann schlich sie geduckt in Richtung der alten Fabrik.

Auf der Lichtung gab es kaum Deckung. Emma und Franky beobachteten, wie Antonia über die Fläche hastete und das Pförtnerhaus erreichte. Sie spähte durch die Durchfahrt. Eine Weile wartete sie reglos, und als sich nichts rührte, lief sie in den Fabrikhof und bis zu der alten Halle. Sie schob die kleine Holztür auf und verschwand in dem Gebäude.

Emma seufzte. »Sollen wir nicht doch lieber die Polizei anrufen?«, schlug sie vor. »Oder wenigstens Peter?«

»Peta?«, fragte Franky mit vollem Mund. Er hatte seinen ersten Riegel aufgegessen, die Verpackung achtlos ins Gras fallen lassen und biss nun in einen zweiten. Sein Rucksack schien einen ganzen Tagesvorrat zu enthalten.

»Ja, Peter!« Emma sah ihn tadelnd an und fischte das Plastik mit spitzen Fingern zwischen den Halmen hervor.

»Ach fo, dein Vater ifft ja bei der Polizei!« Franky kaute nickend weiter und sah gleichmütig zu, wie sie den Müll in ihrer Jackentasche verstaute.

»Das ist nicht mein Vater, klar? Das ist der neue Mann meiner Mutter«, antwortete Emma schnippisch. »Und hör auf, mit deinem Abfall die Natur zu versauen. Weißt du nicht, dass im Pazifischen Ozean ein Plastikteppich so groß wie Europa treibt?«

»Ifft ja gut, reg dich ab.« Franky zuckte mit den Achseln und stopfte die zweite Hülle in die Tasche.

Schweigend beobachteten beide nun weiter die Fabrik. Emma schnappte sich Antonias Fernglas und suchte die Fenster der Halle ab. Doch von ihrer Kameradin war nichts zu sehen. Es war völlig still.

Auf einmal stieß sie Franky an. »Da! Schau mal!« Emma deutete auf die kleine Holztür. Die hatte sich geöffnet. Während Emma scharf die Luft einzog, trat der Dieb in den Fabrikhof. Er schaute sich prüfend um und die beiden Freunde duckten sich.

Sorgfältig schob der Mann die Holztür hinter sich zu. Durch das Fernglas beobachtete Emma entsetzt, wie er den Riegel mit einem Vorhängeschloss sicherte. Dann ging er in ihre Richtung.

Den beiden wurde plötzlich bewusst, dass sie sich direkt neben dem Weg befanden; der Dieb musste also an ihnen vorbei. Blitzschnell schnappten sie ihre Sachen und schlichen sich ein gutes Stück weg. Dann beobachteten sie den Mann aus sicherer Entfernung. Er kam näher, bemerkte sie aber nicht.

Als er zwischen den Bäumen verschwunden war, richtete sich Franky auf. »Jetzt müssen wir unbedingt nach Antonia schauen. Die spinnt echt. Hätte sie bloß ein wenig gewartet, dann hätten wir uns die ganze Aufregung sparen können.«

Auch Emma stand auf. »Na ja, du kennst sie ja. Immer mit dem Kopf durch die Wand.«

Die beiden liefen über die Lichtung zur Halle. Franky schaute sich sicherheitshalber noch einmal um, bevor er die großen, zerbrochenen Glasfenster musterte. Doch der Dieb war wirklich verschwunden.

Emma und er waren gerade erst an dem Gebäude angekommen, da hörten sie lautes Kratzen und Schaben. Dann erblickte Franky ein Bein in Jeans, das sich über den Rand des nächsten Fensters schwang. Und gleich darauf kam Antonia zum Vorschein. Voller Spinnweben und noch mehr Dreck im Gesicht, verschwitzt und schwer atmend, aber unversehrt. Emma atmete hörbar auf.

Antonia ließ sich die Außenmauer hinab, bis sie nur noch mit den Händen am Fensterrahmen hing. Dann ließ sie sich fallen.

»O Mann, Antonia, mir ist fast das Herz stehen geblieben!«, rief Emma und schloss ihre Freundin in die Arme – mit Spinnweben und allem.

»Ja echt, das nächste Mal müssen wir irgendwie verhindern, dass du wieder so einen Stunt abziehst«, fügte Franky hinzu. »Das war wirklich knapp!«

Antonia wischte sich den Dreck von der Stirn. »Vielleicht. Aber es war nie richtig gefährlich. Da drin steht so viel Krempel; es war überhaupt kein Problem, sich zu verstecken. Er hat mich nicht bemerkt.«

»Na und, hat es was gebracht? Erzähl schon«, drängte Franky.

Antonia schüttelte den Kopf. »Rein gar nichts. Da drin ist nicht ein einziges Fahrrad. Sehr merkwürdig. Und ich habe wirklich alles abgesucht.«

»Und das, während der Typ die ganze Zeit mit dir drin war? Das hätte ich mich nie getraut!« Emma riss vor Schreck die Augen auf.

»Das war ja gerade das Merkwürdige. Als ich in die Halle kam, war er eben *nicht* da drin. Sie war leer, bis auf das Gerümpel natürlich. Ich bin ganz einfach überall rumgelaufen und habe in jeden Winkel gesehen.«

»Dann war er bestimmt in einem Nebenraum«, meinte Franky.

»Das habe ich auch gedacht. Aber es gibt da drin nur eine Schiebetür nach draußen, es ist nur ein einziger großer Raum.«

»Wie ist er dann aus dieser Halle gekommen?«, fragte Emma.

»Das kann ich nicht erklären. Ich hab gerade eine Wand nach einer Öffnung abgesucht, da war auf einmal hinter mir ein lautes, kratzendes Geräusch. Ich bin in

Deckung gegangen und dann stand er einfach da. Wo er hergekommen ist, hab ich nicht gesehen.«

»Und der Kastenwagen?«, wollte Franky wissen.

Antonia zuckte mit den Schultern. »Nicht in der Halle. Den muss er woanders abgestellt haben. Wir sollten vielleicht die anderen Gebäude noch absuchen.«

Und das taten sie. Sie durchkämmten jeden Winkel, öffneten jede Tür, sahen durch jedes Fenster. Aber der Wagen blieb verschwunden und das Versteck des Diebs unauffindbar. Reifenspuren gab es auf dem asphaltierten Fabrikhof auch keine.

Ratlos brachen die drei Freunde ihre Suche schließlich ab, denn es wurde schon langsam dunkel. Es war Zeit, heimzufahren zur Seeburg.

Kapitel 2

Familie Reihmann bekommt Besuch

Am nächsten Tag warf Antonia ihr Rad in die Wiese vor St. Valentin und lief zu der kleinen Kirche, die ihren schlanken Zwiebelturm hoch über Allmannshausen reckte. Mit Wucht stieß das Mädchen die schwere Tür auf und rief ins Kirchenschiff: »Papa! Bist du hier?«

Die alte Dame, die in der vorletzten Reihe kniete, fuhr hoch und ließ fast den Rosenkranz fallen. Als sie Antonia entdeckte, die in der offenen Tür stand, funkelten ihre Augen vor Zorn.

»Oh … Entschuldigung«, sagte Antonia verlegen. *Die alte Grieshuber,* dachte sie, *die hat mir gerade noch gefehlt.*

»Des hier is a Kirch! Da muas ma ned so schrein! Ein heiliger Ort von unserm Herrgott«, fauchte die Frau.

»Es tut mir leid, Frau Grieshuber. Ich dachte, hier sei niemand.« Antonia sah sich um.

Da öffnete sich die Tür zur Sakristei. »Antonia?« Andreas Reihmann trat in den Raum und kam ihr im Mittelgang entgegen. »Was machst du denn hier?«

»An Radau«, zischte die alte Dame. »Kummt einfach hia nei! So eine Frechheit!«

»Ich wollte nicht stören, es tut mir leid«, entschuldigte sich Antonia erneut. Es war ihr ernsthaft peinlich, denn es war nicht das erste Mal, dass sich Frau Grieshuber über das »freche Madl von da Seeburg« aufregen musste.

»Ned amoi in Ruhe koma beten! Naa, diese Jugend von heit! Koan Respekt! Naa, naa, naa.« Frau Grieshuber war aus ihrer Bank getreten und stand nun schimpfend und gestikulierend vor Antonias Vater.

Dieser legte dem Mädchen die Hand auf die Schulter und sagte: »Frau Grieshuber, sie müssen meine Tochter entschuldigen. Meine Frau und ich bemühen uns redlich, aber Sie wissen ja, wie die jungen Leute sind.«

Antonia sah voller Erstaunen zu ihm hoch. Was redete er denn da?

Frau Grieshuber aber schienen die Worte zu gefallen. »Na, dann machn's mal weida. Und ab und zu an kloanen Klapps, der ko a ned schadn.« Damit humpelte die alte Frau vor sich hin schimpfend aus der Kirche.

»Wie ist die denn drauf?« Antonia schüttelte den Kopf. »Und du? Was erzählst du denn da von ›wie junge Leute sind‹?«

»Ach, du kennst sie doch. Das war das Gerede, das ihr gefällt. Und der schnellste Weg, sie zu beruhigen. Natürlich übertreibt sie, aber, Schätzchen, es ist wirklich keine Art, so in die Kirche zu platzen.« Andreas Reihmann zwinkerte Antonia zu, er kannte schließlich seine Tochter nur zu gut.

»Und was verschafft mir die Ehre? Kommst du etwa, um mir zu helfen?«, fragte er dann und schwenkte den Putzlappen, den er in einer Hand hielt.

Antonia erinnerte sich plötzlich wieder an den Grund, warum sie den steilen Berg zur Kapelle hochgeradelt war. »Papa, warum muss ich zu Sina und Lukas ins Zimmer ziehen? Das ist voll blöd, Mann.« Mit verschränkten Armen ließ sie sich in eine Bank fallen.

»Ah, jetzt verstehe ich. Du hast mit Mama gesprochen.«

»Ja«, brummte Antonia.

»Und sie hat dir von der frühen Ankunft unserer neuen Mitbewohner erzählt.« Ihr Vater nickte wissend. »Schatz, das ist doch nur für ein paar Tage. Du weißt doch, dass wir mit der Wohnung im Anbau nicht fertig geworden sind. Dort werden Angelika und ihr Sohn einziehen, aber das geht erst nächste Woche.«

»Aber warum kann denn dieser Jakob mit seiner Mutter nicht einfach in einem der Gästezimmer wohnen?« Antonia ließ nicht locker.

Ihr Vater seufzte. »Weil heute eine Gruppe anreist und wir kein Zimmer mehr frei haben.«

»Aber das ist voll gemein.«

»Voll gemein?«

»Ja, immer muss ich mein Zimmer räumen, wenn wir Besuch bekommen.«

»Immer?« Andreas Reihmann setzte sich neben seine Tochter, die ihre Beine gegen die Bank vor sich baumeln ließ. »Okay«, meinte er und legte den Finger an sein Kinn, »dann ziehen halt Sina und Lukas zu dir und Angelikas Sohn bekommt ihr Zimmer.«

»Ha, ha, ha.« Antonia verdrehte die Augen. »Das ist ja noch schlimmer. Die bringen mir nur alles durcheinander. Ach Mann, Papa.« Sie lehnte sich an ihren Vater, der den Arm um sie legte.

»Schätzchen, das ist doch nur für ein bis zwei Wochen …«

»Ein bis *zwei* Wochen? Gerade war es noch *eine*!«

»Okay, höchstens drei, dann haben wir die Wohnung ganz sicher fertig.«

»Mann! Warum muss dieser Jason …«

»Er heißt Jaron«, korrigierte sie ihr Vater, »nicht Jakob und auch nicht Jason.«

»Meinetwegen. Jaron – was ist das denn für ein bescheuerter Name! Warum kann der Typ nicht erst anrücken, wenn die Wohnung fertig ist?«

»Weil die Schule am Montag anfängt. Besser, er ist von Anfang an in seiner neuen Klasse dabei und nicht erst zwei Wochen später.«

»Na, toll, und ich kann jetzt ausbaden, dass ihr nicht fertig geworden seid.« Antonia schmollte.

Ihr Vater lachte. »Ach, mein Schätzchen, du bist einfach zu süß, wenn du dich aufregst.«

»Mann, Papa! Jetzt hör auf.«

»Na gut. Immerhin, ich habe gehört, dass dieser Jaron ein ganz Netter sein soll.« Andreas Reihmann zwinkerte seiner Tochter zu.

»Boah Papa, du bist voll peinlich!« Antonia boxte ihn in die Seite, konnte aber ihr Lächeln nicht verbergen. »Na gut«, meinte sie dann, »wenn ich mein Zimmer schon hergeben muss, dann will ich dafür auch Miete.«

»Miete?«

»Ja, klar! Immerhin ist die Seeburg eine Jugendherberge. Da gibt es keine Zimmer umsonst. Außerdem muss ich zu meinen mega-obernervigen Geschwistern ziehen, während bei mir irgend so ein Jaron haust und mein Zimmer verseucht.«

»Okay, dann lass uns mal überlegen«, sagte ihr Vater. »Dein Zimmer ist ungefähr zehn Quadratmeter groß. Das macht nach unserem Tarif ... um die hundert Euro Miete im Monat.«

»Ja, genau«, bestätigte Antonia überrascht und freute sich schon.

Doch Andreas Reihmann fuhr fort: »Also, hundert Euro im Monat sind 1200 Euro im Jahr. Du bist jetzt zwölf, im ersten Jahr hast du bei uns im Zimmer im Kinderbett geschlafen. Das macht elf Jahre mal 1200 Euro.«

Antonia wurde mulmig.

»Das heißt, du hast bei mir so um die 13 200 Euro Mietschulden. Na ja, wenn Jaron zwei Wochen lang in deinem Zimmer wohnt, dann nur noch 13 150 Euro.« Er lächelte sie triumphierend an.

Antonia seufzte. Wieder war sie ihrem Vater auf den Leim gegangen.

»Ach Papa, du bist voll doof.«

»Ja, und außerdem fies, unfair und gemein«, bestätigte Andreas Reihmann und grinste. »Aber mal was anderes: Ich bräuchte einen Rat von dir.«

»Und welchen?«, maulte seine Tochter.

Er zog ein Smartphone aus der Hosentasche. »Mein Handyvertrag läuft aus. Ich weiß nicht, was ich mit meinem alten Gerät machen soll, wenn ich das neue bekomme.«

»Du kannst es ja über Ebay verticken«, sagte Antonia lustlos.

»Stimmt, gute Idee«, antwortete ihr Vater. »Aber ich dachte, dass jemand Bestimmtes es vielleicht brauchen könnte.«

»Wie? Wer denn?« Antonia verstand nur Bahnhof.

Augenzwinkernd streckte er ihr das Gerät hin.

»Du meinst doch nicht etwa …?«

Ihr Vater nickte.

»Das ist ja so cool!« Antonia fiel ihm um den Hals. Ihre Eltern waren in manchen Sachen voll altmodisch, fand sie, denn sie hatten sie bisher konsequent von jeglichen elektronischen Spielereien ferngehalten. Nur wegen ihrer Krankheit besaß sie ein altes Tastenhandy.

»Aber sag Mama mal noch nichts«, fuhr Andreas Reihmann fort. »Ich muss mit ihr noch reden.«

»Ja, klar.«

»Und eine Bedingung: Es gibt klare Regeln für das Ding.«

»Ja, ja.« Antonia war alles recht, sie konnte ihr Glück kaum fassen.

In diesem Moment läutete das Smartphone. Andreas Reihmann schaute seine Tochter entschuldigend an, zuckte mit den Achseln und strich über das Display. »Reihmann?«, meldete er sich. Als er merkte, worum es sich handelte, stand er auf und ging in den hinteren Teil der Kirche.

Antonia sprang auf, sie konnte nicht mehr stillsitzen. Während ihr Vater telefonierte, schaute sie sich in der Kirche um. Andreas Reihmann war als Hausmeister der

Kirche zwar oft hier, aber Antonia hatte bis heute immer nur kurz in den Innenraum geschaut.

Ihre Familie gehörte gar nicht zu dieser Kirche; sie besuchten den Gottesdienst einer freien Gemeinde in Starnberg. Trotzdem hatte ihr Vater der Ortsgemeinde seine Hilfe angeboten. Allmannshausen war sehr klein, die Gemeindemitglieder waren größtenteils sehr alt, und es hatte sich vor Ort niemand gefunden, der sich regelmäßig um die wunderschöne Kapelle kümmern konnte.

Der Pfarrer war für mehrere Ortschaften zuständig und sehr dankbar gewesen für das Hilfsangebot. Und da Andreas Reihmann als hilfsbereiter und engagierter Mann bekannt war, waren auch die Gemeindemitglieder erfreut.

Antonia sah sich um. Sonnenflecken spielten auf den weiß getünchten Wänden mit den Goldornamenten, überall funkelte es. Staub wirbelte in den Strahlen, die durch die Fenster fielen. Es roch nach Kerzenwachs und einem Hauch Weihrauch. Die Geräusche des Dorfs drangen nur gedämpft in den hohen Saal mit den alten Bankreihen.

Bilder und Statuen schauten auf das Mädchen herunter, Szenen vom Tod und der Kreuzigung von Jesus. Heilige aus längst vergangenen Zeiten.

Irgendwie unheimlich, dachte sie und trat an ein Bildnis heran, das an der Wand hing. Es zeigte Maria, die den Leichnam ihres Sohnes in den Armen hielt. Jesus starrte mit leeren Augen in die Höhe, sein Körper war blutüberströmt.

Ein Schauer lief Antonia über den Rücken. Schnell ging sie zu einer Vitrine an der Seitenwand, die sie noch nie bemerkt hatte. Hinter fest verschlossenen Glastüren lagen dort zwei bemalte Holztafeln. Auf der einen waren Maria und das Jesuskind abgebildet, die andere zeigte Jesus am Kreuz und darunter zwei weinende Frauen.

»Sind diese Ikonen nicht wunderbar?«

Antonia fuhr mit einem kleinen Schrei herum. Sie war so in ihre Gedanken vertieft gewesen, dass sie nicht gehört hatte, dass noch jemand die Kirche betreten hatte. Und mit dem Mann, der hinter ihr stand, hätte sie nie gerechnet.

Richard Weixlhammer, der ortsansässige Antiquitätenhändler, hob beschwichtigend die Hände. Er hatte nur noch wenige Haare, die er von einer Seite seines Schädels zur anderen gekämmt und mit einer glänzenden Pomade festgeklebt hatte. Seine hagere Gestalt war nicht viel größer als Antonia selbst, doch er schien sich nie zur vollen Größe aufzurichten, sondern immer merkwürdig geduckt zu gehen. Nun wedelte er mit seinen kleinen Händen vor ihrem Gesicht herum.

Ein Wiesel, dachte Antonia, *ein Wiesel mit einem Geheimnis.*

»Entschuldige bitte, ich wollte dich nicht erschrecken«, sagte Weixlhammer mit seiner hohen Fistelstimme und starrte sie durch dicke Brillengläser an.

»Ist schon gut, ich hab Sie halt nicht bemerkt«, antwortete Antonia und wich seinem Blick aus. *Warum muss der Typ so starren?,* fragte sie sich im Stillen. Sie kannte ihn, jeder in Allmanshausen kannte den exzentrischen

Mann, der die Reichen und Berühmten am Starnberger See mit wertvollen Möbeln und Antiquitäten belieferte.

Sein Laden lag an der Straße, die zur Jugendherberge führte. Vor dem Schaufenster stand immer mindestens ein dicker Schlitten eines Kunden, der teure Ölgemälde, einen edlen Schreibtisch oder einen neuen Schrank für seine Villa auswählte. Einmal, so behauptete Franky, habe er sogar den Torwart des FC Bayern dort aussteigen sehen.

Weixlhammer war der Ansicht, dass der Starnberger See seiner reichen Kundschaft gehörte. Das »Fußvolk« – zu dem er sich selbst natürlich nicht zählte – habe dort nichts zu suchen, fand er. Besonders die Jugendherberge war ihm ein Dorn im Auge. Oft stand er vor seinem Laden und schüttelte missbilligend den Kopf über die vielen Autos, die hinunter zur Burg fuhren.

Heute trug der Händler eine Frackjacke aus dunkelbraunem festen Stoff mit passender Weste und einem weißen Hemd, dazu eine hellbraune Hose. Eine goldene Uhrkette baumelte an einem Westenknopf. Alles zusammen schien wie seine Antiquitäten in ein anderes Jahrhundert zu gehören.

»Die beiden Ikonen stammen von Andrei Rubljow, einem bedeutenden Ikonenmaler aus dem 14. Jahrhundert. Wir haben großes Glück, dass die Münchner Residenz sie uns für unsere Ausstellung leiht. Es sind Meisterwerke!«

Antonia nickte stumm und schaute sich die Bilder noch einmal an. Sie konnte nicht verstehen, warum sie etwas Besonderes sein sollten. Ganz hübsch, keine Frage, aber doch schon sehr alt und ein wenig mitgenommen.

»Sie zeigen die Geburt, den Tod und die Auferstehung von Jesus«, fuhr Weixlhammer fort.

Das kann ich selbst sehen, du pompöser Affe, dachte Antonia bei sich. Dass Weixlhammer alle Kinder für dumm und lästig hielt, hatte sie schon früher vermutet. Er war neben sie getreten, Antonia konnte den Geruch nach Pomade, Staub und Mottenkugeln riechen, der von ihm ausging.

Sie beobachtete ihn, wie er die Ikonen anstarrte, ohne zu blinzeln. Sein Atem schien schneller zu gehen. Er schluckte. Ihr wurde es unheimlich.

Um ihn abzulenken, sagte sie: »Aber sie zeigen doch nur die Geburt und den Tod von Jesus.«

Er wandte sich ihr zu und hob überrascht die Augenbrauen. »Ja, du hast recht, sehr gut bemerkt. In dieser Vitrine fehlt die dritte Ikone, die diese beiden ergänzt. Diese zeigt dann die Auferstehung. Zusammen wären die drei ein Vermögen wert, aber die dritte ist in Privatbesitz.« Er leckte sich leicht die Lippen. »Trotzdem wird die Ausstellung über christliche Kunst nächste Woche bestimmt ein Erfolg. Solche Prachtstücke, hier in unserer Kirche!«

»Hallo, Richard.« Antonias Vater hatte sein Telefonat beendet und war zu den beiden getreten. Herr Weixlhammer und Antonia drehten sich um.

»Ah, hallo, Andreas«, antwortete Weixlhammer. »Die Ikonen sind ja schon da. Ich dachte, sie kämen erst am Montag.«

»Vorhin rief mich Herr Sewald an. Sie mussten den Liefertermin vorverlegen, weil es einen Wasserrohrbruch im Museum gegeben hat. Es schadet ihnen nicht, wenn sie ein paar Tage länger hier sind. Wundert mich aber, dass er dir nicht Bescheid gesagt hat.«

»Ach, ich war den ganzen Vormittag unterwegs, vielleicht hat er mich nicht erreicht. Wie schön sie sind! Und du passt gut auf sie auf?« Weixlhammer sah Andreas Reihmann eindringlich an.

Dieser lachte ein wenig verlegen. »Na ja, aufpassen … Ich schau halt, dass die Vitrine abgeschlossen ist. Laut Herrn Sewald reicht das. Nächste Woche, wenn die Ausstellung losgeht, übernimmt dann die professionelle Security.«

»Na, dann ist es ja gut. Nicht, dass sie noch gestohlen werden!« Der Antiquitätenhändler lächelte schief. »Ich habe erst neulich gelesen, dass in Tutzing in eine Kirche eingebrochen und eine teure Marienstatue entwendet wurde. Es soll wohl eine organisierte Bande sein, die da ihr Unwesen treibt.«

»Davon habe ich auch gehört.« Andreas Reihmann nickte. »Aber die Ikonen sind hier sicher untergebracht. Und alles Übrige in der Kapelle ist doch nicht viel wert, oder?«

»Ja, du hast natürlich recht«, stimmte Weixlhammer zu. Dann drehte er sich suchend um. »Aber sagt mal, habt ihr meine Tante nicht gesehen? Ich sollte sie hier abholen, nur deshalb bin ich eigentlich gekommen.«

»Ja, sie war hier, ist aber schon wieder gegangen«, antworte Antonias Vater und blinzelte seiner Tochter zu.

Antonia sah ihn erstaunt an. *Die alte Grieshuber ist seine Tante?,* dachte sie.

»Na, dann werde ich sie wohl suchen müssen. Sie wollte unbedingt noch mit mir einkaufen gehen, bevor ich nach München fahre«, erklärte Weixlhammer und runzelte die Brauen, offensichtlich etwas genervt.

»Viel Erfolg!«, sagte Andreas Reihmann und lachte.

Weixlhammer nickte nur und verabschiedete sich.

»Der ist echt komisch«, meinte Antonia, als der Händler die Tür der Kirche hinter sich zugezogen hatte.

»Komisch?«

»Du hättest sehen sollen, wie er diese zwei Teile angeglotzt hat.«

»Du meinst die Ikonen.«

»Ja, genau.«

»Nun, er ist Antiquitätenhändler. Er hat die Ausstellung mit organisiert und seine Kontakte in München spielen lassen. Ist doch nicht ungewöhnlich, dass er sich diese Kunstwerke gerne anschaut.«

»Ich weiß nicht. Irgendetwas war merkwürdig«, beharrte Antonia.

»Na, wenn du meinst«, sagte ihr Vater und zuckte mit den Achseln. »Aber nun zu etwas anderem: Wenn du schon mal hier bist, könntest du mir doch noch helfen, die Kirchenbänke abzuwischen. Nächste Woche sollte die Kirche picobello aussehen.«

»Ach, Papa«, protestierte Antonia, »dazu hab ich keine Lust.«

»Dann machst du es einfach ohne Lust.« Andreas Reihmann lächelte seine Tochter an.

Sie hasste diesen Spruch. »Mann, du bist voll …«

»Ich weiß: doof!«, ergänzte er und drückte ihr den Wischlappen in die Hand.

Kapitel 3

Zu Hause und unterwegs

Nach getaner Arbeit sausten Antonia und ihr Vater mit ihren Rädern zum Ufer des Starnberger Sees hinunter. Antonia liebte diese Strecke. Jedes Mal, wenn sie den Fahrweg durch den Wald nahm, hatte sie nach der letzten Kurve das Gefühl, gleich im Wasser zu landen. Denn nur wenige Meter weiter, hinter den Bäumen, begann schon der See.

Eines Tages, hatte sie sich einmal an einem besonders heißen Tag im Sommer geschworen, *bremse ich nicht, sondern fahre direkt ins Wasser hinein.*

Doch bis heute hatte sie immer kurz vor dem Strand abgebremst und war links in die schmale Uferstraße eingebogen. Dort befand sich die Seeburg, in der sie mit ihrer Familie wohnte.

Eigentlich fand Antonia das Gebäude mit seinen grauen Mauern, den zinnenartigen Verzierungen und Türmchen ein wenig übertrieben. Aber sie wusste sehr gut, dass sie großes Glück hatte, darin zu wohnen.

Die Gäste liebten die Burg, sie sagten bewundernd »Ah!« und »Oh!« und schossen Fotos, wenn sie vor dem Portal aus ihren Fahrzeugen kletterten. Genau wie die

Touristen, die sich unten auf der Uferstraße die Hälse verrenkten.

Schloss Seeburg war Antonias Zuhause, denn ihre Eltern, Andreas und Gitti Reihmann, leiteten die Jugendherberge, die in dem Gebäude untergebracht war. Die Wohnung der Familie befand sich ebenfalls in der Burg, sodass es für Antonia ganz normal war, ihr Leben mit Hunderten von Fremden zu teilen.

Manchmal waren willkommene Spielkameraden darunter, manchmal nur nervige Eindringlinge. Aber wie sie auch waren – alle fuhren nach wenigen Wochen wieder nach Hause.

Zu Antonias Familie gehörten neben ihren Eltern noch die Zwillinge Sina und Lukas, vier Jahre jünger als sie. Antonia liebte sie heiß und innig und fand sie gleichzeitig unfassbar nervig. Besonders in Zeiten wie jetzt, wenn sie sich mit ihnen ein Zimmer teilen musste.

Heute war Samstag und damit ein klassischer Anreisetag. Zwar waren die Sommerferien bereits zu Ende, deshalb war am Morgen die letzte Kinderfreizeit-Gruppe abgereist. Dafür rückten ab heute die Kegelklubs, Seniorengruppen und Schüler auf Klassenfahrt an, die den Spätsommer am Starnberger See genießen wollten. Das waren die Tage, an denen Antonias Mutter zusammen mit dem Hauspersonal von morgens bis abends zu tun hatte.

Als Antonia und ihr Vater in den Fahrweg einbogen, der zur Seeburg hinaufführte, sahen sie schon den Reisebus. Er hatte auf dem Schotterparkplatz vor dem Portal angehalten und öffnete gerade seine Türen.

Antonia überließ ihren Vater seiner Arbeit und bog kurz vor der Burg rechts ab. Dann schob sie ihr Rad zwischen den Bauwagen hindurch, die dort im Wald verstreut standen. Dass Franky und Emma schon in ihrem gemeinsamen Versteck waren, erkannte sie an den beiden Fahrrädern, die hinter einem der letzten Wagen lagen.

Das Wagendorf war eine Idee von Antonias Vater gewesen. »Zirkus, Trecks nach Westen, fahrendes Volk«, hatte er mit glänzenden Augen erklärt und mit beiden Händen große Bilder in die Luft gemalt. »Die Kinder werden es lieben, mitten im Wald zu wohnen!«

»Hoffentlich auch dann noch, wenn sie merken, dass sie nachts in kompletter Dunkelheit aufs Klo laufen müssen«, hatte Antonias Mama angemerkt. Sie hatte über die Ideen ihres Mannes den Kopf geschüttelt.

Doch der hatte nur gegrinst und einen alten Zirkuswagen aufgetrieben, ganz aus Holz und mit bunt bemalten Fensterläden. An der Seite war noch ganz schwach der Schriftzug »Circus Heinrich« zu lesen.

Allerdings hatte sich schnell herausgestellt, dass der alte Wagen keine passende Unterkunft für Besucher war. Die ersten Gäste hatten sich darüber beschwert, dass in der Wand neben ihrem Bett Holzwürmer knabberten. Die zweiten hatten den muffigen Geruch kommentiert und den dritten hatte es auf den Kopf geregnet.

Und so hatte Andreas Reihmann für sein Wagendorf neue Wagen aus Metall bestellt. Die Kinder waren tatsächlich begeistert. Auch von den nächtlichen Klogängen.

Glücklicherweise, fanden Antonia und ihre Freunde, hatte er den alten Wagen nicht wieder verkauft. Und es war nicht schwer gewesen, ihn dazu zu überreden, ihnen den Wagen als Treffpunkt zu überlassen.

Antonias Eltern, die sehr wohl wussten, dass ihre Tochter durch die Gäste nur wenig Privatsphäre hatte, hatten den dreien geholfen. Für den »alten Heinrich«, wie er bald getauft war, hatten sie alte Matratzen, ein Sofa und einen Tisch besorgt. Frankys Eltern hatten sogar einen ausrangierten Kühlschrank aus ihrer Pizzeria spendiert und Emmas Mutter hatte Vorhänge und Kissenbezüge genäht.

Irgendwann hatte Franky einen Computer angeschleppt. Und Emma, die es liebte zu forschen, hatte sich ein kleines Labor eingerichtet. Dort konnte sie ungestört Boden- und Wasserproben aus der ganzen Umgebung untersuchen, mit Pflanzen experimentieren oder übelriechende Substanzen zusammenmischen, die sie ihrem Vater gemopst hatte.

Der *alte Heinrich* war der Rückzugsort der drei Freunde. Hier konnten sie in Ruhe Musik hören, über die Schule reden und neue Pläne aushecken.

Emma und Franky wohnten nicht weit von der Seeburg entfernt. Frankys Eltern gehörte die Pizzeria in Allmannshausen. Und die Villa von Emmas Vater, in der auch seine Firma für chemische Analysen untergebracht war, lag in allerbester Lage direkt am See, nur wenige Kilometer weiter südlich.

Wenn Emma bei ihrem Vater war, war sie eigentlich immer auf der Seeburg anzutreffen, da sie es bei ihrer

Stiefmutter und den beiden Stiefschwestern nur schwer aushielt.

Als Antonia jetzt die Tür öffnete, schallte ihr Italo-Rock entgegen, Frankys Lieblingsmusik. Emma saß wie üblich am Labortisch und beugte sich über kleine Blumentöpfe, aus denen kränklich weiße Triebe wucherten.

Antonia warf die Tür hinter sich zu.

Emma blickte auf. »Oh nein. Stress?«, fragte sie stirnrunzelnd.

Antonia schaute sie grimmig an. »Mein Papa hat mal wieder jemanden in meinem Zimmer einquartiert, und jetzt muss ich für mindestens drei Wochen zu Sina und Lukas ziehen. Und als ich mich bei ihm beschweren wollte, hat er mir gleich einen Lappen in die Hand gedrückt und mich die ganze Kirche putzen lassen.«

Sie ließ sich auf das Matratzenlager neben Franky fallen, sodass dieser in die Höhe fuhr. »He! Chill mal!«, rief er und rückte ein Stück beiseite.

Ohne ihn zu beachten, kramte sie in ihrer Tasche. Dabei fing sie an zu strahlen. »Aber«, sagte sie und zog ihr altes Tastenhandy hervor, »ratet mal, was ich endlich bekomme. Ein Smartphone! Jetzt kann ich das Uralt-Teil hier in den See schmeißen!«

»Das wirst du schön bleiben lassen«, sagte Emma. »Es liegt schon genug Müll im See. Aber cool für dich, wurde schließlich auch Zeit.«

Franky nickte. »Mega!«, stimmte er zu. Dann tippte er auf sein Handy, um die Musik auszuschalten, und schaute wieder aufs Tablet.

Antonia blickte ihm neugierig über die Schulter und

sah, dass er sich konzentriert durch eine Art Datenbank scrollte. »Was machst du denn da?«, fragte sie.

»Mir lässt diese alte Fabrik von gestern einfach keine Ruhe. Wie konnte dieser Typ dort einfach so untertauchen? Das ist doch total merkwürdig, oder nicht?«

Emma und Antonia nickten.

»Wir haben ja nicht mal eine Spur von ihm oder dem Kastenwagen oder den Fahrrädern entdeckt. Also habe ich mich mal umgehört«, erklärte Franky. »Und stellt euch vor: In Starnberg gibt es einen Archäologiefreak. Nur, dass er keine Schätze ausgräbt, sondern alles über die Industrie hier am See und über Fabriken und Werkstätten und so Zeug sammelt. Auf seiner Website kann man auch alte Baupläne anschauen.

Na ja, wie auch immer, diese Fabrik war mal ein Riesenteil. Da haben haufenweise Leute gearbeitet, und während des Zweiten Weltkriegs haben die da alles Mögliche hergestellt, nicht nur Reifen. Und jetzt kommt es: Zu der Zeit wurde die Halle umgebaut. Laut den Plänen hier muss es eine geheime Werkstatt geben, unterirdisch.«

Franky zeigte den Mädchen eine Zeichnung aus blauen und schwarzen Strichen.

»Es wäre doch denkbar, dass es dafür auch eine versteckte Zufahrt gibt. Um Sachen anzuliefern und abzuholen. Das könnte dann nämlich der Platz sein, wo der Dieb den Wagen untergestellt hat und auch die Fahrräder«, sagte er und schaute sie triumphierend an.

Antonia konnte mit den Linien auf dem Bildschirm zwar nicht viel anfangen, aber sie wusste, dass Franky in solchen Dingen meistens recht hatte.

»Gut«, meinte sie, »das sollten wir bei Gelegenheit weiter untersuchen. Es könnte eine Spur sein, um den Fahrradklau endlich aufzuklären. Aber nicht heute. Jetzt muss ich mich erst mal um mein Zimmer kümmern, damit dieser Typ da nicht so viel zum Schnüffeln findet.«

»Wer ist das überhaupt?«, fragte Emma.

»Ach, eine alte Schulfreundin meiner Eltern fängt auf der Burg als Sekretärin an, und die hat einen Sohn. Die beiden sollen in die leere Hausmeisterwohnung einziehen. Die ist aber noch nicht fertig, also muss ich dem Typ eben solange mein Zimmer überlassen, da er am Montag mit in die Schule soll. Einen ganz komischen Namen hat der: Joran oder so ähnlich.«

»Soll ich dir beim Aufräumen helfen?«, fragte Emma. »Ich bin hier sowieso fertig.«

Antonia nickte und schälte sich aus den Matratzen. »Ja, das ist eine gute Idee. Dann geht es schneller.«

»Kommst du auch mit?«, fragte Emma Franky, der immer noch ganz vertieft schien in seine Pläne.

»Nee, geht ihr mal. Ich hab ehrlich nicht so Lust, Antonias dreckige Wäsche aufzusammeln.«

Antonia griff sich ein Kissen und schleuderte es Franky ins Gesicht. »Du Affe! Bei dir selbst sieht's doch immer aus wie im bengalischen Pumakäfig!«

Franky wollte das Kissen zurückwerfen, aber er kippte vor Lachen um.

Emma grinste, während Antonia sich zufrieden umwandte. Als die beiden Mädchen die Tür des *alten Heinrichs* hinter sich schlossen, hörten sie, dass Franky die Musik wieder in der vorigen Lautstärke angestellt hatte.

❧ ❧

»Na endlich«, seufzte Jaron. Ein Raunen ging durch den überfüllten Wagen, der ICE summte und setzte sich ganz langsam in Bewegung. Drei Stunden hatten sie mitten im Nirgendwo gestanden, waren von der gelangweilten Stimme des Schaffners immer wieder vertröstet worden. Oberleitungsschaden. Und das nur Minuten nach ihrer Abfahrt aus Köln. In München würden sie jetzt erst mitten in der Nacht ankommen.

Jaron war genervt: Schon morgen früh musste er in seiner neuen Schule in Kempfenhausen antreten. Das würde ein harter erster Tag werden. Er lehnte sich zurück, zog seine Kopfhörer auf und betrachtete die vorbeiziehende Landschaft, die langsam ins Abendrot getaucht wurde.

»Möchtest du ein Brötchen?«, fragte seine Mutter neben ihm und streckte ihm einen Plastikbehälter entgegen.

Er schüttelte den Kopf, er hatte keinen Hunger. Zu viel nachzudenken. Eigentlich war es cool, dass sie aus Köln wegzogen. Sein altes Gymnasium jedenfalls würde er nicht vermissen, nur seine Kung-Fu-Schule.

Und nun ging es also nach Bayern, der alten Heimat seiner Mutter. Jaron war noch nie dort gewesen, er kannte nur Bilder: Berge, Kühe, Lederhosen, Bier. Ob die Kids in seiner neuen Schule alle so komisch reden würden?

Er würde es allein herausfinden müssen, denn seine Mutter würde gleich morgen wieder zurück nach Köln fahren, um die letzten drei Wochen ihres Jobs hinter sich zu bringen.

Im Grunde war es echt okay, dass sie dort bald nicht mehr antanzen musste, fand Jaron. Sie hatte als Sekretärin bei einem fiesen Anwalt gearbeitet, unter Kolleginnen, die sich ständig über ihren christlichen Glauben lustig gemacht hatten.

Dass sich ihr Freund Stefan, den Jaron eigentlich ganz in Ordnung gefunden hatte, plötzlich von ihr getrennt hatte, hatte dann den Ausschlag gegeben. Sie brauchte einen Tapetenwechsel und hatte gemeinsam mit Jaron beschlossen, in ihre alte Heimat zurückzukehren.

Jaron wurde aus seinen Gedanken gerissen. »In wenigen Minuten erreichen wir Frankfurt Flughafen«, dröhnte es aus den Lautsprechern des ICEs.

»Nimm mal ein paar Schlucke. Du hast zu wenig getrunken«, sagte seine Mutter und hielt ihm eine Dose Cola hin.

Cola bekam Jaron nicht so häufig. *Warum nicht?* »Danke«, antwortete er und nahm die Dose.

»Ist alles klar bei dir?« Seine Mutter sah ihn an.

»Ja, passt schon«, meinte er und starrte wieder aus dem Fenster.

Angelika Rahn streckte ihre Hand aus und strich ihm den langen Pony aus dem Gesicht

»Mama, lass das.« Jaron zog seinen Kopf weg und blickte sich um, um zu checken, ob jemand diese peinliche Geste seiner Mutter bemerkt hatte.

»Andreas und Gitti haben erzählt, dass es in Wolfratshausen einen Kung-Fu-Verein gibt.« Angelika Rahn bemühte sich sichtlich, die Stimmung ihres Sohnes zu ergründen.

»Schön«, erwiderte er ohne irgendwelche Begeisterung.

»Und es gibt in Starnberg auch eine Gemeinde, die uns gefallen könnte. Dort gibt es sogar eine Jungschar.«

Na, toll, dachte Jaron, *Gemeinde und Jungschar. Als ob ich davon in Köln nicht schon genug gehabt hätte.*

»Vielleicht findest du dann ja einen neuen Mann!«, rutschte es ihm heraus. Aber schon im selben Augenblick wusste er, dass er seine Mutter mit diesen Worten verletzt hatte.

Nach dem tödlichen Autounfall seines Vaters war die freie christliche Gemeinde in Köln für sie beide ein Zuhause geworden. Doch Stefan ging ebenfalls in diese Gemeinde. Und als die Beziehung zwischen Angelika und ihm wenige Wochen vor der Hochzeit in die Brüche gegangen war, hatte sich Angelika nach einer Stelle in Bayern umgesehen.

Jaron tat es leid, dass er so grob dahergeredet hatte. Er sah seine Mutter an. Sie hatte ihre Hände im Schoß gefaltet und ihr Gesicht abgewendet. Er fühlte sich elend. Die Wut auf Stefan stieg wieder in ihm hoch. *Warum musste er Mama nur betrügen?* Jaron schluckte.

»Mama, ich wollte das nicht … Es tut mir leid, es ist mir so rausgerutscht«, sagte er und nahm ihre Hand.

»Ist schon gut.« Angelika wischte sich über die Augen und lächelte ihren Sohn ein wenig unsicher an. »Heute fangen wir ein neues Leben an. Ich freue mich schon auf die Arbeit in der Jugendherberge Seeburg. Ich weiß, dass Gott für uns sorgen wird.«

Jaron nickte und lehnte sich an seine Mutter. *Dass Gott für uns sorgen wird,* klang es in seinen Gedanken nach. Dass seine Mutter nach all den schlimmen Erlebnissen immer noch auf Gott vertraute, bewunderte er. Auch wenn er sich da für sich selbst nicht so sicher war.

Wieder schaute er zum Fenster hinaus und machte es sich an der Seite seiner Mutter bequem. Wenig später schlief er ein.

»Aufwachen!« Jaron spürte, wie die Hand seiner Mutter seine Wange streichelte.

Verschlafen öffnete er die Augen.

»Wir sind gleich da«, sagte sie. Der Zug rollte tatsächlich langsamer. Draußen war es nun vollkommen dunkel, nur die Lichter einer Stadt huschten am Fenster vorbei. Angelika Rahn stand auf und packte ihre Sachen zusammen. Noch ganz benommen stopfte Jaron seine Kopfhörer und sein Smartphone in den Rucksack und leerte mit wenigen Schlucken die Getränkedose.

Kurz darauf traten sie in München-Pasing auf den Bahnsteig. Dort wartete ein Mann auf sie, den seine Mutter als Andreas Reihmann vorstellte.

Mit einem Handschlag begrüßte er Jaron, Angelika umarmte er herzlich. »Willkommen in Bayern«, sagte er. »Schön, dass ihr da seid!«

Nette Begrüßung, dachte Jaron.

»Das ist aber toll, dass du uns abholst«, meinte Angelika Rahn. »Wir wären aber auch mit der S-Bahn gefahren.«

»Quatsch, mitten in der Nacht? Außerdem musste ich sowieso noch einmal los, um in der Kirche nach dem Rechten zu sehen.«

Andreas Reihmann nahm ihnen sofort den schwersten Koffer ab und ging mit Angelika voraus zu seinem Auto. Von der anschließenden Fahrt bekam Jaron nicht mehr viel mit. Draußen waren keine Lichter mehr zu sehen, vorne im Auto unterhielten sich die beiden Erwachsenen angeregt.

Nur an den ersten Anblick der Jugendherberge konnte er sich später noch richtig erinnern: Als die Seeburg nach 45 Minuten Fahrt majestätisch über dem mondbeschienenen See aufragte, war er schwer beeindruckt.

Das ist also mein neues Zuhause, dachte er müde. *Krass!*

Die Koffer stellten sie nur in eine Ecke. Jaron achtete kaum auf die Details des Zimmers, in dem ihm Andreas sein Bett zeigte. Er legte seine Kleider auf einen Stuhl und zog die Decke über sich. Schon in ein paar Stunden würde der Wecker läuten und kurz darauf die neue Schule beginnen. Der Mond schien ihm direkt ins Gesicht, so viel sah er noch. Dann schloss er die Augen und schlief erschöpft ein.

Kapitel 4

Ein unerwarteter Gast

»Aufstehen!«, hörte Jaron aus der Ferne. Dann erkannte er im Halbschlaf seine Mutter, die ihn liebevoll ansah. »Guten Morgen, mein Schatz, ich hoffe, du hast gut geschlafen.«

Draußen schien die Sonne und der Starnberger See schimmerte durch das große Fenster. Langsam dämmerte es Jaron, wo er war: Er hatte die Nacht auf einer Burg verbracht.

»Mach dich fertig, es gibt gleich Frühstück«, forderte Angelika ihn auf.

Er nickte stumm.

»Das Bad ist gleich links, den Gang runter. Und das hier ist übrigens das Zimmer von Antonia, die mit dir in eine Klasse gehen wird. Du wirst sie ja dann gleich kennenlernen.«

»Alles klar, danke.« Verschlafen rieb er sich die Augen.

»Gitti hat ein extratolles Frühstück für den Schulanfang gemacht.« Angelika lächelte ihren Sohn an.

Schulanfang, auch das noch! Jaron hätte sich am liebsten umgedreht und weitergeschlafen.

»Also, bis gleich, mein Großer!« Angelika boxte ihn liebevoll und verließ das Zimmer.

Jaron blickte sich um. Eigentlich sah der Raum ähnlich aus wie sein altes Zimmer in Köln – anders als die Zimmer der Mädchen, die er sonst kannte. Auf dem alten Holzfußboden lag ein bunter Flickenteppich, die Wände waren in schlichtem Weiß gestrichen. Das große, dreiteilige Fenster, das einen atemberaubenden Blick auf den See bot, dominierte die Wand gegenüber der Tür.

Direkt davor stand der Schreibtisch, eine einfache Holzplatte auf zwei Sägeböcken. Über dem Schreibtisch klemmte eine Karte an der Wand, darauf befand sich ein Bibelspruch: *Vertraue von ganzem Herzen auf den Herrn und verlass dich nicht auf deinen Verstand. Denke an ihn, was immer du tust, dann wird er dir den richtigen Weg zeigen. Sprüche 3,5-6*

Seile, Kletterschuhe und ein Helm lagen auf einem Haufen in der Ecke. An einer Wand klebte ein großes Plakat mit einer Frau, die an einer Kletterwand hing, die Unterschrift lautete: *Petra Klinger – Weltmeisterin 2016.*

Jaron musterte das Plakat. *Wohl ein echter Kletterfan, diese Antonia,* überlegte er. Dann bemerkte er eine Reihe von kleinen und großen Pokalen, die ein Regalbrett füllten, daneben einige Urkunden. *Antonia Reihmann, dritter Platz im Speedklettern,* las er und dachte bei sich: *Gut scheint sie auch zu sein.*

Er stand auf, ging an das Regal und nahm einen der Pokale heraus, um ihn sich näher anzuschauen.

Leider hatte er nicht bemerkt, dass gerade diese Trophäe als Stütze für das Brett darüber gedient hatte, und so polterte nun eine Reihe Bücher auf den Boden, zusammen mit Pokalen und Medaillen.

Jaron gelang es gerade noch, das lose Brett und einige der Bücher aufzufangen, nur einer der großen Pokale fiel auf seinen Fuß.

»Au!«, rief er und ärgerte sich über sich selbst. Er stellte die improvisierte Regalstütze zurück, legte das Brett darauf und sortierte die Bücher wieder ein. Es schien sich ausschließlich um Sachbücher zu handeln, offenbar allesamt zum Thema Archäologie.

Als das Regal wieder einigermaßen ordentlich aussah, drehte Jaron sich um. An der Tür hing noch ein Bild: ein Foto, auf dem er Andreas Reihmann wiedererkannte. Dieser sah ein bisschen jünger aus, auf seinem Schoß grinste ein etwa 5-jähriges blondes Mädchen frech in die Kamera. Die Frau neben Andreas Reihmann war wohl Gitti, zwei Babys turnten auf ihrem Arm.

So sieht diese Antonia also aus, dachte Jaron. *Jedenfalls hat sie früher mal so ausgesehen.*

Sein Koffer lag vor ihm auf dem Boden, er hatte ihn am Abend vorher nur geöffnet, um seinen Schlafanzug herauszunehmen. Jaron griff sich seinen Kulturbeutel, dann schlurfte er aus dem Zimmer und den Gang nach links, so wie ihn seine Mutter angewiesen hatte. Tatsächlich fand er eine Tür, auf der in bunten Buchstaben »Bad« aufgemalt war.

Ohne nachzudenken, öffnete er die Tür und tat einen Schritt hinein.

Vor dem Spiegel im Bad stand ein blondes Mädchen im Nachthemd und putzte sich die Zähne. Sie fuhr herum, vor Schreck fiel ihr fast die Zahnbürste aus dem Mund.

Jaron wich zurück. »Oh … Entschuldigung.«

»Sag mal, spinnst du! Du kannst doch nicht einfach ins Bad reinplatzen«, fauchte sie ihn an. Ihre blauen Augen funkelten und kleine Zahnpastaspritzer flogen aus ihrem Mund. »Kannst du nicht lesen?« Sie wies mit der Bürste auf das rote Schild, das am Türknopf hing. Es trug die Aufschrift »Besetzt«.

Jetzt entdeckte Jaron es auch. »Sorry, das hab ich nicht gesehen«, stotterte er.

»Dann mach die Augen auf. Und jetzt raus hier!«

Wortlos trat Jaron in den Gang zurück und schloss die Tür hinter sich. *Das ist also Antonia.* Er stand da wie ein begossener Pudel und wusste nicht genau, was er machen sollte.

In diesem Moment flog die Tür wieder auf und Antonia stapfte in den Flur. »*Jetzt* ist frei«, knurrte sie und ließ ihn stehen.

»Ah, da bist du ja!« Gitti Reihmann strahlte Jaron an, als dieser wenig später im Türrahmen auftauchte. Die Küche lag im vorderen Teil der Burg, gleich über dem Portal. Zwei große Fenster, die offen standen, schauten auf den Parkplatz hinaus. Die Sonne war gerade über den Hügel gekommen und blinzelte durch die Blätter der Buchen. Vogelgesang füllte die Küche.

»Oh meine Güte, bist du groß geworden!« Gitti trat auf Jaron zu und drückte ihn fest an sich.

Ihm war das etwas peinlich, er konnte sich nicht erinnern, dieser Frau schon einmal begegnet zu sein. Als sie ihn wieder losließ, sah er, dass einige Leute im Raum versammelt waren und gemeinsam den Tisch deckten.

»Wie heißt du denn?«, fragte ein kleines Mädchen, das schon auf seinem Stuhl saß und ihn neugierig ansah.

»Äh … Jaron.«

»Ich komme schon in die zweite Klasse«, sagte das Mädchen fröhlich.

»Ich auch«, kommentierte ein kleiner Junge und hüpfte auf seinem Stuhl auf und ab.

»Das sind Sina und Lukas, unsere Zwillinge«, erklärte Gitti. »Sie sind ganz aufgeregt, weil die Schule wieder losgeht.«

»Ja … und ich kann schon lesen«, meinte Sina stolz.

»Ich auch«, schob Lukas hinterher.

»Kannst du auch schon lesen?« Sina sah Jaron fragend an.

Er musste lächeln. »Ja … schon.«

»Aber nicht besonders gut«, mischte sich Antonia ein, die gerade Marmeladengläser auf den Tisch stellte. Grimmig sah sie ihn an.

»Jaron, das ist Antonia. Aber ihr beiden kennt euch anscheinend bereits?«, fragte Gitti erstaunt.

»Ja, wir sind uns kurz begegnet«, antwortete das Mädchen.

»Ah, schön«, sagte Gitti Reihmann. »Ihr seid übrigens gleich alt und werdet sogar in derselben Klasse sein.«

Jaron nickte. Antonia verteilte nur wortlos die Teller auf dem Tisch, die ihr ihre Mutter in die Hand gedrückt hatte.

»Auftrag ausgeführt! Hier sind frische Brötchen.« Triumphierend trat Andreas Reihmann in die Küche und schwenkte zwei volle Tüten.

»Das wäre doch nicht nötig gewesen«, protestierte Angelika Rahn.

»Ach was. Wenn wir schon mal so netten Zuwachs bekommen«, meinte Gitti und goss Kaffee in drei Tassen. Andreas Reihmann schüttete Brötchen und Brezeln in einen großen Brotkorb und stellte ihn auf den Tisch. Alle setzten sich.

Angelika saß nun links von Sina und deutete Jaron an, sich zwischen Sina und Antonia zu setzen, obwohl dort kaum genug Platz für seinen Stuhl war.

»Antonia, rück doch noch ein bisschen rüber«, forderte Andreas Reihmann seine Tochter auf.

»Warum, er kann doch auch zwischen Angelika und dir sitzen.«

»Junge Dame, ich weiß, dass du noch müde bist und keine Lust auf Schule hast, aber du wirst dich zusammenreißen und ein wenig freundlicher sein, verstanden?«

»Ja, ist ja schon gut«, gab Antonia kleinlaut zur Antwort. Sie schien zu merken, dass sie sich im Ton vergriffen hatte, und schob ihren Stuhl zur Seite.

Zögerlich rückte Jaron seinen Stuhl in die Lücke, nahm ein Brötchen aus dem Korb, der vor ihm stand, und begann, es aufzuschneiden.

»Ähm«, Andreas räusperte sich, »lass uns noch gemeinsam beten, bevor wir anfangen, Jaron.«

Wie peinlich! Schnell legte er das Messer zur Seite.

Andreas schloss die Augen und betete: »Herr, wir danken dir für das gute Frühstück und dafür, dass Angelika und Jaron gut angekommen sind. Bitte schenk den Kindern einen guten Start in der Schule und Angelika eine bewahrte Rückfahrt nach Köln. Amen.«

»Amen«, wiederholten die anderen im Chor.

Sina streckte Jaron die Hand hin.

Er sah sie verdutzt an.

»Ach, Sina, das lassen wir heute«, sagte Gitti.

»Bitte!«, bettelte das Mädchen.

»Ja, bitte«, fing nun auch Lukas an.

»Na gut«, sagte Gitti, »also dann alle.« Sie hielt Lukas ihre Hand hin und fasste auf der anderen Seite die von Andreas. Alle nahmen sich nun bei der Hand. Zumindest fast alle.

Muss ich jetzt etwa dieser Zicke die Hand geben?, überlegte Jaron, und Antonia war anzusehen, dass sie etwas Ähnliches dachte.

»Ihr müsst euch an der Hand nehmen«, befahl Sina, »sonst gildet das nicht.«

»Ja, sonst gildet das nicht«, stimmte Lukas ein.

Widerwillig nahmen sich Jaron und Antonia an der Hand.

»Eins, zwei, drei«, zählte Sina voller Begeisterung, »fröhlich sei das Frühstücksessen, guten Appetit.«

»Piep, piep, piep, wir haben uns alle lieb«, sagten alle im Chor. Fast alle. Antonia zog, so schnell sie konnte, ihre Hand wieder zurück. Jaron war das ganz recht. Nun begannen alle, ihre Brötchen zu schmieren. Die Zwillinge überboten sich darin, wer den größten Batzen Nuss-Nugat-Creme auf seiner Brezel unterbrachte.

»Hast du gut geschlafen, Jaron?«, fragte Gitti.

»Ja, danke«, antwortete er. Dann fiel ihm das Regal ein. »Ich bin nur heute Morgen leider an das Bücherregal gestoßen und dann sind die Sachen darauf runtergefallen.«

Jetzt hatte er Antonias Aufmerksamkeit. »Wie bitte?«, fragte sie. »Hast du was kaputt gemacht?«

»Antonia, jetzt reg dich nicht auf«, mahnte Andreas. »Du weißt ganz genau, dass das Regal schon lange kaputt war und dass es nicht Jarons Schuld ist. Ich glaube, ich muss das Ding wirklich mal reparieren, am besten gleich heute Vormittag.«

Antonia schien das nur wenig zu beruhigen, denn sie starrte mit gerunzelter Stirn auf ihren Teller.

Echt blöd, dass gleich am Anfang alles so schiefgehen muss. Eigentlich sieht sie ganz nett aus, dachte Jaron.

»Angelika, wir sind wirklich froh, dass du gekommen bist«, wechselte Andreas nun das Thema, während er Milch in seinen Kaffee goss. »Wir brauchen dringend Hilfe.«

Gitti nickte zustimmend. »Seit wir das Wagendorf noch zusätzlich haben, gibt es einfach zu viel Arbeit.«

»Ich freue mich auch. An die Burg habe ich so viele gute Erinnerungen. Ich kann es noch gar nicht glauben, dass ich bald hier arbeiten werde«, sagte Angelika Rahn. Jaron konnte sehen, wie sie sich entspannte; der Stress der letzten Wochen schien aus ihrem Gesicht zu verschwinden. Er freute sich, dass dieser Ort seiner Mutter guttat.

»Da kommt ein Auto«, sagte Lukas plötzlich. Er saß direkt neben dem Fenster und konnte hinausschauen, während er sich ein Stück Brezel mit einem Berg Nuss-Nugat-Creme in den Mund stopfte.

Andreas drehte sich mit der Tasse in der Hand um und sah ebenfalls hinaus. »Tatsächlich«, bestätigte er. »Komisch, die neuen Gäste wollten eigentlich erst heute Nachmittag anreisen.« Er stand auf und trat an das offene Fenster. »Du liebe Güte, was für ein Schrotthaufen. Mit Berliner Kennzeichen.«

Jaron reckte sich, um einen Blick auf den Parkplatz vor der Burg zu werfen. Ein alter, klappriger Golf Cabrio, dessen Verdeck mit großen Streifen Gewebeband repariert war, bog gerade schwungvoll in eine Parklücke und hielt etwas abrupt an. Dann öffnete sich die Fahrertür und eine Frau mit kurzen silbergrauen Haaren stieg aus.

Sie schaute nach oben, bemerkte Andreas am Fenster und winkte überschwänglich. »Huhu, Andreas!«, hörte Jaron sie rufen.

»Das gibt's doch nicht«, murmelte Andreas Reihmann und erwiderte den Gruß zögerlich.

»Wer ist es denn?«, fragte nun auch Gitti und trat zu ihrem Mann ans Fenster. »Ach nein, Sabine!« Sie winkte der Besucherin ebenfalls zu.

Die Zwillinge hielt es nicht mehr auf ihren Stühlen; sie standen auf und gingen zu ihren Eltern. Zusammen versperrten sie Jaron die Sicht.

Gitti rief zum Parkplatz hinunter: »Was machst du denn hier?«

Jaron hörte, wie die Angesprochene zurückrief: »Ich wollte fragen, ob ihr noch ein Zimmer in eurer Jugendherberge frei habt.«

»Komm doch rein, wir sind gerade am Frühstücken.«

»Aber natürlich, gerne«, antwortete Sabine. Jaron hörte eine Wagentür mit so viel Schwung zufallen, dass das Scheppern an den Mauern widerhallte. Dann Schritte auf dem Schotter, die sich dem Portal näherten.

Gitti drehte sich zu ihrem Mann um. »Was macht die denn hier? Die fehlt mir gerade noch.«

»Wer ist das denn?«, fragte Sina, die neben ihrer Mutter stand.

»Sabine Freygang, eine alte Bekannte von Mama und mir«, erklärte Andreas.

»Alte Bekannte.« Gitti rollte mit den Augen.

Andreas Reihmann schüttelte den Kopf und sagte zu seiner Frau: »Was du immer hast!«

Jaron bemerkte, dass Antonia neben ihm die Stirn runzelte und ihre Eltern ein wenig erstaunt ansah. In diesem Moment klopfte es an der Wohnungstür. Gitti ging hinaus und kam mit dem Gast wieder.

Als die beiden Frauen die Küche betraten, schien Sabine gerade auf eine Frage zu antworten: »Ach, ich war geschäftlich in der Gegend. Und habe mich spontan entschlossen, noch ein paar Tage Urlaub dranzuhängen, weil das Wetter gerade so gut ist. Da hat es sich angeboten, endlich mal bei euch vorbeizuschauen.

Ich habe doch mein Elternhaus vor ein paar Jahren verkauft, weißt du, und da brauche ich nun immer eine Unterkunft, wenn ich in die alte Heimat zurückkehre.«

Sie lachte, als hätte sie einen besonders guten Witz gemacht.

Dann stellte sie eine alte Ledertasche ab, die sie in der Hand getragen hatte, und trat mit offenen Armen auf Antonias Vater zu. »Hallo, Andreas!« Nachdem sie ihn äußerst herzlich umarmt hatte, lehnte sie sich ein wenig zurück und musterte ihn von oben bis unten. »Na, du bist auch ein bisschen grau geworden«, sagte sie.

»Ja, das Alter geht auch an mir nicht spurlos vorüber.« Andreas lachte.

»Sag bloß, das sind eure Kinder?« Sabine blickte in die Runde. »Ich wusste gar nicht, dass ihr vier habt; ich dachte, ihr hättet nur drei.«

»Richtig«, sagte Gitti. »Die Zwillinge hier sind Sina und Lukas, und das ist unsere Große, Antonia.«

»Also, das gibt's doch nicht. Solch hübsche Kinder! Ganz der Vater«, meinte Sabine und knuffte Andreas in die Seite.

Jaron sah, wie Gitti die Augen verdrehte. »Ja, und das hier sind Angelika und ihr Sohn Jaron«, fuhr Gitti fort, »Freunde von uns.«

»Hallo Angelika, hallo Jaron.« Sabine nickte in ihre Richtung und sie erwiderten den Gruß.

»Ach, wie schön, euch wieder mal zu sehen!«, plauderte Sabine weiter. »Aber sag mal, Andreas, hättet ihr überhaupt noch ein Zimmer frei?«

»Du hast Glück, ausgerechnet heute früh hat ein Gast abgesagt, der eine Woche bleiben wollte. Wenn du möchtest, kannst du das Zimmer haben«, antwortete Andreas.

»Prima, aber so lange werde ich das Zimmer vermutlich nicht brauchen. Ihr habt das alte Gemäuer ja toll in Schuss gehalten. Ich kann mich noch gut an die Gemeinschaftsbäder und die wackligen Betten erinnern. Das ist hoffentlich inzwischen nicht mehr so.«

»Natürlich nicht«, beruhigte sie Andreas.

»Möchtest du etwas frühstücken?«, fragte Gitti.

»Gerne, wenn es keine Umstände macht.«

»Nein, kein Problem. Antonia holst du bitte noch einen Stuhl?«, forderte Andreas seine Tochter auf.

Antonia brummte nur und warf ihrem Vater einen bösen Blick zu, schlurfte dann aber aus der Küche.

»Kaffee?« Andreas holte eine Tasse und einen Teller aus dem Küchenschrank.

»Ja, danke.«

Antonia kam mit dem Stuhl; alle setzten sich und rückten etwas zusammen, sodass Sabine am Tisch Platz fand.

Sabine nahm ein Brötchen. »Ach, ist das schön. Dann haben wir Zeit, ein wenig über früher zu plaudern. Ich bin schon ganz neugierig, wie es euch ergangen ist in den letzten Jahren. Ist eigentlich eine Schande, dass wir es erst jetzt schaffen, uns wiederzusehen.«

Gitti nickte ihr zu, warf beiläufig einen Blick auf ihre Armbanduhr und zuckte zusammen. »Ach, du liebes bisschen, so spät ist es schon? Kinder, ihr müsst euch für die Schule fertig machen!« Sie scheuchte Sina und Lukas vom Tisch hoch und wischte ihnen etwas hektisch den Mund ab.

Auch Antonia und Jaron kauten fertig und standen auf.

Als Jaron zurück in Antonias Zimmer ging, um seine Schulsachen zu holen, folgte ihm seine Mutter. »Ach, mein Großer, ich werde dich vermissen!« Sie nahm ihn in den Arm.

Bisher waren die beiden noch nie drei Wochen am Stück getrennt gewesen und Jaron war etwas mulmig zumute. *Schon komisch*, dachte er bei sich. *Ich werde sie ebenfalls sehr vermissen, würde ihr das aber nie sagen.*

»Die Zeit wird schnell vergehen«, tröstete ihn Angelika und strich ihm über den Kopf. Dann gab sie ihm noch einen Kuss auf die Wange und fügte hinzu: »So, und jetzt schnell los, damit du nicht gleich am ersten Tag zu spät kommst.«

Jaron drückte sie noch einmal, schnappte sich seinen Rucksack und machte sich auf den Weg, Antonia zu suchen. Er traf sie im Burghof. Gitti und die Zwillinge gingen gerade durch das Portal, wohl auf dem Weg zur Grundschule.

Antonia saß schon auf ihrem Mountainbike. Sie wies mit dem Kinn zu einem alten Fahrrad, das im Hof stand. »Das hat mein Vater für dich aus dem Keller geholt. Du kannst es benutzen, wenn du willst.«

Jaron nickte. »Danke.«

Ohne weiter auf ihn zu warten, fuhr Antonia los.

Na, das Schuljahr fängt ja gut an, dachte er und bestieg das alte Rad, das gefährlich zu klappern begann.

Kapitel 5

Der Diebstahl

Montage waren nie angenehm, der erste Montag nach den großen Ferien sowieso. Aber dieser Tag hatte dem Fass schon am Morgen den Boden ausgeschlagen, fand Antonia.

Diesen unverschämten Typ, der einfach in ihr Badezimmer geplatzt war, hatte sie geschickt abgehängt. Während er noch mit dem ungewohnten Rad und der Gangschaltung kämpfte, hatte sie in die Pedale getreten und war davongesaust. *Soll er doch sehen, wie er den Weg zur Schule findet.*

Gerade als Frau Mayer die ersten Bücher austeilte, klopfte es an die Tür des Klassenzimmers. Sie öffnete sich und Jaron kam herein. Er sah sich suchend im Raum um, und als er Antonia entdeckte, runzelte er die Stirn.

Frau Mayer blickte ihn fragend an. »Ja, bitte?«

»Ich bin Jaron Rahn. Ich bin neu an der Schule und soll mich bei Ihnen melden.«

»Ach ja, Jaron. Du wurdest mir angekündigt. Klasse, alle mal herhören. Das hier ist Jaron, er kommt aus Köln. Er gehört ab heute zu uns. Wenn ihr was von ihm wissen wollt, könnt ihr ihn ja einfach fragen. Jaron, ich glaube, bei Franky ist noch ein Platz frei, da kannst du dich hinsetzen.«

Franky rückte ein wenig zur Seite, als sich Jaron auf den Stuhl neben ihm setzte. Er nickte dem Neuen freundlich zu und musterte ihn neugierig.

Das fehlt mir gerade noch, dachte Antonia, *dass die beiden sich anfreunden.*

Franky jedoch dachte anders als seine Kameradin. Er beobachtete, wie Jaron sich zu seinem Rucksack beugte und sein Mäppchen hervorholte. Sportlich sah der Typ aus, fand er, durchtrainiert – genau so, wie Franky immer hatte sein wollen. *Ich vermute, er ist ein Ass im Fußball.*

Ihm entging nicht, dass einige Mädchen aus der Klasse den Neuankömmling begeistert begutachteten und miteinander tuschelten. *Er sieht ja auch echt gut aus mit seinen blonden Haaren und seinen blauen Augen. Aber er wirkt trotzdem nett. Gar nicht eingebildet oder so. Und der wohnt jetzt auf der Seeburg? Vielleicht hat er ja Lust, bei unserer Bande mitzumachen.*

Er warf einen Blick zu Antonia hinüber, doch deren Gesichtsausdruck war eindeutig. *Andererseits* … Franky kannte Antonia nur zu gut.

Die erste Doppelstunde verging mit organisatorischem Kram und den üblichen Ermahnungen, dann entließ Frau Mayer sie in die Pause.

»Willst du mitkommen?«, fragte Franky. »Ich treffe mich immer mit ein paar Freunden in einer Hofecke.«

Jaron nickte; gemeinsam drängten sie sich mit der Klasse aus dem Zimmer. Im Gang überholte Antonia die beiden, ohne sie eines Blickes zu würdigen.

»Hey, Antonia!«, rief Franky ihr nach. »Warte doch!«

Doch sie drehte sich nicht um, sondern stürmte einfach weiter.

Franky schüttelte den Kopf. »Mann, die ist vielleicht eingeschnappt. Der muss wohl eine Riesenlaus über die Leber gelaufen sein.«

»Ich fürchte, diese Laus war ich«, sagte Jaron. »Wir hatten heute Morgen einen kleinen Krach an der Badtür. Und ich habe wohl ihr Zimmer bekommen, so wie es aussieht.«

»Dafür kannst du doch nichts«, erwiderte Franky. »Mach dir keinen Kopf. Antonia ist der beste Kumpel, den man sich denken kann. Aber sie ist unglaublich stur. Und dass ihre Eltern so über ihr Zimmer verfügen, ärgert sie natürlich. Das wird schon.«

»Ihr seid also befreundet?«

Franky nickte. »Ich wohne nicht weit von der Seeburg. Und wir haben dort auf dem Gelände einen echt coolen alten Zirkuswagen, in dem wir uns immer treffen. Ist ganz nett, wenn es zu Hause mal wieder kracht.«

»Nice«, sagte Jaron. Dann bückte er sich plötzlich und hob etwas auf, das vor ihm auf dem Gangboden lag. »Das ist ja ein merkwürdiges Handy«, meinte er und streckte Franky das Ding hin.

Der erkannte es sofort. »Das ist kein Handy, das gehört Antonia. Besser, wir geben es ihr gleich zurück, sie braucht es.«

»Was ist das denn?«

»Das erzählt sie dir am besten selbst.«

Nach der Schule begleitete Franky Jaron zum Fahrradhof. Und so hatte Antonia keine Wahl; gemeinsam mit Emma fuhren sie alle zur Seeburg. Doch Antonias Verärgerung über den Eindringling schien zu schwinden, als sie sich der Burg näherten: Durch die Bäume konnten sie erkennen, dass vor dem Portal ein Streifenwagen stand.

Kaum hatten sie den Vorplatz der Burg erreicht, trat eine Gruppe Erwachsener aus dem Tor: Andreas Reihmann, begleitet von zwei ernst blickenden Männern. Gitti folgte ihnen, sichtlich völlig aus der Fassung, die Zwillinge Sina und Lukas an den Händen.

Emma erschrak, weil sie einen der beiden Männer erkannte. »Peter!«, rief sie.

Es war ihr Stiefvater, der Kriminalbeamte, offenbar im Dienst. »Hallo, Emma«, sagte er nur und öffnete die hintere Tür des Polizeiwagens.

Was geht hier vor? Was tut die Kriminalpolizei hier? Emma konnte nicht begreifen, was sich vor ihren Augen abspielte.

Ihren Freunden ging es wohl ebenso, denn Antonia war um den Wagen herum zu ihrem Vater getreten und hatte nach seiner Hand gegriffen. Jaron und Franky hielten sich im Hintergrund. Mehrere Gäste, offenbar unterwegs zur Burg, waren stehengeblieben und beobachteten neugierig, was die Polizei mit dem Herbergsvater machte. Einige Kinder erschienen oben auf der Treppe, die links vom Portal in den ersten Stock führte, und beugten sich über das Geländer.

»Papa, was ist hier los?«, fragte Antonia und äußerte damit Emmas Gedanken.

»Es ist alles in Ordnung, Schatz«, antwortete ihr Vater und strich ihr über den Kopf. »Die Herren von der Polizei haben mich gebeten, mit aufs Revier zu kommen. Sie haben ein paar Fragen, weil aus der Kirche St. Valentin etwas gestohlen wurde. Und ich war doch noch mal am Sonntagabend dort, bevor ich Jaron und Angelika abgeholt habe, erinnerst du dich?«

»Verdächtigen sie dich etwa, ein Dieb zu sein?«

»Das weiß ich nicht.« Andreas Reihmann sah Emmas Stiefvater fragend an, der immer noch die Autotür aufhielt.

Der aber sagte nichts, sondern bedeutete ihm nur, in den Wagen einzusteigen. Sein Kollege ging inzwischen um das Auto herum und stieg auf der Fahrerseite ein.

Das regte Emma auf. Sie stellte ihr Fahrrad ab und ging auf ihren Stiefvater zu. »Peter«, drängte sie, »jetzt sag schon. Sicher wollt ihr ihn nur als Zeugen vernehmen; ihr könnt Antonias Vater nicht wirklich verdächtigen. Du kennst ihn doch!«

»Ob ich Andreas kenne oder nicht, hat leider nichts zu sagen, Emma. Ich habe hier keinen Handlungsspielraum.«

Als er sah, wie Emma die Stirn runzelte, fügte er etwas versöhnlicher hinzu: »Keine Sorge, wir haben wirklich nur ein paar Fragen und bringen ihn danach wieder nach Hause. Wir stecken nicht gleich jemanden in den Knast.«

»Was ist denn gestohlen worden?«, wollte Franky nun wissen.

»Das kann ich euch leider nicht sagen«, antwortete Peter und streckte die Brust raus. »Ermittlungstechnische Gründe.«

»Peter, jetzt spiel dich nicht so auf«, befahl Gitti energisch. »Sag uns schon, was gestohlen wurde. Wir erfahren es ohnehin – spätestens, wenn du Andreas wieder zurückbringst.«

Ihr resoluter Ton schien dem Kriminalbeamten nicht zu passen. Er räusperte sich und zögerte. Aber dann sah er offensichtlich ein, dass Gitti recht hatte. »Für eine Ausstellung wurden vor drei Tagen zwei wertvolle Ikonen aus einem Münchner Museum in die Kirche St. Valentin geliefert. Und die sind heute Vormittag verschwunden.«

»Aber dann müsst ihr Andreas doch nicht mitnehmen!«, rief Gitti. »Er hat damit sicher nichts zu tun!«

»Genau!«, bekräftigte Antonia. »Fragen Sie doch mal den Weixlhammer, der war auch am Samstag in der Kirche und er war völlig fasziniert von diesen Bildern. Bestimmt hat der sie geklaut!«

Peter seufzte. »Natürlich haben wir den Händler ebenfalls schon befragt, schließlich haben nur er und Andreas einen Schlüssel zur Vitrine. Der Pfarrer war bis Sonntagmittag in der Kirche, da waren die Bilder noch da. Richard Weixlhammer hat ein Alibi, er war nachweislich von gestern Mittag bis vor etwa einer Stunde zu Besuch bei seiner Tante. Das Fehlen der Bilder wurde heute Morgen um elf Uhr vom Pfarrer entdeckt, er hat uns gleich verständigt. Und ein Zeuge hat uns bestätigt, dass Andreas kurz vorher noch mal in der Kirche war.«

Damit drehte er sich wieder zu Antonias Vater. »Und nun, bitte, tu mir den Gefallen, steig ein. Dann bist du heute Abend wieder zu Hause.«

Andreas Reihmann drückte Antonia kurz an sich, sah seine Frau an und stieg ein. Daraufhin schloss der Kriminalbeamte die Tür hinter ihm und öffnete die Beifahrertür.

»Dass du ihn auch wirklich wieder zurückbringst, Peter Schwarz!«, rief Gitti ihm noch hinterher. Dann fuhr das Polizeiauto an, beschleunigte und verließ den Vorplatz der Burg.

Fassungslos starrten alle hinterher, ohne etwas zu sagen. Antonia hatte sich an ihre Mutter gedrückt; auch ihre beiden Geschwister lösten sich nicht von Gitti.

In Emma wuchs der Zorn. *Was für ein Trottel!,* schoss es ihr durch den Kopf. *Hat keine Ahnung von dem, was andere fühlen.* Solche Gedanken hatte sie oft; das Verhältnis zu ihrem Stiefvater war nicht gut. Zu Hause wollte er immer wieder seinen Willen durchsetzen, bestimmen, was das Beste für alle war. *Macht er wohl auf der Arbeit auch.*

Schnell ging sie zu ihrer Freundin und legte ihr tröstend die Hand auf die Schulter. Antonia drehte sich zu ihr und Emma nahm sie fest in den Arm.

In diesem Moment tauchte Sabine Freygang im Burgportal auf. »Huhu, Gitti«, flötete sie. »Eine Frage: Könntest du mir vielleicht noch Bettwäsche geben? Haben wir wohl heute Morgen vergessen.«

Emma fragte sich für eine Sekunde, ob sie die Szene gerade eben beobachtet hatte. Wenn ja, tat Sabine jedenfalls so, als habe sie nichts bemerkt.

Von Antonias Mutter kam keine Reaktion. Sie starrte immer noch auf die Stelle, an der der Streifenwagen hinter der Biegung verschwunden war.

Da trat Sabine von hinten an sie heran und tippte ihr auf die Schulter. »Gitti?«

Das holte Antonias Mutter aus ihrer Betäubung. Sie drehte sich um. »Sicher«, sagte sie und fuhr sich zerstreut über die Augen. »Bettwäsche.«

»Ach, danke. Ich kann aber auch Andreas fragen, wenn es dir gerade schlecht passt. Wo ist er denn?«

Gitti zögerte kurz. Dann sagte sie: »Er ist im Moment nicht da. Aber Antonia wird dir helfen. Antonia, würdest du mir den Gefallen tun und Sabine Bettwäsche aus dem Schrank in ihrem Flur geben? Sie wohnt im Zimmer *König Ludwig*. Bitte entschuldige mich, Sabine, ich muss noch etwas Dringendes erledigen.«

»Mama!«, widersprach Antonia zuerst, aber gleich darauf überlegte sie es sich offensichtlich anders. »Kommen Sie«, sagte sie und führte Sabine durch das Burgtor in den Innenhof.

Gitti Reihmann nahm Sina und Lukas wieder an die Hand. »Kommt, ihr zwei. Lasst uns erst mal in die Wohnung gehen und reden. Und dann muss ich jemanden anrufen.« Hinter Sabine und Antonia marschierten sie in die Burg.

Nun standen nur noch Emma und die beiden Jungs vor dem Portal.

»O Mann«, sagte Franky, »ist ja nicht zu fassen, was da grade passiert ist. Antonias Vater soll ein Dieb sein? Das kann doch dein Stiefvater nicht wirklich glauben, oder, Emma?«

Sie zuckte mit den Schultern. Ihr Zorn, der immer noch nicht ganz verraucht war, loderte nun erneut in ihr auf. »Wer weiß schon, was Peter denkt. Ich weiß nur, dass er sehr von sich überzeugt ist. Er glaubt, immer recht zu haben. In allem. Das wird bei dieser Geschichte nicht anders sein.«

»Das war dein Stiefvater?«, fragte Jaron.

»Ja, leider«, bestätigte Emma, »meine Mutter hat echt Pech mit den Männern.«

Jaron schaute sie an. »Das kenne ich gut. Meine hat da auch nicht das allergrößte Talent.«

Aus seiner Stimme konnte Emma heraushören, dass ihn dieses Thema ernsthaft beschäftigte. Neugierig musterte sie den hochgewachsenen Jungen. *Nett sieht er aus,* dachte sie bei sich. *Antonia hat echt Glück, dass er bei ihr einzieht.*

In diesem Moment surrte Frankys Smartphone in seiner Hosentasche. Er zog es heraus und schaute auf das Display. Dann seufzte er. »Nice. Ich muss wohl zu Hause antanzen, mein Vater braucht Hilfe in der Pizzeria. Es ist wieder mal Großreinemachen und er lässt mich mit Vorliebe die Asche aus dem Holzofen räumen. Er weiß, wie ich das hasse.«

Franky steckte das Handy wieder in die Tasche. »Sollen wir uns später im *alten Heinrich* treffen?«, fragte er. »So in drei Stunden sollte ich fertig sein.«

Emma nickte. »Geht klar. Inzwischen kann ich meine Bohnen pikieren. Was machst du jetzt?«, wandte sie sich an Jaron.

»Ich werde erst mal nach was zu essen suchen und dann wohl meinen Koffer auspacken. Dazu hat die Zeit gestern Abend nicht mehr gereicht.«

»Willst du später auch in den *alten Heinrich* kommen?«, fragte Emma.

»Ich habe zwar keine Ahnung, wer oder was der *alte Heinrich* ist, aber ich komme gerne, wenn ihr mir sagt, wohin.«

Emma lachte. »Klar, das kannst du ja nicht wissen. Der *alte Heinrich* ist der Zirkuswagen da hinten – der, der nicht mehr so richtig neu aussieht, hinter den anderen am Waldrand.« Sie deutete mit dem Arm in die entsprechende Richtung. »Da treffen wir uns immer – Antonia, Franky und ich.«

Jaron nickte. »Alles klar. In drei Stunden.«

»Super, Alter«, sagte Franky und freute sich sichtlich. »Voll cool, dass ich nun nicht mehr allein bin unter den Mädels. Keine Beleidigung, Emma-Schatz!«

Emma schüttelte nur lächelnd den Kopf. »Ja, hilf dem Franky ruhig ein wenig, Jaron. Dann muss er nicht immer solche Angst haben!«

Die Gästezimmer für die Einzelgäste lagen in der Seeburg oben unter dem Dach, mit dem Blick zum Hof. Meistens beherbergten sie ja große Gruppen oder Schulklassen, aber immer wieder kamen auch Wanderer oder Radfahrer oder einfach Leute, die für ein paar Tage Ruhe suchten. Wobei – ruhig war es in der Seeburg wirklich nur außerhalb der Ferien- und Klassenfahrtzeiten.

Antonia führte Sabine Freygang durch die Tür im Hof links, an der Rezeption vorbei zum Treppenhaus und dann in den zweiten Stock. Sie war in Gedanken noch ganz bei ihrem Vater und fragte sich, wie es ihm nun ergehen würde. Würden ihn die Polizisten verhören, so wie sie es schon oft in amerikanischen Krimis gesehen hatte? Stundenlang, ohne etwas zu trinken, in einem Raum ohne Fenster?

Sie schluckte. *Hoffentlich klärt sich alles schnell auf,* dachte sie. *Bitte, Jesus, pass auf Papa auf. Du kennst ihn und weißt, dass er niemals jemandem etwas wegnehmen würde.*

Sabine Freygang unterbrach ihr stilles Gebet. »Es ist schön, wieder mal auf der alten Burg zu sein. Nur dass es hier inzwischen viel netter aussieht. Deine Eltern haben offenbar viel Arbeit investiert.«

»Woher kennen Sie meinen Vater und meine Mutter eigentlich?«, fragte Antonia.

»Du kannst mich ruhig duzen«, antwortete Sabine. »Wir drei waren während der Schulzeit beste Freunde, weißt du? Wir haben uns fast jeden Nachmittag mit unserer Clique getroffen und oft hier auf der Burg gespielt. Aber unser Kontakt ist abgebrochen, als ich zum Studium nach Berlin gezogen bin.«

»Was hast du denn studiert?«

»Archäologie, wie dein Papa. Heute arbeite ich in einem Museum.«

Das weckte erst recht Antonias Interesse. »Cool! So richtig mit Mumien und so?«

Sabine Freygang lachte. »Ja, Mumien gibt es bei uns auch. Allerdings ist mein Fachgebiet eher die Antike, da arbeiten wir seltener mit Mumien. Aber in römischer Geschichte kenne ich mich aus.«

Sie hatten den Gang erreicht, in dem Sabines Zimmer lag. Antonia schloss den Schrank auf und holte ein Paket mit Bettwäsche und Handtüchern heraus, während Sabine ihr Zimmer betrat. Antonia folgte ihr, legte die Wäsche aufs Bett und sah sich um.

Auf dem kleinen Tisch lag ein Stapel Bücher. Antonia trat näher und las die Titel: *Die römische Legion und ihre Strategie, Raetia – Bayern in der Spätantike*. Sie nahm das Buch über Bayern in die Hand und blätterte darin. Es enthielt viele Fotos – von Tongefäßen, Ausgrabungsstätten, Münzen und Schmuckstücken.

Eines der Bilder fand Antonia besonders interessant. »Das ist ja hier, am Starnberger See!«, sagte sie und hielt Sabine das Buch hin. »Diesen Felsen kenne ich, da sind wir schon ein paar Mal hingewandert.«

Sabine sah sich das Foto an und nickte. »Ja, hier am See gibt es sehr interessante Spuren aus der Römerzeit. Es gab eine ganze Reihe von Landgütern, kleinere Städte, auch einige Kasernen. Bei solchen Felsen wurden damals oft Götter verehrt, Mars zum Beispiel, Juno oder auch Jupiter.«

Antonia blätterte noch ein wenig weiter und vertiefte sich in die Bilder der Ruinen eines Gutshauses.

Da bemerkte sie plötzlich, was Sabine gerade aus dem Bad geholt und neben die Bücher auf den Tisch gelegt hatte. Erstaunt ließ sie das Buch sinken und deutete auf das kleine schwarze Etui. »Hast du etwa auch Diabetes?«, fragte sie.

Sabine sah sie an. »Ja, seit meiner Kindheit. Warum? Kennst du auch jemanden mit dieser Krankheit?«

»Mich selbst«, sagte Antonia. Ihr Interesse an dem neuen Gast wuchs schlagartig und für einen Moment waren die Sorgen um ihren Vater vergessen.

»O nein. Ganz schön bescheuert, findest du nicht auch?«, meinte Sabine Freygang. »Was war das für eine Aufregung, als ich in die Schule gekommen bin, ich erinnere mich noch genau. Und wie die anderen immer geguckt haben, wenn ich mich gespritzt habe!«

Antonia nickte. »Ja, das kenne ich. Zum Glück sind meine Freunde da cool, die kennen das schon. Die helfen mir auch, wenn ich einen Unterzucker habe. Emma schleppt sogar schon selbst immer Traubenzucker mit sich herum.«

»Das ist gut. Wie machst du es mit dem Insulin-Spritzen? Hast du eine Pumpe?«

»Nein, das war mir zu blöd, beim Sport immer so ein Gerät um den Bauch geschnallt zu haben. Aber mit dem Pen komme ich gut klar. Nur manchmal nervt es mich einfach total. Da würde ich am liebsten den ganzen Krempel in die Tonne treten.«

»Das ist doch völlig normal. Seit wann hast du denn Diabetes?«

»Er wurde festgestellt, als ich vier war.«

Sabine Freygang hob die Augenbrauen. »O, das ist früh. War bestimmt sehr schwierig.«

»Ich hab das ja nicht so mitbekommen, ich kann mich nur erinnern, dass auf einmal alle sehr aufgeregt waren und Mama oft geweint hat damals. Sie war mit den Zwillingen schwanger. Und natürlich war es am Anfang furchtbar, mehrmals am Tag Spritzen zu bekommen. Seit ich das selbst machen darf, ist es einfacher.«

»Ich kann mich noch erinnern, wie ich einmal im Sportunterricht umgekippt bin. Damals wussten die Lehrer noch nicht so gut Bescheid und auch meine Klassenkameraden hatten wenig Verständnis. Die haben mich noch Wochen danach gehänselt.«

»Hänseln tut mich keiner, aber erklären muss ich es oft. Die anderen fragen, was der Pen ist, und so weiter.«

Sabine Freygang nickte und griff nach dem Deckenbezug.

»Dann gehe ich wohl mal wieder runter«, meinte Antonia, als Sabine begann, ihr Bett zu beziehen. »Abendessen gibt es um sechs im Speisesaal.«

»Alles klar, danke«, sagte Sabine und lächelte sie an. »Dann sehen wir uns später.«

Secundum Capitulum

Publius

Jerusalem: Lager der Legio Fretensis,
vor 1883 Jahren

Als es Tag wurde, verkroch sich Benjamin in einer Mulde, in der er einigermaßen weich im Schatten liegen konnte. Dort blieb er viele Stunden lang. Er betete und weinte, irgendwann schlief er vor lauter Erschöpfung wieder ein.

In der Nähe des Lagers hatten sich die Familien der Offiziere in Zelten niedergelassen. Außerdem gab es dort einige fahrende Händler, die mit dem Lager reisten.

Als Benjamin Hunger bekam, schlich er sich zu ihren Wagen und bettelte die Soldaten an, die sich die Künste der Artisten anschauten oder ihre Frauen und Kinder besuchten. Sie hielten ihn wohl für das Kind eines Händlers. Immer mal wieder streifte ihn ein mitleidiger Blick und man drückte ihm eine kleine Münze in die Hand. So konnte sich Benjamin Brot und Oliven an einem der Stände kaufen.

Wenn er Durst bekam, ging er zu einer kleinen Quelle, an der die Hirten morgens ihre Schafe tränkten. Von der Quelle aus hatte man einen guten Blick auf die Stadt, oder auf das, was von ihr noch übrig war.

Benjamin hatte die goldene Schale in der Nähe seines Verstecks vergraben und die Stelle sorgfältig getarnt. Immer wieder kehrte er dorthin zurück und prüfte, ob alles in Ordnung war. Dieses Gefäß war das Einzige, was ihm von seinem Vater und seiner Heimat geblieben war – nichts hätte ihm kostbarer sein können.

In der Dämmerung des zweiten Tages grub er die Schale wieder aus. Nachdem er sich davon überzeugt hatte, dass ihn niemand sah, holte er sie aus dem Sack heraus und betrachtete sie.

Die prächtige Schale schimmerte im schwachen Licht des Abends: einfach perfekt, ohne Kerben oder Fehler. Sie erschien ihm wie ein lebendiges Wesen. Mit zwei Fingern strich er über den Rand, spürte die Kälte des Goldes, fühlte die Schwere, die auf seinem Schoß lag.

Eigentlich war die Schale klein – Benjamin konnte sie mit einem Arm umfassen. Aber sie war schwerer als jedes andere Gefäß vergleichbarer Größe. Der weite Rand rundete sich in der Mitte zu einer vollkommen gleichmäßigen Mulde. Keine Verzierungen, keine Steine schmückten die Außenseiten. Aber das Gold war makellos und schöner als alles andere, was Benjamin je gesehen hatte.

Als seine Finger den ebenen Boden absuchten, spürte er jedoch Vertiefungen. Er drehte die Schale um und musterte die Unterseite. Im schwindenden Licht der Sonne sah er, dass dort Schriftzeichen eingeritzt waren. Allerdings wohl nicht von dem Goldschmied, der die Schale einst geformt hatte. Denn die Buchstaben waren roh und krakelig, als ob man sie mit einem Messer in das Metall geritzt hätte. Und es war lateinische Schrift!

Wie alle Jungen in Jerusalem hatte auch Benjamin die verhasste Sprache der Besatzer gelernt. Er las: *Et absterget Deus omnem lacrimam ab oculis – Gott wird alle Tränen abwischen.*

Verwundert ließ er die Schale sinken. Diesen Spruch kannte er! Sein Vater hatte ihn oft zitiert, hatte er ihn in den Boden eingeritzt? Aber wenn ja, warum in Latein und nicht in Hebräisch? Benjamin runzelte die Brauen. Er erinnerte sich noch gut an die Worte seines

Vaters: Jeschua ist derjenige, der alle Tränen abwischen wird.

Aber wirklich *alle* Tränen? Er blickte nachdenklich durch die Dunkelheit in Richtung des Hügels, auf dem immer noch Rauch aus verkohlten Ruinen aufstieg. Selbst im letzten Dämmerlicht konnte er das verwüstete Jerusalem erkennen.

Die Tage vergingen. Irgendwann hatte der Strom der Flüchtenden aufgehört. Die Straße, die sich am Römerlager entlang zur Stadt zog, war leer, nicht einmal mehr Händler mit ihren Waren zogen in die Stadt; keine Besucher warteten am Stadttor. Die Stadt war zerstört, Benjamins Zuhause für immer verloren.

Doch die Römer waren zufrieden, sie kehrten feixend und grölend ins Lager zurück. Dabei schleppten sie ihre Beute mit: Teppiche, Möbel, Geschirr und Schmuck. Die Tränen der Flüchtenden kümmerten sie nicht.

Jede Nacht versuchte Benjamin, Publius ausfindig zu machen. Er schlich um das Lager herum, beobachtete die Soldaten und lauschte ihren Gesprächen. Sie nahmen ihren Dienst nicht wirklich ernst: Oft standen sie zusammen, lachten und redeten, und einmal sah Benjamin sogar einen von ihnen, der sich an den Zaun gesetzt hatte und schlief. Die Sieger wussten sich in Sicherheit. Daher war es kein Problem, unentdeckt zu bleiben.

Erst am Ende der dritten Nacht sah Benjamin endlich das Gesicht mit der Narbe auf der Stirn. Publius schlief nicht und unterhielt sich auch nicht. Er marschierte mit großen Schritten an der Palisade entlang und musterte die Umgebung genau.

Vorsichtig schlich sich Benjamin näher. Zum Glück war Publius' Kollege nicht so aufmerksam; er starrte meistens vor sich auf den Boden. Der Junge erreichte den letzten großen Felsblock, der sich unmittelbar vor der freien Fläche am Zaun befand. Dort wartete er, bis sich der Zenturio wieder näherte.

Dann warf er einen kleinen Kiesel. Er fiel Publius direkt vor die Füße.

Der blieb sofort stehen und starrte in die Richtung, aus der der Stein gekommen war.

Benjamin stand langsam auf und hob seine Hand.

Publius sah ihn und blickte über seine Schulter nach seinem Kameraden. Der aber schlenderte immer noch am Zaun entlang in die andere Richtung und sah und hörte nichts.

Rasch ging Publius zu Benjamin. Als er ihn erreichte, rief er überrascht: »Du bist doch der Sohn von Jakob! Wie kommst du denn hierher?«

»Mein Vater hat mich rechtzeitig aus der Stadt geschickt, um dich zu suchen. Er sagte, du würdest mir helfen. Ich warte seit zwei Tagen auf dich.«

Publius sah ihn prüfend an und erklärte: »Ich war zum Dienst im Lager eingeteilt. Erst gestern konnte ich es für eine Weile verlassen und bin in die Stadt gegangen. Ich war bei eurem Haus.«

»Hast du meinen Vater gesehen?«, fragte Benjamin.

Publius antwortete nicht, sondern schaute ihn nur an.

Da senkte Benjamin den Kopf.

Publius sah sich wieder nach dem anderen Soldaten um. Der hatte die Ecke des Zauns fast erreicht und würde sich gleich umdrehen. Schnell flüsterte er: »Hör mir zu, Benjamin. Versteck dich wieder. Siehst du den vertrockneten Baum dort?« Er wies mit dem Kinn hinter den Jungen.

Benjamin drehte sich um, sah die kahle Krone in einiger Entfernung und nickte.

»Ich habe noch Dienst, bis es hell wird. Danach kann ich mich aus dem Lager schleichen. Wir treffen uns an diesem Baum. Ich bringe dir Wasser und Essen und werde mir überlegen, wie es weitergeht. In Ordnung?«

Wieder nickte der Junge.

Publius legte ihm kurz die Hand auf die Schulter. Dann wandte er sich um und ging rasch zum Zaun zurück. Benjamin duckte sich erneut hinter den Felsen, bevor er lautlos in der Dunkelheit verschwand.

Wie versprochen kam Publius zu dem Baum; er hatte Brot, Speck und sauren Wein dabei. Als er Benjamin gefunden hatte, sah er ihm erst dabei zu, wie er das Brot hungrig verschlang und den Wein in großen Zügen leertrank. Es entging ihm nicht, dass der Junge den Speck nicht anrührte.

Publius kannte inzwischen die Gebote der Juden; er wusste, dass es ihnen verboten war, Schweinefleisch zu essen. Er seufzte leise, weil ihm klar war, dass Benjamin in Zukunft ein ganz anderes Leben würde führen müssen.

Der groß gewachsene Zenturio hatte in den vergangenen Stunden darüber nachgegrübelt, was er mit Benjamin machen sollte. Dessen Vater Jakob war ein Mann gewesen, dem er viel verdankte. Obwohl die beiden sehr unterschiedlich gewesen waren, hatte sie eine tiefe Freundschaft verbunden.

Jakob hatte lange gezögert, bevor er Publius zu einem Treffen der Jeschua-Anhänger mitgenommen hatte. Dort hatte sich Publius eine neue Welt erschlossen, voller Sinn und Hoffnung. Die Worte des Messias, die sich dessen Jünger immer wieder gegenseitig erzählten, hatten ihn tief berührt.

Publius wusste, dass Jakob durch seine Freundschaft mit einem der verhassten Römer ein großes Risiko eingegangen war. Er wusste, dass Jakobs Nachbarn und Freunde das nicht verstanden hatten. Sogar einige Anhänger von Jeschua hatten Jakob deswegen Vorwürfe gemacht.

Aber Benjamins Vater hatte zu ihm gestanden. »Ich bin davon überzeugt, dass Jeschua nicht nur zu den Juden gekommen ist, auch wenn meine Brüder in Jerusalem vielleicht anders denken«, hatte er Publius eines Abends erklärt. »Unser Herr hat sich immer auch um die Ungläubigen gekümmert, hat sie getröstet und geheilt. Er hat sogar einmal gesagt, dass die Gesunden keinen Arzt brauchen, sondern die Kranken.«

Publius war Jakob unendlich dankbar. Einst hatte er voller Abenteuerlust seiner Dienstzeit in der römischen Legion entgegengesehen. Doch er hatte schnell erkannt, dass er sich völlig falsche Vorstellungen gemacht hatte. Er war immer ein Außenseiter geblieben; und das, was er als Soldat tun musste, belastete ihn schwer.

Benjamins Vater hatte ihm einen anderen Weg aufgezeigt und Publius' Leben hatte durch die Bekanntschaft mit Jeschua ein neues Ziel bekommen. Daran würde er festhalten, auch wenn sein Freund nicht mehr da war. Und dessen Sohn würde er unter Einsatz seines eigenen Lebens beschützen. Das schwor sich Publius im Stillen, während er Benjamin betrachtete.

Der Junge hatte inzwischen seinen Hunger gestillt.

»Gehen wir jetzt ins Lager?«, fragte er ängstlich.

Publius schüttelte den Kopf. »Ich kann dich

nicht dorthin mitnehmen«, sagte er. »Es haben nur Soldaten Zutritt, und ich könnte außerdem nicht verraten, wer du bist. Wie sollte ich erklären, dass ich den Sohn eines Feindes bei mir habe? Viel zu gefährlich.«

»Dann laufen wir gemeinsam weg?«

Publius seufzte. »Das ist nicht so einfach, wie du es dir vorstellst. Ich bin Soldat und habe einen Eid geschworen. Ich kann nicht einfach gehen, wenn ich möchte. Aber keine Sorge: Dein Vater war mein bester Freund, und er hatte recht mit dem, was er gesagt hat. Ich werde dich nicht im Stich lassen. Du musst nur etwas Geduld haben.«

»Wie lange muss ich warten?«

»Die nächsten Wochen wirst du noch ohne mich auskommen müssen. Dein Vater wusste, dass sich meine Dienstzeit dem Ende nähert. In ein paar Wochen wird die Legion weiterziehen, dann werde ich entlassen und bin frei zu gehen. Man wird mir als Sold für meinen Dienst ein Stück Land geben und ich konnte in den vergangenen Jahren einiges Geld ansparen. Auf dem Land, das mir dann gehören wird, werde ich einen Hof bauen und Landwirtschaft betreiben. Ich werde dich mitnehmen.«

»Müssen wir dorthin weit laufen?«

Der Soldat lächelte. »Erstmal nur bis zum Meer. Aber dann besteigen wir ein Schiff und werden viele Wochen lang auf dem Seeweg nach Rom reisen. Anschließend haben wir einen monatelangen Fußmarsch vor uns, denn zwischen Rom und meinem Ziel liegt ein hohes Gebirge. Hinter den Bergen, die man die Alpen nennt, ist meine Heimat. Wusstest du das nicht?«

Benjamin schüttelte den Kopf. »Dann bist du also sehr weit von deinem Zuhause entfernt.«

»Ja. Aber ich habe hier Dinge gefunden, von denen die Menschen in Germanien noch nichts ahnen. Bald kehre ich dorthin zurück und du kommst mit mir. Dann wirst *du* derjenige sein, der sehr weit von seinem Zuhause entfernt ist. Am besten nutzt du die nächsten Wochen dazu, dich mit deinem neuen Leben als Römer vertraut zu machen.

Was du vielleicht nicht weißt: Ich habe eine Familie; meine Frau und mein Sohn leben außerhalb des Lagers. Lucas ist 13 Jahre alt, nur wenig älter als du. Du wirst also einen Bruder bekommen, und ich bin mir sicher, dass ihr euch gut verstehen werdet. Ich werde ihm und Claudia deine Geschichte erzählen, aber nur ihnen. Sonst darf niemand wissen, wer du bist, solange wir noch in Judäa sind.

Bis ich entlassen werde, wirst du bei ihnen leben. Sie werden dir alles beibringen, was du als Römer wissen musst. Versuche, möglichst viel zu lernen, denn du wirst es brauchen. Wenn du mit uns reist, wirst du ein Römer sein müssen.«

Publius nahm den Speck und sein Messer und hobelte ein kleines Stückchen ab. Dann streckte er es Benjamin hin. »Vielleicht ist es gut, wenn du gleich damit anfängst. Ich weiß, dass dir Schweinefleisch bis heute verboten war. Wenn du wirklich als Römer gelten willst, wirst du auch dies essen müssen.«

Benjamins Augen weiteten sich. Publius konnte sehen, wie sehr ihn die Vorstellung, das heilige Gebot zu übertreten, erschreckte.

Der Soldat legte ihm die Hand auf die Schulter und blickte ihn ernst an. »Benjamin, hör mir zu. Alles, was dein Vater mir über Jeschua erzählt hat, sagt mir: Er wird dich nicht danach beurteilen, ob du dich an solche Vorschriften hältst. Vertraust du Jeschua?«

Für einen Moment zögerte Benjamin und sah Publius zweifelnd an. Dann nickte er. »Mein Vater hat ihm sein Leben anvertraut. Und meines. Ich glaube, dass Jeschua mich aus der Stadt gerettet und hierhergebracht hat. Ja, ich vertraue ihm.«

»Das ist gut. Auch ich weiß, dass ich dem Messias alles verdanke. Er ist nun der Sinn meines Lebens. Was denkst du: Bin ich einer seiner Jünger, obwohl ich Schweinefleisch esse?« Damit nahm er das Stück Speck, steckte es sich in den Mund, kaute und schluckte.

Benjamin beobachtete ihn. Publius konnte den Ekel und die Zweifel auf seinem Gesicht erkennen. Doch dann straffte sich der Junge. »Ja, du bist ein Jünger Jeschuas«, sagte er.

Da griff Publius nach der Speckschwarte, säbelte ein zweites Stückchen ab und hielt es ihm hin.

Der Junge nahm das Fleisch und biss vorsichtig ein Eckchen ab. Er kaute nachdenklich. Doch plötzlich hellte sich sein Gesicht auf. »Das schmeckt fantastisch!« Und damit stopfte er sich den Rest in den Mund, während Publius sich zurückhalten musste, um nicht laut loszulachen.

Tertium Capitulum

Benjamins neue Familie

Auf dem Mittelmeer, vor 1883 Jahren

Vorsichtig setzte Lucas einen nackten Fuß nach dem anderen auf die rauen Schiffsplanken. Im Bauch des Schiffes war es fast vollständig dunkel und es schaukelte einfach immer. Schiffe waren nichts für ihn: Die ständige Übelkeit, die derben Scherze der Matrosen, die Enge und der Gestank setzten dem Jungen zu. Er zwängte sich zwischen zwei Seesäcken hindurch, bemüht, den Mann, der in der Hängematte neben ihm schnarchte, nicht zu wecken.

Er hatte keine Wahl gehabt: Wenn sein Vater sich auf die Reise machte, fuhren seine Mutter und er mit, so war es immer schon gewesen. Aber der neue Bruder, das war zu viel. Lucas konnte es nicht ertragen, dass sich die spärliche Aufmerksamkeit seines Vaters nun auch auf Benjamin richtete. Was hatte er mit diesem

Ausländer, der nicht einmal die einfachsten römischen Spiele kannte, zu tun?

Da war Benjamins Schlafstätte. Jetzt, mitten am Tag, hielten sich die Passagiere des kleinen griechischen Handelsschiffs oben auf Deck auf. Sie waren froh, wenn sie der Enge und der schlechten Luft der Schlafkabine entkommen konnten. Lucas hatte sich von seinen Eltern und seinem neuen Adoptivbruder unter einem Vorwand weggeschlichen.

Nun steckte er die Hand in den kleinen Beutel, der an seinem Gürtel hing, und holte eine wertvolle Gewandnadel heraus. Er hatte sie an diesem Morgen seiner Mutter gestohlen, als sie das Essen zubereitet hatte. Die Nadel war eines der wenigen Schmuckstücke, die Claudia besaß, ein Erbstück ihrer Mutter, und sie hütete sie streng.

Doch Lucas wusste, wo sie sie versteckte; für ihn war es ein Kinderspiel gewesen, sie an sich zu nehmen. Ihm war klar, dass seine Mutter den Verlust bald bemerken würde. Auf einem solchen Schiff trug jeder das, was ihm lieb war, ständig bei sich. Auch sein neuer Möchtegern-Bruder, der diesen alten Sack immer mit einem Seil eng an seine Hüfte band und nachts sogar auf ihm schlief. Was er da wohl drin hatte?

Geklaut wurde ständig. Erst gestern hatte der Kapitän einen Passagier streng bestraft, bei dem eine vermisste Goldmünze gefunden worden war. Ob er Benjamin auch so bestrafen würde? Bei dem Gedanken konnte Lucas ein kleines Lächeln nicht unterdrücken.

Vorsichtig hob er den Mantel an, der einmal ihm gehört hatte und der nun Benjamin nachts als Decke diente. Er wühlte in den Stofffalten, bis er die Innentasche fand, die seine Mutter hineingenäht hatte. Darin würde er nun das Schmuckstück verstecken.

»Was machst du da?«

Lucas fuhr herum und erstarrte. Ausgerechnet sein Vater stand hinter ihm und runzelte die Stirn.

»Ich … ich …« Lucas zog die Hand aus Benjamins Mantel.

»Mutter sucht dich, das Essen ist fertig und wir würden gerne anfangen. Was machst du hier unten?«

»Ich … dachte, dass es Benjamin vielleicht kalt wird, und wollte ihm seinen Mantel holen.« Lucas hörte selbst, wie lahm diese Ausrede klang. Schließlich hatte er sich bisher nicht darum gekümmert, ob sich sein neuer Bruder wohlfühlte. Er umklammerte die Gewandnadel und verschränkte beide Arme hinter seinem Rücken.

Ganz offensichtlich glaubte sein Vater keineswegs, dass Lucas den Mantel hatte holen wollen. Sein Gesicht verfinsterte sich. »Und was versteckst du da hinter deinem Rücken?«

»Nichts.«

»Ach was! Zeig schon her.«

Publius griff nach Lucas' Arm, zog ihn nach vorne und bog dann die Finger seines Sohnes auf. Ungläubig weiteten sich seine Augen. »Das ist die Nadel, die Claudia seit heute Morgen vermisst! Woher hast du sie?«

Lucas überlegte fieberhaft. »Ich habe gesehen, wie Benjamin sie aus Mutters Versteck genommen hat. Dass er sie in seiner Hängematte verstecken würde, habe ich mir gleich gedacht. Ich wollte sie nur holen und wieder dahin zurücktun, wo sie hingehört.«

Sein Vater zog die Brauen zusammen und sah ihn misstrauisch an. Er hielt immer noch seine Hand fest. »Benjamin soll sie genommen haben? Warum hast du nichts gesagt?«

Lucas wand sich unter dem festen Griff. »Ich

wollte Benjamin nicht in Schwierigkeiten bringen. Der Kapitän hat diesen Dieb gestern so streng bestraft, da hatte ich Angst, dass ihm das Gleiche passiert.«

»Du dachtest, wenn du mir oder deiner Mutter von dem Diebstahl erzählst, würden wir dem Kapitän davon berichten?« Publius schüttelte den Kopf. »Ich kann nicht glauben, dass du uns so etwas zutraust. An deiner Geschichte stimmt was nicht. Und warum sollte Benjamin solch ein wertvolles Stück in seiner Hängematte verstecken, wenn er doch diesen Sack immer bei sich trägt? Das ergibt keinen Sinn, mein Sohn.«

Er packte Lucas im Nacken, brachte sein Gesicht nah an das des Jungen heran und sah ihm eindringlich in die Augen. »Lüg mich nicht an, Lucas. Ich weiß, dass du Benjamin nicht ausstehen kannst, und vermute, du wolltest ihm etwas unterschieben. Aber mit einer solchen Aktion erreichst du nur, dass ich dir nicht mehr vertrauen kann. Ich behalte dich im Auge!«

Damit ließ er seinen Sohn los, richtete sich auf und nahm ihm die Nadel aus der Hand. Sein Gesicht wurde weich. »Lucas, mein Sohn. Benjamin ist ein netter Junge. Du solltest dich eigentlich freuen, dass du nun einen Bruder hast. Und ich glaube, er wäre gerne dein Freund. Deine Mutter und ich haben ihn schon sehr lieb gewonnen. Gib ihm eine Chance. Und damit das ganz klar ist: Wenn ich dich noch einmal bei etwas Ähnlichem erwische, werde ich dich bestrafen.«

Er schwieg einen Moment und sah Lucas an, der bockig auf den Boden starrte. »So, und nun werde ich deiner Mutter ihr Schmuckstück zurückbringen. Wenn du noch etwas zu essen haben willst, solltest du mitkommen.«

Mit diesen Worten drehte sich Publius um und verschwand in Richtung der Leiter, die aufs Deck führte.

Lucas blieb stehen. In ihm brodelte es. So eine Gemeinheit! Dieser geheimniskrämerische kleine Bengel schleppte wer weiß was mit sich herum, erschlich sich das Vertrauen seiner Eltern und nahm ihm, Lucas, seinen rechtmäßigen Platz weg. Diesem frechen Kerl sollte sein Vater misstrauen, nicht ihm!

Ich bin sein Sohn und mich will er bestrafen?, dachte Lucas bitter. *Ich wollte doch nur, dass sie endlich sehen, was für ein hinterlistiger kleiner Lügner dieser Benjamin ist!*

Er stand in der Dunkelheit, die Fäuste geballt, um ihn herum leere Hängematten, die sanft im Wellengang des Schiffes schaukelten. Das Wasser schwappte leise und regelmäßig an die Außenwand, während sein Zorn wuchs und schließlich jeden anderen Gedanken aus seinem Herzen verdrängte.

Ich bin Lucas Publius, ich allein bin der Sohn meines Vaters. Und ich werde nicht zulassen, dass dieser Fremde meinen Platz einnimmt, schwor er sich. Dann atmete er tief durch und machte sich auf den Weg zu seiner Familie.

Kapitel 6:

Eine Suche mit überraschendem Ende

Am Starnberger See

Bevor Jaron an die Tür des *alten Heinrichs* klopfte, sah er sich noch einmal um. Das mächtige Burgtor, der hohe Turm, ringsum die bunten Bauwagen, zwischen den Bäumen die glitzernde Wasserfläche: Da war Köln doch ein anderes Pflaster gewesen. *Schon ganz schön krass hier*, dachte er. *Ich fühl mich irgendwie, als wär ich immer noch in den Ferien.*

Die bunten Wagen waren gerade nicht vermietet, aber Jaron konnte sich lebhaft vorstellen, wie es hier in den Ferien vor Kindern wimmelte. Im Moment rauschten über ihm nur die Buchen.

Doch dann dröhnte plötzlich so laute Musik los, dass es den *alten Heinrich* förmlich schüttelte. Jaron hörte Emma rufen, aber mehr als »Franky!« konnte er nicht verstehen. Daraufhin wurde die Musik jedoch leiser. Jaron klopfte an die Tür und öffnete sie.

»Hi, Jaron!«, begrüßte ihn Franky. Er saß am Tisch, den Lötkolben in der Hand, und schien gerade Kabel miteinander zu verbinden. Vor ihm lagen mehrere Lämpchen und eine Bluetooth-Box, aus der die Musik schallte.

Emma stand an der Arbeitsfläche und schraubte Metallstangen zu einem Gestell zusammen, unter dem sich kleine Töpfe mit Pflänzchen befanden.

»Hi«, erwiderte Jaron, »was macht ihr denn da? Sieht spannend aus.«

Emma lachte. »Ich mach ein Experiment. Ich will rausfinden, wie sich verschiedene Lichtquellen auf Pflanzen auswirken. Wir bauen gerade eine Halterung für die LEDs.«

»Wir?«, sagte Franky und blickte von seinem Lötkolben hoch.

»Na ja, Franky hilft mir. Er kann mit dem Lötkolben besser umgehen als ich.«

Franky nickte zufrieden.

»Cool«, meinte Jaron. Er selbst war technisch nicht besonders begabt und hätte noch nicht einmal gewusst, wie man einen Lötkolben anschaltet. Er setzte sich zu Franky an den Tisch und beobachtete, wie dieser etwas Lötzinn an ein Kabel hielt und ihn rauchend zum Schmelzen brachte.

»Habt ihr schon besprochen, was man unternehmen könnte?«, fragte er, als Franky aufschaute.

Der schüttelte den Kopf. »Bis jetzt ist Antonia nicht aufgetaucht, und wir wollten auf sie warten. Vor etwa einer Stunde ist der Streifenwagen wieder hier gewesen, ihr Vater wurde also wohl von der Polizei zurückgebracht.«

»Ist das wirklich okay, dass ich hier bin?«, hakte Jaron nach. »Ich bin mir nicht sicher, ob Antonia das so toll findet.«

»Klar«, sagte Emma, »mach dir keine Sorgen wegen Antonia. Ist nur gerade ein wenig viel für sie, sie kriegt sich schon wieder ein.«

In diesem Moment wurde die Tür des Zirkuswagens aufgerissen und die Genannte trat ein. Als sie Jaron bemerkte, runzelte sie die Stirn und ließ sich wortlos auf die Matratzen fallen.

Alle sahen sie an. »Und?«, fragte Franky schließlich.

»Sie haben ihn verhört und die Fingerabdrücke genommen.«

»Krass«, meinte Franky.

»Ich glaube aber nicht, dass sie ihn nur als Zeugen wollen. Er ist nämlich der Einzige, der die Gelegenheit hatte, die Bilder zu stehlen. Es wurde kein Alarm ausgelöst, weil die Vitrine aufgeschlossen wurde. Und den Schlüssel haben nur Papa und Weixlhammer, und der hat ein Alibi. Und welchem Zeugen sagt man, dass er sich bereithalten soll und nicht verreisen darf?«

»Aber zu einem Verbrechen gehören immer drei Dinge: Gelegenheit, Mittel und Motiv«, erklärte Franky. »Das Mittel hatte dein Vater: den Schlüssel, die Gelegenheit auch. Aber kein Motiv, oder?«

»Natürlich nicht. Ich glaube, sie haben einfach keinen anderen Verdächtigen.«

Sie sah Emma an. »Hat dein Stiefvater was erzählt?«

»Ich hab versucht, was aus ihm rauszukriegen«, sagte Emma. »Aber keine Chance. Er hat immer nur auf seine ›Schweigepflicht‹ verwiesen.« Sie verdrehte die Augen. »Obwohl ich mich wirklich bemüht habe, ihn zu löchern.«

»Das mit den Fingerabdrücken ist doch auch voll bescheuert«, warf Jaron ein. »Wenn dein Vater der Hausmeister der Kirche ist, dann sind dort ja sicher überall seine Fingerabdrücke, auch auf der Vitrine.«

Die drei blickten ihn an.

»Du hast recht«, pflichtete ihm Emma bei. »Das sagt überhaupt nichts aus.«

»Na ja, er ist Hausmeister *gewesen*«, berichtigte Antonia und ließ den Kopf hängen. »Der Pfarrer hat ihn vorhin angerufen und gesagt, dass seine Dienste nicht mehr gebraucht würden.«

»Was? Der hat sie doch nicht alle«, empörte sich Emma.

»Mein Vater hat Hausverbot, das heißt, er darf die Kapelle erst mal nicht mehr betreten. Morgen soll er im Pfarramt vorbeikommen und den Schlüssel abgeben.«

»Aber es ist doch noch überhaupt nicht bewiesen, dass er der Dieb war.« Emma schien es nicht fassen zu können.

Die anderen schauten sich ebenfalls ungläubig an.

Antonia zuckte mit den Achseln. »Ich glaube, dass mein Vater sowieso nicht mehr hingegangen wäre, jetzt, da ihn alle verdächtigen.«

»Der Pfarrer ist übrigens nicht der Einzige, der voreilig Schlüsse zieht«, erklärte Franky und hielt sein Tablet in die Höhe. »Auf der Website *Starnberg24* ist der Diebstahl der große Aufmacher.«

Jaron und Emma beugten sich über ihn. »Lies mal vor«, sagte Jaron.

Franky las:

Schatz aus Wallfahrtskirche entwendet

Heute Vormittag wurden in der Wallfahrtskirche St. Valentin in Allmannshausen zwei wertvolle Ikonen entwendet. Die Bilder, Leihgaben der Residenz in München, befanden sich für eine Ausstellung über religiöse Kunst in der Kapelle, so Kulturamtsleiter Horst Sewald. »Sie waren in einer alarmgesicherten Vitrine untergebracht«, sagte Sewald. Nach seinen Angaben beträgt der Wert der Bilder rund 100 000 Euro.

Wie Polizeisprecher Peter Schwarz gegenüber Starnberg24 erklärte, gebe es keinerlei Einbruchspuren an der Kirche oder der Vitrine. Ein Verdächtiger, der Zugang zur Kirche hatte, sei schon vernommen worden. Die Polizei geht zurzeit allen Spuren nach und nimmt auch Hinweise aus der Bevölkerung entgegen.

»Die Kommentare zu dem Artikel erspare ich euch«, meinte Franky. »Jedem, der sie liest, wird sofort klar, dass es sich bei dem Verdächtigen um deinen Vater handeln muss.«

Antonia starrte zu Boden. Für einen Moment herrschte Schweigen.

Dann seufzte Emma und sagte: »Da müssen wir was unternehmen! Nur hier rumzusitzen, hat keinen Zweck.«

Franky nickte. »Stimmt. Den Fall mit den Fahrraddieben müssen wir erst mal zu den Akten legen. Jetzt geht es um Antonias Vater.«

»Fahrraddiebe?«, fragte Jaron.

»Wir hatten angefangen, eine Serie von Fahrraddiebstählen hier in der Gegend zu untersuchen«, erklärte Franky, »und waren kurz vor dem Durchbruch. Na ja, die Diebe haben wohl Glück. Wir haben jetzt Wichtigeres zu tun.«

Er überlegte kurz. »Wisst ihr was? Lasst uns doch selbst in der Kapelle nachschauen. Vielleicht hat die Polizei etwas übersehen. Antonia, du kennst dich doch dort super aus, weil du deinem Vater oft helfen musstest.«

»Ja, leider«, bestätigte Antonia.

»Und ich musste bei der letzten Kirchenrallye im Kommunionsunterricht die Kapelle ganz genau unter die Lupe nehmen: Ich habe jeden Stein vom Keller bis zum Dachstuhl im Turm begutachtet. Und während der Messen, die ich besuchet habe, gab es auch nichts Besseres zu tun, als das Innere der Kirche zu betrachten.«

»Gute Idee«, stimmte Emma zu.

Auch Antonia sah wieder hoffnungsvoller aus. »Ja, lasst uns das machen«, sagte sie.

»Dann müsst ihr euch aber beeilen«, meinte Jaron. »Morgen gibt dein Vater den Schlüssel ab, und ich glaube nicht, dass der Pfarrer die Tochter des Verdächtigen so einfach in die Kirche lässt.«

Antonia schaute ihn etwas verdutzt an, nickte dann aber. »Du hast recht. Wir sollten gleich hinfahren.«

»Jaron, kommst du mit?« Emma blickte ihn auffordernd an.

»Ja, klar, wenn das okay ist«, antwortete er und zuckte mit den Achseln.

Antonia schnaufte und verdrehte demonstrativ die Augen.

Kaum hatte Emma das bemerkt, sagte sie energisch: »Mann, Antonia, du hörst jetzt mal auf, dich wie ein Kleinkind zu benehmen. Jaron kann ja wohl nichts dafür, dass er in deinem Zimmer schlafen muss und dass ihr Probleme habt, euch ein Bad zu teilen. Spiel dich nicht so auf.«

»Ja, ist ja schon gut«, gab Antonia zurück. »Gehen wir jetzt endlich?«

Jaron hatte nicht das Gefühl, dass sie ihn tatsächlich schon akzeptiert hatte. Aber er war froh, dass ihn wenigstens die anderen zwei dabeihaben wollten. Keine neuen Freunde zu finden, war vor diesem Umzug seine größte Angst gewesen.

Eine halbe Stunde später kamen die vier an der Kapelle an. Antonia war irgendwann wieder richtig munter geworden und hatte den Schlüssel für St. Valentin vom Schlüsselbrett gemopst, ohne dass es jemand bemerkt hatte. Auch an der Kirche sah niemand, wie die kleine Gruppe die Tür aufschloss und sich schnell hineindrückte. Es war inzwischen Abend geworden, die Bewohner von Allmannshausen saßen beim Essen und den vieren waren nur wenige Menschen auf der Straße begegnet.

Doch da Sommer war, war es immer noch hell und der

Kirchenraum voll beleuchtet. Die Freunde schauten sich um. Alles schien normal, nur die leere Vitrine an der Seitenwand, um die ein Absperrband gespannt war, wies auf das hin, was in der vergangenen Nacht geschehen war.

Sie traten so weit an den Glaskasten heran, wie es das Plastikband erlaubte, und sahen sich den Tatort von allen Seiten an. Die Glashaube passte wie ein Deckel über den kleinen Tisch, auf dem die Bilder gelegen hatten. Das Schloss daran war offensichtlich unversehrt.

»Ich glaube nicht, dass wir an der Vitrine selbst noch etwas finden werden«, meinte Antonia. »Da hat die Polizei bestimmt alles gründlich untersucht. Was ich mich aber frage: Wenn es nicht Papa war – und davon gehen wir ja aus –, wie ist der Dieb dann in die Kirche gekommen?«

»Gute Frage«, erwiderte Franky. »Einen Schlüssel hat nur noch Weixlhammer. Und der hat ja wohl ein Alibi. Der Täter muss also irgendwie eingebrochen sein.«

»Dann lasst uns doch mal sehen, ob wir nicht irgendwo einen Hinweis darauf finden«, schlug Jaron vor. »Wenn der Einbrecher absichtlich so wenige Spuren hinterlassen hat, dass die Polizei nichts entdeckt hat, konnte er dadurch natürlich leicht den Verdacht auf deinen Vater lenken.«

Antonia nickte zustimmend.

Sie verteilten sich in der ganzen Kirche und nahmen alle Fenster und Türen genau unter die Lupe. Sie strichen über Türrahmen und überprüften die Staubschicht auf den Fenstersimsen. In der Sakristei rückten sie sogar mit vereinten Kräften den großen Schrank ein Stück von der Wand, um zu schauen, ob sich dahinter eine geheime Tür verbarg. Aber sosehr sie auch suchten, sie fanden nichts, was ihnen verdächtig oder merkwürdig vorkam.

Ratlos trafen sich Antonia, Emma und Jaron schließlich vor dem Altar. Nur Franky schien völlig vertieft in den Anblick einer Statue, die die Wand schmückte. Sie zeigte Maria, die ihren toten Sohn Jesus im Arm hielt. Er war blutüberströmt und hatte halb geschlossene Augen.

»Lasst uns nach Hause fahren«, sagte Antonia müde. »Das bringt es doch nicht. Meine Mutter macht sich bestimmt schon Sorgen.«

Emma und Jaron nickten.

»Tut mir echt leid, das mit deinem Vater. Wäre super gewesen, wenn wir etwas gefunden hätten«, meinte Jaron.

»Ja, Mann. So ein Mist.« Antonia ließ sich enttäuscht auf eine Kirchenbank sinken.

»Ach, Antonia.« Emma setzte sich zu ihrer Freundin. »Die Chance war sowieso nicht groß. Ich mag zwar meinen Stiefvater nicht wirklich, aber ich glaube, er ist ein ziemlich guter Polizist. Es hätte mich überrascht, wenn wir tatsächlich etwas gefunden hätten.«

»Schaut doch mal, wie krass!«, sagte Franky, der immer noch vor der Statue stand. »Da sieht man jeden Blutstropfen.«

»Ja, schön«, antwortete Emma und stand auf. »Aber komm jetzt, wir wollen nach Hause.«

Jaron trat zu Franky. »Sie sieht unglaublich traurig aus«, bemerkte er. »Sie schaut nur ins Leere.«

Jetzt wurde das Interesse der beiden Mädchen geweckt und sie gingen zu den Jungs hinüber. Für einen Moment standen die vier schweigend vor der Figur aus Holz, die an der Kirchenwand befestigt war. Maria war an der Rückseite ganz flach, sodass sie mit dem Putz zu verschmelzen schien.

Franky schien sich allerdings nicht so sehr für die Mutter Gottes zu interessieren, die mit der rechten Hand den leblosen Körper ihres Sohnes stützte und mit der anderen ein Schwert an ihre Brust drückte. Stattdessen betrachtete er den Leichnam von Jesus, der auf den Knien lag, von allen Seiten. Der Kopf von Jesus war zur Seite geneigt, das Gesicht dem Betrachter zugewandt.

Da verlor Antonia die Geduld. »Komm schon, Franky, was ist denn an dieser Statue auf einmal so interessant? Du hast sie doch schon oft im Gottesdienst betrachtet, warum ist sie gerade jetzt so spannend?«

»Ich weiß nicht«, antwortete Franky, »irgendwas stört mich. Aber ich weiß nicht, was. Da stimmt was nicht.«

Emma seufzte und Jaron schaute sie sichtlich irritiert an.

Daraufhin erläuterte Emma: »Typisch Franky. Unser Nerd muss immer alles, was er sieht, analysieren. Aber bei einer Marienstatue ist das noch nicht vorgekommen.«

»Na ja«, sagte Jaron, »es kann ja ganz praktisch sein, jemanden dabeizuhaben, dem nichts entgeht.«

»Aber nicht, wenn man Hunger hat und nach Hause will«, erklärte Antonia und tippte ihrem Kumpel auf die Schulter. »Komm schon, Franky. Zeit zum Essen.«

»Warte! Ich hab's«, rief Franky. »Da stimmt wirklich was nicht, ich wusste es. Seht ihr es nicht?«

Die anderen schauten genauer hin, schüttelten aber nur verständnislos den Kopf.

»Seine Füße!«, sagte Franky triumphierend. »Merkt ihr jetzt, was ich meine?«

Jaron, der links stand, beugte sich über die Füße, zuckte dann jedoch mit den Achseln.

»Meine Güte, was ist denn mit seinen Füßen?«, fragte Antonia genervt.

»Der Nagel steckt noch!« Jaron trat einen Schritt zurück, als Franky sich rechts neben die Statue stellte und auf einen bestimmten Punkt deutete. Jetzt konnten es die anderen auch sehen: Aus dem Fußrücken von Jesus ragte ein dicker, rostiger Nagel hervor.

»Ich möchte doch zu gerne wissen, warum«, sagte Franky. »Maria hält doch den Leichnam von Jesus, den seine Freunde vom Kreuz abgenommen haben. Aber wie soll das funktioniert haben, wenn sie nicht alle Nägel gelöst haben? Und wenn sie das getan haben, warum sollten sie einen Nagel wieder reinstecken?«

Er wirkte sehr zufrieden, als er sich noch tiefer über den Fuß von Jesus beugte. »Na, mal sehen«, sagte er und begann, an dem eisernen Stift zu zupfen.

»Hör auf, du machst noch was kaputt!«, warnte Emma. »Ist doch egal, ob der Nagel noch steckt. Das interessiert doch keinen.«

»Doch, mich«, meinte Franky unbeirrt. Er zog kräftiger und mit einem Mal rutschte der Nagel ein Stück aus der Statue heraus. In diesem Moment ertönte ein metallenes Knirschen und ein Rumpeln hallte durch die ganze Kirche. Marias Rücken löste sich von der Wand.

Mit einem Schrei sprangen die vier Freunde zurück, doch die Statue fiel nicht herunter, sondern schwang nur knarrend vor und zurück. Eine Staubwolke drang aus dem Spalt zwischen Holz und Wand hervor und verteilte sich im Raum. Keiner sagte etwas; alle standen da wie erstarrt.

Dann sah sich Emma um, aber das laute Geräusch schien niemandem außerhalb der Kapelle aufgefallen zu sein.

»Krass!«, flüsterte Jaron schließlich. »Kann mir jemand erklären, was da gerade passiert ist?«

Antonia traute sich als Erste, wieder an die Statue heranzutreten. Vorsichtig ergriff sie die Knie von Jesus und zog die ganze Skulptur weiter von der Wand weg. Hinter Maria kam ein ovales Loch zum Vorschein. Die Statue war tatsächlich an der linken Seite mit Scharnieren an der Wand befestigt und der Nagel schien der Riegel zu sein.

»Franky, du hast mal wieder den richtigen Riecher gehabt«, sagte Antonia beeindruckt. »Das ist bestimmt der Geheimgang, den wir gesucht haben.«

Franky lachte unsicher und trat neben sie. Er steckte den Kopf in das Loch und rief: »Da ist eine Leiter!« Seine Stimme hallte in dem Hohlraum wider, der wohl größer war, als man es vom Kirchenraum aus sehen konnte. »Das ist nicht nur ein Loch oder eine Nische, das ist wirklich ein geheimer Eingang.«

Er zog den Kopf wieder zurück und nieste. »Allerdings glaube ich nicht, dass der Dieb auf diesem Weg in die

Kapelle gekommen ist. Diese Sprossen hat mindestens ein Jahrhundert kein Fuß mehr berührt, so dick ist die Staubschicht darauf!«

Nun schauten nacheinander auch die anderen in die Wand. Hinter der ovalen Öffnung ging es in die Tiefe. Grob aus dem Mauerwerk gehauen, führte ein Schacht zwei, drei Meter nach unten. Eine hölzerne Leiter lehnte darin, der Boden war in der Dunkelheit nur zu erahnen.

Emma betrachtete die Rückseite der Statue genauer, während die anderen völlig verblüfft in die Tiefe starrten. »Schaut euch das mal an!« Sie fuhr mit den Fingern über tiefe Schrammen, in manchen hafteten dunkle Streifen. »Das sieht aus, als ob ein Tier an der Tür gekratzt hätte.«

»Kein Tier«, widersprach Jaron und zeigte auf einen kleinen Gegenstand, der in einer der Schrammen steckte. »Wenn mich nicht alles täuscht, ist das ein Fingernagel. Und die Striemen sehen aus wie getrocknetes Blut.«

»Iiiih!«, schrie Emma und sprang zurück. »Das ist ja megagruselig!«

»Irgendjemand war wohl hinter der Tür eingesperrt und hat verzweifelt versucht, sie wieder zu öffnen«, analysierte Franky und betrachtete das Blut sichtlich fasziniert.

Antonia blickte noch einmal in den Schacht. »Und was machen wir jetzt? Holen wir die Polizei?«

»Das meinst du nicht ernst, oder?«, fragte Jaron. »Jetzt fängt es doch erst an, interessant zu werden. Also ich möchte auf jeden Fall wissen, was da unten ist, ihr etwa nicht?«

»Doch, ich natürlich auch«, schnaufte Antonia beleidigt. »Ich dachte ja nur, dass ihr euch nicht traut.«

»Du hast sie wohl nicht mehr alle«, meinte Franky. »Wenn ihr da runtergeht, bleibe ich nicht hier oben.«

Aber Emma war anderer Meinung. »Ich glaube, ich möchte da nicht runter. Wer weiß, was da unten alles ist. Wenn ihr nichts dagegen habt, warte ich hier auf euch.«

Antonia nickte. »Gut, dann kannst du uns warnen, wenn jemand in der Kirche auftaucht.«

Damit zog sie sich als Erste an der Kante der Öffnung hoch und schwang die Beine in den Schacht. Sie griff nach einer Sprosse und begann, die Leiter hinunterzuklettern. Staub wirbelte unter ihren Händen auf, das Holz knarrte. Je weiter sie hinunterstieg, desto dunkler wurde es. Antonia hielt kurz inne und blickte nach oben.

Als Nächster erschien Jaron. Nach drei, vier weiteren Sprossen war Antonia unten angekommen und drehte sich um. Sie stand auf festgestampfter Erde und vor ihr öffnete sich ein niedriger Gang. Es roch nach Stein und Erde und irgendwie alt, die Luft war jedoch völlig trocken. Die Leiter schien sie auf eine Ebene unter dem Kirchenboden geführt zu haben, und der Widerhall ihrer Schritte ließ vermuten, dass dahinter ein größerer Raum lag.

Jaron drängte sich neben sie und blickte sich ebenfalls um. Stumm warteten sie, bis Franky auf der letzten Sprosse angekommen war.

»Ich glaube, ihr müsst Platz machen«, sagte er. »Ich passe da nicht mehr hin.«

»Hast du dein Handy dabei?«, fragte Antonia. »Ich glaube, wir brauchen Licht.«

Franky kramte in seiner Hosentasche, zog sein Handy heraus, stellte die Taschenlampenfunktion an und reichte es ihr. Antonia richtete den Strahl in den dunklen Gang. Schon das Erste, was sie sah, ließ sie schaudern.

»Da liegt etwas«, flüsterte sie und schluckte. »Und ich glaube, das ist ein …«

»… Skelett«, vervollständigte Jaron ihren Satz. Er drängte sich an ihr vorbei, ein Stück in den Gang hinein, und kniete sich über den Haufen Knochen.

Auch Antonia ging zögernd etwas näher heran und leuchtete. Franky trat hinter sie und sah über ihre Schulter.

Das Skelett lehnte halb aufgerichtet an der Mauer, die Beine ragten in den Gang hinein. Der Oberkörper war in eine Jacke aus blauem Stoff gehüllt, der im Schein von Frankys Smartphone sanft schimmerte. Schmale weiße Hosen umschlossen die grauen Beinknochen bis zum Knie, weiße Strümpfe und staubige schwarze Schuhe lagen auf der Erde.

Der Rumpf war zur Seite gesunken, der Kopf hing auf der Schulter. Aus leeren Augenhöhlen schaute der Schädel die drei Freunde an. Es war offensichtlich, dass dieses Skelett schon sehr lange Zeit in diesem Keller lag.

Franky schüttelte sich. »Ist das krass«, stellte er fest. »Ich glaube, jetzt sollten wir wirklich die Polizei holen.«

Doch Antonia hatte ihren ersten Schreck schnell überwunden. Ihre Neugier wuchs und erwartungsvolle Spannung machte sich in ihr breit. Sie musterte die Knochen genau. »Warte mal. Das ist kein Fall für die Polizei, sondern für einen Archäologen. Der Kleidung nach ist das ein Mann, und er sieht aus, als hätte er vor langer Zeit gelebt. Ich würde sagen, so Mitte des 18. Jahrhunderts.«

»Woher weißt du denn, von wann die Kleidung stammt?«, fragte Jaron, offensichtlich überrascht.

Antonia zuckte mit den Achseln. »Ich interessiere mich halt für Archäologie und Geschichte und so. Vor Kurzem habe ich ein Buch über das Leben vor der industriellen Revolution gelesen und da trugen die Menschen solche Kleidung. Allerdings nur die reichen, ich würde sagen, das hier war ein Mitglied des Adels.«

Jaron sagte nichts, doch er sah sie bewundernd an, was sie mit Befriedigung registrierte.

Dann beugte er sich noch einmal über das Skelett und zeigte auf den rechten Arm, der aus dem Ärmel ragte. Die Handknochen lagen gut sichtbar auf der Erde. »Schaut mal hier«, sagte er. »Wenn ich in Biologie richtig aufgepasst habe, fehlt diesem Herrn ein Finger.«

Er hatte recht. Antonia sah es nun auch: Dort lagen nur vier Reihen von Fingerknöchelchen, der kleine Finger fehlte.

Jaron bückte sich, hob etwas von der Erde auf und hielt es in den Schein der Lampe. Es war ein kleiner Schlüssel – kunstvoll verziert und so glänzend, als läge er erst wenige Stunden hier. Als Jaron ihn hin und her drehte, konnten die anderen beiden erkennen, dass sich am Griff des Schlüssels dünne Linien zu einem Monogramm wanden.

»FB«, las Franky. »Ob das die Initialen unseres geheimnisvollen Toten sind?«

Antonia sah sich das Skelett noch einmal an und entdeckte einen weiteren Gegenstand, der aus einer der Jackentaschen herausschaute. Sie drückte Franky das Smartphone in die Hand, bückte sich und zog ein kleines, in braunes Leder geschlagenes Notizbuch hervor.

Erwartungsvoll schlug sie es auf. Die Seiten waren vergilbt und gewellt, als wären sie vor langer Zeit einmal nass geworden. Außerdem waren sie merkwürdig steif, ganz anders als das Papier, das sie kannte. *Pergament vielleicht?,* dachte sie.

Irgendwann einmal hatte jemand mit blauer Tinte in das Büchlein geschrieben, doch durch Feuchtigkeit und Alter waren die Buchstaben verschwommen und verblasst. Nur ein Wort war lesbar: Als sie die erste Seite aufschlug, stand dort recht deutlich der Name *Magdalena*.

»Also, dieses Buch kann nicht dem Skelett gehört haben«, meinte sie. »Denn das war der Kleidung nach ein Mann. Wer war dann Magdalena? Seine Schwester oder seine Mutter vielleicht?«

»Das werden wir wohl hier unten nicht herausfinden«, sagte Franky, der seit der Entdeckung der Knochen sichtlich nervös war und inzwischen auch an seinen Nägeln knabberte. »Können wir nicht ein paar Fotos machen und dann wieder rausklettern?«

Antonia bog seine Hand mit dem Licht in den Gang hinein, der anscheinend noch ein paar Meter unter der Kirche weiterverlief. »Erst, wenn wir den Rest dieser

Gruft angeschaut haben. Wisst ihr, was ich denke? Ich glaube, dass dieser FB nicht freiwillig hier unten war. Die Kratzspuren an der Rückseite der Tür, seine Position hier im Gang – all das sagt mir, dass er das Gleiche wie du gedacht hat, Franky, nämlich: *Nur raus hier.* Aber aus irgendeinem Grund kam er nicht mehr raus.«

Jaron nickte. »Das habe ich mir auch schon überlegt. Vielleicht ist die Tür ins Schloss gefallen? Wenn ich richtig gesehen habe, gibt es nur an der Außenseite der Statue einen Öffnungsmechanismus. Ist man einmal drin, und die Tür fällt aus irgendeinem Grund zu, dann muss man warten, bis einem jemand aufmacht. Und wenn keiner kommt ...«

»Mann, jetzt hör aber auf!«, schnaubte Franky und hielt das Licht etwas höher. »Ihr habt wirklich eine unglaubliche Fantasie.«

In diesem Moment hörten sie über sich ein lautes Knarren und es wurde plötzlich dunkler.

»Die Tür schließt sich!«, schrie Franky.

Die drei stürzten durch den kurzen Tunnel zur Leiter, und tatsächlich: Über ihnen konnten sie gerade noch sehen, wie die Öffnung in der Wand immer schmaler wurde. Dann fiel die Tür krachend ins Schloss, als einzige Lichtquelle blieb ihnen der Schein des Displays.

Kapitel 7

Geheimnisvolle Fundstücke

Nachdem ihre Freunde in dem Schacht verschwunden waren, war Emma eine ganze Weile nervös vor der Geheimtür hin und her gegangen. Sie hatte gehofft, dass die drei bald wieder auftauchen würden. Ab und zu steckte sie den Kopf in die Öffnung und lauschte, doch sie konnte die Stimmen der anderen nur als leises Gemurmel hören.

Irgendwann jedoch wurde es ihr zu dumm, und sie begann schon, sich zu fragen, ob sie nicht doch hätte mitgehen sollen. Aber sie traute sich immer noch nicht. Also setzte sie sich in eine Kirchenbank und zückte ihr Handy, um sich ein wenig abzulenken.

Sie hatte noch nicht lange dort gesessen, als das Knarren der zufallenden Geheimtür sie aufschreckte. Sie ließ das Handy fallen und sprintete zu der Statue, erreichte sie jedoch nicht mehr rechtzeitig. Die Tür fiel krachend ins Schloss.

»Oh nein!«, rief sie und zog hektisch an der Figur.

Die rührte sich aber keinen Millimeter.

»Beruhig dich, Emma«, sagte sie zu sich selbst. »Erst denken, dann handeln.« Sie atmete tief durch. »Wo hat Franky den Riegel gefunden? Richtig! Der Nagel!«

Sie packte den Eisenstift und zog kräftig daran. Sofort ertönte wieder das Rumpeln und die Tür öffnete sich. Erleichtert drückte sie sie weiter auf und spähte in den Schacht hinab.

Von unten schauten ihr ihre Freunde entgegen, in deren Gesichtern die gleiche Erleichterung zu erkennen war.

»Seid ihr okay?«, rief sie.

»Jetzt schon«, antwortete Franky. »Was machst du denn da oben? Du hast uns einen Riesenschrecken eingejagt.«

»Das war ich nicht«, verteidigte sich Emma. »Die Tür ist auf einmal ins Schloss gefallen. Jetzt bleibe ich lieber hier stehen und halte sie fest.«

»Ja, das wär gut«, sagte Antonia. »Wir sind nämlich noch nicht ganz fertig hier unten. Du wirst nicht glauben, was wir entdeckt haben! Wir erzählen dir dann alles, bis dahin halt die Tür gut fest. Ich habe nämlich keine Lust, ebenfalls Striemen zu hinterlassen.«

»Ist gut«, meinte Emma und packte die Tür mit beiden Händen. *Was bin ich froh, dass ich hier oben bin,* dachte sie.

* *

Franky war es anscheinend ebenfalls mulmig. »So, mir reicht's. Ich geh nach oben«, sagte er, völlig außer Atem.

»Jetzt bleib mal locker«, erwiderte Jaron in besänftigendem Tonfall. »Ich bin mir sicher, Emma passt jetzt gut auf. Uns kann nichts passieren.«

Antonia staunte über seinen Mut. So hätte sie Jaron nicht eingeschätzt. »Ja, beruhig dich erst mal«, stimmte sie ihm zu.

»Na gut, wenn ihr meint. Aber beeilen wir uns, übernachten will ich hier nämlich nicht«, sagte Franky und seufzte.

Jaron und Antonia sahen sich grinsend an. Nichts anderes hatten sie geplant, lange würden sie es hier auch nicht mehr aushalten.

Franky ging voraus, in den Gang hinein, der nach wenigen Metern endete. Vor den Freunden öffnete sich ein Raum. Als Franky das Licht hin und her schwenkte, wurde ein aus dem Felsen gehauenes Gewölbe sichtbar. Der Boden bestand aus festgestampfter Erde.

Kaum hatte der Lichtstrahl die Mitte des Raumes getroffen, rief Franky: »Oh nein, nicht schon wieder!« Vor ihnen erhob sich ein steinerner Tisch, darauf lag ein zweites Skelett. Im Gegensatz zu *FB* lag es jedoch ausgestreckt auf dem Rücken. Die Armknochen bildeten einen Winkel, die Knöchel der Hand lagen auf dem Rippenbogen, der Schädel blickte an die Decke.

Jaron und Antonia traten an den Tisch.

»Franky, komm schon, wir sehen nichts«, forderte Antonia den Freund auf, der versuchte, sich im Hintergrund zu halten.

Daraufhin trat er neben sie. Gemeinsam betrachteten sie den vor ihnen aufgebahrten Körper.

Er war klein, kleiner als jeder von ihnen, ganz eindeutig also kein Erwachsener. Die Knochen waren nicht grau, wie bei dem Skelett im Gang, sondern braun, an manchen Stellen fast schwarz. Aber sie schienen völlig unberührt zu sein.

»Da hat sich jemand viel Mühe gemacht«, sagte Jaron. »Eine Gruft zu finden und einen steinernen Tisch anzufertigen, war sehr aufwendig. Dieser Mensch muss sehr geliebt worden sein, wenn ihm jemand eine solche Grabstätte gebaut hat.«

Nun war offenbar Franky an der Reihe, eine Entdeckung zu machen. »Schaut euch mal diesen Fuß an«, forderte er die anderen auf, »der sieht richtig krank aus.«

Er hatte recht. Die Mittelfußknochen des rechten Fußes sahen ganz anders aus als die des linken. Während die des gesunden deutlich voneinander getrennt nebeneinanderlagen, schmal und klein, waren die anderen verkrümmt und verdickt, teilweise ineinander verschmolzen.

»Aua«, sagte Antonia, »das hat beim Laufen sicher wehgetan.«

Jaron nickte. »Ganz bestimmt. Und schaut mal hier.« Er stand am Kopfende des Körpers und deutete auf die Schädelseite. »Dieser Riss sieht böse aus. Vielleicht war das ja die Todesursache.«

An der Schläfe zeichnete sich ein etwa fünf Zentimeter langer gezackter Bruch im Schädel ab.

Antonia sah sich die Verletzung an. »Sofern das nicht erst *nach* dem Tod geschehen ist, kann das gut sein.« Sie blickte dem Skelett in die leeren Augenhöhlen und dachte bei sich: *Wer immer du warst, du hattest kein schönes Leben und keinen leichten Tod.*

Dann fiel ihr etwas ein. Sie hielt das Büchlein hoch,

das sie in der Jackentasche des anderen Skeletts gefunden hatte. »Ob das hier Magdalena ist?«

»Möglich«, antwortete Jaron. »Aber wartet mal, da im Brustkorb liegt etwas! Leuchte mal hierher, Franky.« Er steckte vorsichtig die Hand zwischen die Rippen und angelte nach einem Gegenstand, der dort im Staub lag.

Antonia schauderte.

Jaron zog seine Hand zurück: Zwischen zwei Fingern hielt er eine runde, flache Scheibe. Vorsichtig pustete er die dicke Staubschicht von der Oberfläche, bevor er die Scheibe auf seine Handfläche legte und ins Licht hielt.

Es schien eine Art Schmuckstück zu sein, etwa so groß wie eine Mandarine, aber völlig flach. Eindeutig aus Metall, dunkel angelaufen, mit einem schmalen, hochstehenden Rand, ansonsten völlig schlicht.

Dass auf der Rückseite eine Nadel angebracht war, sahen sie, als Jaron die Scheibe herumdrehte. Unter der Nadel waren Zeichen in das Metall eingeritzt.

»Eine Brosche«, stellte Antonia fest. Behutsam nahm sie das Fundstück von Jarons Hand und betrachtete es genau. »Hier ist eine Inschrift unter der Nadel. Da steht«, sie kniff die Augen zusammen und hielt sich die Brosche nah an das Gesicht, *»Et absterget Deus omnem lacrimam ab oculis*. Klingt wie Latein, aber keine Ahnung, was das heißt.«

Jaron und Franky zuckten nur mit den Achseln. Auch sie hatten kein Latein in der Schule.

Antonia legte die Brosche zurück auf Jarons Handfläche. »Ich bin mir nicht sicher, aber ich glaube, das hier ist wirklich sehr alt«, sagte sie. »Ich habe schon mal ähnlichen Schmuck gesehen. Wartet … wo war das denn nur?«

Mit gerunzelter Stirn nahm sie die Brosche wieder in die Hand, drehte sie im Schein von Frankys Smartphone hin und her und überlegte. »Ich glaube, ich weiß, wo: Bei Sabine Freygang, der Bekannten von Mama und Papa. Erinnerst du dich, Jaron? Der dramatische Auftritt heute Morgen?«

Jaron nickte, während Franky sie nur fragend anschaute. Die Ankunft von Sabine hatte er nicht mitbekommen.

»Sie hat Bücher über die Römerzeit dabei«, fuhr Antonia fort, »und da waren Fotos von römischen Schmuckstücken drin. Der Spruch in Latein würde auch dazu passen. Aber sicher bin ich mir nicht. Wir sollten ihr die Brosche vielleicht zeigen und sie fragen, ob sie uns etwas darüber sagen kann.«

»Meint ihr nicht, dass wir jemand Offiziellen benachrichtigen sollten – das Amt für historische Stätten oder so?«, schlug Franky vor. »Immerhin scheint das hier ein Grab zu sein, das schon sehr lange niemand mehr geöffnet hat.«

»Das machen wir ja«, sagte Antonia. »Lasst uns Sabine fragen. Sie ist Archäologin und arbeitet in einem Museum in München. Sie wird wissen, wie man in einem solchen Fall vorgeht.«

»Ich wäre vorsichtig an deiner Stelle«, entgegnete Jaron. »Du kennst sie erst seit heute Morgen. Vielleicht erzählen wir ihr erst einmal nichts vom dem Grab und zeigen ihr nur das Schmuckstück.«

»Dich kenne ich auch erst seit heute Morgen und trotzdem stehst du hier neben mir«, erwiderte Antonia schroff. Sie fühlte sich angegriffen, weil Jaron ihr Urteil über Sabine in Zweifel zog.

»Ich mein ja nur«, sagte Jaron.

Franky kam ihm zu Hilfe. »Ich finde, er hat recht, Antonia. Lass uns warten, bis wir wissen, was dieser Fund mit dem Diebstahl der Ikonen zu tun hat. Dann können wir Sabine oder jemand anderem immer noch davon erzählen.«

»Na gut, wenn ihr meint«, lenkte Antonia ein.

»Okay, dann lasst uns bitte hier verschwinden«, sagte Franky. »Ich halte es hier unten nicht mehr aus.«

In diesem Moment hörten die drei, wie Emma von oben aus dem Kirchenraum rief: »Hallo? Ist alles okay bei euch da unten?« Ihre Stimme klang etwas ängstlich.

»Wir sollten vielleicht wirklich gehen«, schlug nun auch Jaron vor.

Antonia nickte, beugte sich aber ein letztes Mal über das Skelett. Es war wirklich auffällig klein. *Warum hat dich jemand getötet, obwohl du erst so jung warst?,* fragte sie in Gedanken. *Und wer hat dich dann so liebevoll begraben?*

»Wartet mal«, sagte sie. Unter der dicken Staubschicht, die den Tisch überall bedeckte, zeichnete sich neben dem Brustkorb eine Wölbung ab. Dort befand sich ein weiterer Gegenstand, den Antonia nun vorsichtig aufhob und vom Staub befreite. Sie hielt ihn den anderen hin, während Franky ihn mit seinem Smartphone beleuchtete.

Auf Antonias Hand lag ein durchsichtiger gelber Stein. Er war etwa so groß wie die Brosche, geformt wie eine Mondsichel, und auf der Oberfläche waren Schriftzeichen zu sehen. Da stand: *Et absterget Deus.*

Es war am folgenden Nachmittag, als sich die vier Freunde nach ihrem Abenteuer in der St.-Valentins-Kirche wieder im alten Heinrich trafen. Das Wetter war schlecht: Es regnete, die Wolken hingen tief über dem See. Definitiv besser, gemütlich in dem Zirkuswagen zu sitzen, als draußen auf Schatzsuche zu gehen.

Emma hörte sich die Beschreibung der Skelette, der Gruft und aller Fundstücke zum wiederholten Male an. Jeder der drei Forscher hatte etwas anderes zu erzählen, sie fielen sich gegenseitig ins Wort und überschlugen sich förmlich beim Ausmalen der Details.

Auf der einen Seite war Emma sehr froh, dass sie FB und Magdalena, wie die drei das aufgebahrte Skelett getauft hatten, nicht selbst hatte sehen müssen. Andererseits waren die Schilderungen ihrer Freunde so faszinierend, dass sie merkte, dass sie ein großes Abenteuer verpasst hatte. Hätte sie vielleicht doch mutiger sein und die anderen begleiten sollen? Sie war sich nicht mehr so sicher.

Die gefundenen Gegenstände gingen von Hand zu Hand. Gemeinsam wurde jedes Detail besprochen, jede Eigenschaft der Funde, die einen Hinweis auf deren Bedeutung geben konnte.

Mit dem Büchlein konnten die vier Freunde nicht viel anfangen. Das Leder des Einbands war steif und grob, ganz anders als das Leder von Schuhen oder Taschen. Die Seiten selbst waren tatsächlich nicht aus Papier, wie Antonia in der Gruft schon vermutet hatte.

Eine kleine Internetrecherche und der Vergleich des Büchleins mit Online-Bildern zeigte, dass es sich um Pergament handeln musste. Also um sehr dünnes Leder, das im Mittelalter als Schreibmaterial gedient hatte und damals unglaublich wertvoll gewesen war.

Leider hatten Zeit und Feuchtigkeit die Schrift komplett verschwinden lassen. Geblieben waren nur noch verwaschene Flecken von blauer Tinte. Vielleicht hatten sich einmal Tagebucheintragungen in dem Büchlein befunden, vielleicht auch Zeichnungen oder Gebete – sie wussten es nicht. Das Einzige, was lesbar geblieben war, war der Name auf der ersten Seite. *Magdalena*.

Lange berieten die vier, wer Magdalena gewesen sein konnte.

Ein Kind? Eine junge Frau? War sie mit dem anderen Skelett verwandt gewesen? Wann hatte sie gelebt? Und warum hatte sie eine solch aufwendige Beerdigung unter der Kirche erhalten?

Mit dem Schlüssel, der offenbar FB gehört hatte, kamen sie schneller voran. Ihnen half weiter, was sie im Licht des Smartphones in der Gruft nicht hatten sehen können: Auf der Rückseite des Schlüsselgriffs war noch ein zweites Zeichen in das Metall eingearbeitet. Es war ein Vogel mit zwei Köpfen, ausgebreiteten Flügeln und gespreizten Krallen. Auf jedem seiner beiden Köpfe saß eine Krone.

Dieses Symbol war leicht zu identifizieren, besonders für Franky, der in der Lage war, fast jede Information aus dem Internet herauszuholen. Ein paar Klicks nur, und er richtete seinen Blick triumphierend auf seine Freunde.

»Hier, es ist der Habsburg-Doppeladler!«, sagte er. »In dieser Form geführt ab etwa 1600. Die zwei Köpfe stellen die beiden Reiche Österreich und Ungarn dar. Und hier steht auch noch …«

»Ist ja krass, dann ist das ja voll alt, oder?«, unterbrach ihn Jaron.

Franky nickte.

»Cool, die Habsburger. Sissi war doch auch eine Habsburgerin«, stellte Antonia fest.

Emma schaute auf.

»Ja, genau«, bestätigte Franky. »Elisabeth hat einen Habsburger geheiratet und wurde so zur Kaiserin von Österreich. Sie kam aber eigentlich aus Bayern und ist hier am Starnberger See aufgewachsen.«

»Cool!«, meinte Emma. »Ob dieser Schlüssel etwas mit Sissi zu tun hat?«

Jaron lachte. »Sissi? Glaubt ihr nicht auch, dass das ein bisschen viele Zufälle auf einmal wären? Eine geheime Gruft, eine alte Brosche, die Habsburger? Wenn ich meinen Freunden in Köln erzähle, dass man hier in Bayern in wenigen Stunden zu Indiana Jones wird, werden sie mir das nie glauben.«

Antonia sah ihn etwas irritiert an. »Ich glaube, du hast zu viele Filme angeschaut. Glaubst du etwa, dass wir so was dauernd machen? Das ist auch für uns das erste Mal.«

Sie wandte sich an ihre Freundin. »Emma, du wusstest doch schon, dass Sissi nicht weit von hier aufgewachsen ist. Und ich stimme unserem Indiana Jones zu, dass es sehr unwahrscheinlich ist, dass diese Fundstücke etwas mit ihr zu tun haben.«

Als Nächstes kam die Brosche an die Reihe. Außer dem Spruch, dessen Übersetzung Franky schnell herausfand, schien an ihr nichts Geheimnisvolles zu sein. »*Et absterget Deus omnem lacrimam ab oculis* bedeutet auf Deutsch: *Gott wird alle Tränen abwischen von ihren Augen*.«

»Das steht doch in der Bibel, oder nicht?«, fragte Jaron.

»Moment.« Franky tippte auf seinem Tablet. »Ja, in der Offenbarung des Johannes.«

»Ist ja krass.« Antonia holte eine Bibel und schlug die Stelle auf.

Doch die Übersetzung des lateinischen Verses half ihnen nicht weiter. Wie kam ein Bibelspruch auf eine Brosche, die sichtlich Hunderte, wenn nicht sogar Tausende von Jahren alt war? Ratlos legten sie das Schmuckstück erst einmal zur Seite.

Der letzte Fund, der sichelförmige Stein, interessierte sie alle am meisten. Er war fast durchsichtig: Hielt man ihn gegen das Licht, dann schimmerte er in wunderschönem Goldgelb.

Emma drehte ihn erst kurz hin und her und rieb dann mit dem Daumen an der Kante entlang. Sie roch an ihrem Finger und nickte. »Riecht nach Harz. Der ist aus Bernstein, ganz eindeutig. Aber wie die Schriftzeichen da hineingekommen sind, kann ich euch nicht sagen. Der Handwerker, der sie eingeritzt und gefärbt hat, muss ziemlich geschickt gewesen sein. Ein Goldschmied oder so was Ähnliches.«

Dann nahm Jaron den Stein. »*Et absterget Deus*: Damit fängt auch der Spruch auf der Brosche an. Wisst ihr, was ich denke?« Er griff nach der Brosche und legte den Stein darauf.

Tatsächlich passte dessen Außenkante genau in den hochstehenden Rand der Brosche – als ob er schon immer dorthin gehört hätte. Gleichzeitig sahen aber alle vier, dass das Schmuckstück noch nicht vollständig war, denn der sichelförmige Stein füllte nur etwa ein Drittel der Fläche aus.

»Ich denke, dass es ursprünglich drei Steine waren«, sagte Jaron. »Wenn ich mir die Brosche so anschaue und den langen Spruch lese, dann glaube ich, dass es noch zwei andere Steine mit jeweils einem weiteren Textteil gibt. Es fehlt einer, auf dem *omnem lacrimam,* und einer, auf dem *ab oculis* steht.«

»Wie krass ist das denn!«, kommentierte Franky. »Wir müssen unbedingt weitersuchen. Vielleicht finden wir einen Schatz.«

»Ich glaube, Franky hat auch zu viele Indiana-Jones-Filme angeschaut«, sagte Jaron und lachte.

»Jetzt wartet mal, Leute. Habt ihr vergessen, was wir eigentlich in der Kirche gesucht haben? Wir wollten meinem Vater helfen und beweisen, dass er kein Dieb ist.« Antonia sah die anderen vorwurfsvoll an.

»Bleib mal locker«, antwortete Franky gereizt. »Das

haben wir überhaupt nicht vergessen. Nur – das mit dem Fund ist ja wohl auch krass, oder nicht?«

Das musste Antonia zugeben, auch wenn ihr die Sorge um ihren Vater offensichtlich schwer zu schaffen machte.

»Keine Angst, wir werden uns größte Mühe geben, deinem Vater zu helfen«, versuchte Emma, ihre Freundin zu trösten. »Was schlägst du vor? Hast du eine Idee, was wir noch unternehmen könnten?«

Antonia zuckte mit den Schultern. »Was weiß ich? Wir haben ja keine andere Spur als die Kirche.«

Jaron meinte: »Ich würde vorschlagen, wenn wir neue Hinweise finden, beschäftigen wir uns sofort wieder mit dem Diebstahl der Ikonen. Aber bis dahin könnten wir doch weiter den Fund aus der Gruft untersuchen, oder?«

Alle nickten zustimmend.

»Antonia, du hast doch gesagt, dass diese Sabine Archäologin ist und vielleicht etwas wissen könnte«, fuhr Jaron fort.

»Ach ja, du hast eine Sabine erwähnt. Wer ist das?«, wollte Franky wissen.

»Die Bekannte meiner Eltern«, antwortete Antonia. Dann seufzte sie. »Wollt ihr Sabine nicht lieber einfach den ganzen Fund zeigen? Sie ist wirklich nett und kennt sich aus.«

Franky verneinte. »Auf keinen Fall, ich will dieses Rätsel selbst lösen. Lasst uns ihr vorerst nur den Stein zeigen und die anderen Stücke verstecken. Wir sollten niemand anderem etwas von der Gruft erzählen – vorerst jedenfalls.«

Jaron und Emma nickten.

»Na gut«, sagte Antonia. »Gebt mir den Stein, ich frage sie.«

⁂

Als Antonia an Sabines Tür klopfte, öffnete diese sofort. Sie trug eine Brille auf der Nase und eine aufgeschlagene Mappe in der Hand. Durch die offene Tür wehte ein Luftzug, der ein Blatt aus der Mappe heraussegeln ließ. Außerdem roch es merkwürdigerweise ein wenig nach Benzin.

Antonia hob das heruntergefallene Blatt auf. Während sie es Sabine reichte, las sie darauf den Schriftzug *Herkules – Ihre Schreinerei für guten Service.* Darunter prangte als Logo ein Hammer.

»Hallo, Antonia«, sagte Sabine, »und danke. Kann ich was für dich tun?« Sie nahm das Blatt und legte es mit der Schrift nach unten wieder in die Mappe.

Das Mädchen nickte und trat ins Zimmer. Dann hielt sie Sabine den Stein hin. »Meine Freunde und ich haben diesen Stein hier gefunden. Er sieht ziemlich alt und wertvoll aus. Und ich dachte, du bist doch Archäologin und kannst uns vielleicht etwas darüber sagen. Wir haben keine Ahnung, ob er wirklich alt ist und was wir damit jetzt tun sollen.«

Sabine nahm den Stein und sah ihn sich an. Sie trat ans Fenster, drehte ihn hin und her. »Bernstein. Sehr schön«, sagte sie. Dann las sie: »*Et absterget Deus.* Latein, vielleicht ein Vers aus der Vulgata.«

Nachdem sie den Stein gegen das Licht gehalten und

sorgfältig untersucht hatte, ließ sie ihn wieder sinken. »Tut mir leid, Antonia, ich habe leider keine Ahnung, woher dieses Stück stammen könnte. Aber es ist ein sehr schöner Stein, und es kann gut sein, dass er sogar sehr alt ist. Woher habt ihr ihn denn?«

Am liebsten hätte Antonia ihr alles erzählt: von der Suche in der Kirche, dem Fund der Gruft, von den beiden Skeletten und den anderen Gegenständen. Aber das, was ihre Freunde gesagt hatten, hielt sie irgendwie zurück. Und dass Sabine, als Expertin für römische Geschichte, so gar nichts zu dem Fund sagen konnte, kam ihr doch ein wenig merkwürdig vor.

Daher zuckte sie nur mit den Achseln. »Ach, wir haben im Wald gespielt, ich bin gestolpert und da lag er dann. Hast du vielleicht eine Ahnung, wer uns weiterhelfen kann? Wir wüssten sehr gerne, was es damit auf sich hat.«

»Bei so einem schönen Stück? Da müsste man einen Fachmann für bayrische Antiquitäten fragen. Aber warte mal, gab es nicht früher in Allmannshausen einen Händler? Wenn der sein Geschäft noch hat, kann er euch vielleicht Auskunft geben.«

»Weixlhammer? Ja, das ist eine gute Idee.« Antonia nickte und ging zur Tür, dann drehte sie sich noch einmal um. »Isst du heute im Gemeinschaftsraum zu Abend?« An den Tagen, an denen Antonias Mutter keine Zeit zum Kochen hatte, aß die Familie mit den Gästen.

Sabine lächelte und nickte. »Ja, das hatte ich vor. Dann haben wir vielleicht ein bisschen Zeit, uns näher kennenzulernen.«

Als Antonia ihren Freunden von der Begegnung mit Sabine erzählte, waren diese offensichtlich etwas enttäuscht. Aber auch froh, dass sie Sabine nur den Stein gezeigt hatte.

»Siehst du«, sagte Franky, »so viel Bescheid weiß sie dann doch nicht. Bei Weixlhammer fragen? Auf die Idee hätten wir auch selbst kommen können. Auch wenn ich den alten Schleimer nicht wirklich mag, könnte er trotzdem etwas wissen.«

Emma und Antonia stimmten ihm widerwillig zu. Nach der Begegnung in der St.-Valentins-Kirche war Antonia der ältere Herr irgendwie unheimlich geworden, deshalb zögerte sie zunächst.

Doch Jaron meinte: »Vielleicht ist es gar nicht so schlecht, zu diesem Weixlhammer zu gehen. Er ist doch der Einzige, der noch einen Schlüssel zu der Vitrine hat, in der die Ikonen lagen.«

»Aber er hat ein Alibi für die Zeit des Diebstahls«, warf Emma ein.

»Schon, aber ein Alibi zu fälschen, ist nicht schwer«, behauptete Franky. »Schließlich ist er derjenige, der am ehesten als Dieb infrage kommt.«

»Das ist echt eine gute Idee«, sagte Antonia erleichtert. Vielleicht würde ihnen bei diesem Besuch etwas auffallen, womit sie ihrem Vater helfen konnten. Gleich am nächsten Nachmittag wollten sie sich auf den Weg zu dem Antiquitätenhändler machen.

Quartum Capitulum

Eine Träne an der Wand

Raetia (Bayern), am Starnberger See,
vor 1880 Jahren

Der Blick aus dem Fenster war atemberaubend. Der Junge hätte sich in seinem früheren Leben nicht vorstellen können, dass es so hohe Berge gab. Berge, auf denen immer Schnee lag, sogar im Sommer. Berge, deren Überquerung unglaublich mühsam war.

Als er an die lange Reise dachte, die er hinter sich hatte, schauderte ihn: Lange, kalte Fußmärsche, schmerzende Füße, Berghänge, die kein Ende zu nehmen schienen. Steile Bergpässe und verfallene Hütten, in denen Publius, Claudia, Lucas und er sich eng aneinandergekuschelt hatten, um warm zu bleiben.

Noch einmal schaute er aus dem Fenster. So aus der Ferne glitzerten die steinernen Monster wunderschön in der Sonne. Es war eine perfekte Kulisse für den großen See, der einige Kilometer vom Gutshof entfernt begann. An den Bergen bauten sich große, dicke Wolken auf, die bald den dringend notwendigen Regen bringen würden. Böiger Wind kam auf und fuhr durch die Äste der Bäume. Im Hof hörte der Junge die Schweine grunzen.

Er wandte den Blick ab und betrachtete die Kammer, die nun sein Zuhause war. Eine eigene Schlafkammer, welch ein Glück! Sie war klein und spärlich möbliert, aber er würde sie nicht mit Lucas teilen müssen. Und er hatte beim Bau selbst mit angepackt, was ihm nun zugutekam.

Rasch ließ er sich auf die Knie nieder und setzte den Meißel an der Wand gleich über dem Boden an. Sein Bett hatte er beiseitegeschoben, der Sack lag neben ihm. Dass ihn seine Eltern und sein Bruder hören würden, musste er nicht befürchten. Denn alle befanden sich um diese Zeit auf dem Feld und säten den letzten Frühjahrsweizen aus.

Vorsichtig klopfte der Junge die ersten Bröckchen Putz von der Wand. Dann schwang er den Hammer, bis nach und nach ein Hohlraum zum Vorschein kam.

Als das Gutshaus im vergangenen Jahr gebaut worden war, hatte er darauf bestanden, diese Wand selbst zu mauern. Er hatte so getan, als interessiere ihn das Maurerhandwerk. Von den Handwerkern hatte er sich abgeschaut, wie er vorgehen musste, und dann so oft wie möglich allein gearbeitet. Sein Vater, beeindruckt von seinem Einsatz, hatte ihm freie Hand gelassen.

Und so war es ihm gelungen, einen der Steine für seine Zwecke zu bearbeiten und in die Wand einzufügen. Niemand hatte bemerkt, dass er den Stein sorgfältig ausgehöhlt hatte. Und zwar genau so, dass der Schatz, den er den weiten Weg über das Meer und die Berge geschleppt hatte, darin eine neue Heimat finden würde. So wie er selbst in diesem Zimmer ein neues Zuhause gefunden hatte.

Als der Putz vollständig entfernt war, legte er das Werkzeug zur Seite und griff nach dem Sack. Langsam zog er die goldene Schale hervor. In ihrem makellosen Rund spiegelte sich sein Gesicht. Das Gesicht, das einmal einem jüdischen Jungen namens Benjamin gehört hatte, der nun aber zu dem Römer Marcus geworden war.

»*Schma jisrael adonai elohenu adonai echad*«, flüsterte Marcus. Weit schweiften seine Gedanken dabei zurück – zu den Hügeln von Jerusalem, zu den Gassen seines Viertels. Er meinte, die Gerüche seiner Kindheit zu riechen: den Duft von Orangen und Granatäpfeln und von dem ungesäuerten Brot, das seine Mutter für einen Festtag backte.

»Höre, Israel! Der Ewige ist unser Gott; der Ewige ist eins«, wiederholte er die Worte auf Latein. Diese Sprache, die für ihn immer noch ungewohnt war, brachte ihn zurück in die Gegenwart: zu diesem Zimmer und zu der Schale in seiner Hand.

Er wird alle Tränen abwischen. Ein letztes Mal ließ er einen Finger über die Inschrift auf der Unterseite gleiten.

Möge Jeschua die Tränen derer trocknen, die meinen Schatz einmal hüten werden, betete er im Stillen. *Herr, du weißt, dass ich mir nicht anmerken lassen darf, wie sehr ich meine Heimat vermisse. Doch eines Tages wird dieser Schatz den Weg zurück finden. Der Tempel wird wieder aufgebaut werden und dann wird dieses Gefäß wieder seinen rechtmäßigen Platz einnehmen.*

Behutsam schob er die Schale nun in den Hohlraum. Er hatte richtig gemessen, sie passte perfekt hinein. Nach einem letzten Blick auf seinen Schatz griff er zu dem dünnen Holzbrettchen, das er genau zugeschnitten hatte, und verschloss die Öffnung damit. Neben ihm stand der Holzeimer mit frisch angerührtem Mörtel.

Marcus schmierte so lange Mörtel auf das Brettchen, bis nichts mehr von ihm zu sehen war. Dann schob er Kelle und Eimer beiseite und legte sich auf den Boden. Mit einem Stöckchen begann er, ein Zeichen in den feuchten Putz zu kratzen. In diesem Moment klopfte es unten an die Haustür.

Zuerst dachte Marcus daran, einfach nicht zu reagieren. Doch es hatte keinen Zweck: Die Haustür war nicht verschlossen und der Klopfende konnte in wenigen Sekunden im Zimmer stehen. Niemand durfte sein Geheimnis wissen.

Seufzend richtete er sich auf und ging die Treppe hinunter. Als er die Tür öffnete, klappte seine Kinnlade herunter. Denn vor ihm stand Clementia, die Tochter des benachbarten Gutsbesitzers Tullius.

Sie sah ihn lächelnd an. »Ist Claudia da?«, fragte sie.

Marcus schluckte. In Clementias Gegenwart ging es ihm häufig so, dass er nicht wusste, was er sagen sollte. Manchmal, bei der Arbeit auf dem Feld, beobachtete er heimlich die Familie Tullius auf dem Feld neben ihnen.

Clementia war die älteste Tochter, sie arbeitete schon fast so schwer wie ihre Eltern. Aber sie war trotzdem immer gut gelaunt. Oft hörte man ihr Lachen über die Felder schallen, wenn sie sich mit ihren Geschwistern neckte.

Es konnte vorkommen, dass Marcus so fasziniert war, dass er wie angewurzelt stehen blieb. Dann musste Publius ihn ermahnen, damit er weiterarbeitete. Ihn – und Lucas.

Denn auch dieser beobachtete Clementia ganz genau. Wenn sich die Blicke der beiden Jungen trafen, sah Marcus die Eifersucht in Lucas' Augen flackern. Auch bei gemeinsamen Festen im Dorf, wenn sie Clementia und ihrer Familie begegneten, ließ sein Bruder ihn nie aus den Augen. Und er ließ ihn schon gar nicht mit Clementia allein.

Marcus schloss den Mund und öffnete ihn wieder: »J… ja, äh, ich meine, nein. Sie ist noch auf dem Feld.«

Clementia legte den Kopf schief und lachte. »Weißt du nicht, ob deine Mutter da ist, oder hast du gerade geschlafen?«

Darauf wusste Marcus nichts zu erwidern.

Clementia sah ihn an. Dann sagte sie: »Na, wie auch immer. Ich wollte ihr die Schüsseln zurückbringen, die sie mir gestern geliehen hat. Aber wenn sie nicht da ist, kannst du sie ja nehmen.« Damit streckte sie ihm den Stapel Tongefäße entgegen, den sie in den Armen trug und den Marcus erst in diesem Moment bemerkte.

»Ja, gut. Danke«, bekam er heraus und nahm ihr die Schüsseln ab.

»Gern geschehen«, antwortete Clementia. »Und sag ihr auch bitte ein Dankeschön für die Leihgabe. Ohne sie hätten wir unsere Gäste nicht anständig bewirten können. Es ist übrigens noch ein wenig vom Festmahl übrig geblieben. Wenn du Lust hast, kannst du später rüberkommen und die *botuli* probieren. Ich habe sie selbst gemacht.« Erwartungsvoll sah sie ihn an.

Marcus schluckte. Sein Mund war auf einmal unglaublich trocken. »Ja, d… das mache ich. Blutwurst mag ich sehr gerne. Und dass du sie selbst gemacht hast: Alle Achtung.«

Was rede ich da für einen Mist, dachte er verzweifelt. *Ich klinge wie ein Kleinkind!* Außerdem hasste er Blutwurst.

Clementia aber schien sich an seinem Gestotter nicht zu stören. Sie nickte zufrieden. »Also gut. Dann sehen wir uns nachher.« Damit drehte sie sich um und ging über den Hof davon.

Marcus stand in der offenen Tür, die schweren Schüsseln im Arm, und sah ihr nach. Ihre Füße wirbelten den Staub auf dem Hof auf und der Wind zerzauste ihr langes Haar, das unter dem Kopftuch hervorschaute. Sie trug eine einfache Tunika, die an den Waden endete und ihre schlanken Beine sehen ließ. In der Taille hatte sie sie mit einem schlichten Seil zusammengebunden.

Als Marcus spürte, wie die Schüsseln immer schwerer wurden, trat er ins Haus zurück und drückte die Tür mit der Schulter zu. Auf dem Esstisch setzte er seine Last ab. Dann ging er wieder die Treppe hinauf in sein Zimmer. Er musste sich beeilen, seine Eltern vermissten ihn bestimmt schon.

Rasch warf er einen Blick aus dem Fenster – in der Hoffnung, Clementia noch einmal sehen zu können. Aber das Mädchen war schon hinter der Scheune verschwunden.

Da griff Marcus wieder nach dem Stöckchen und kauerte sich vor die Wand, wo er vor wenigen Minuten seinen Schatz eingemauert hatte. Der Putz war in der Zwischenzeit schon etwas angetrocknet. Marcus wusste, dass es höchste Zeit war, sein Zeichen anzubringen: Bald würde es nicht mehr möglich sein, in den Mörtel zu schreiben.

Vorsichtig setzte er das Stöckchen an und ritzte eine tropfenförmige Linie in die Wand, gleich über der Fußleiste. *Nun weist die Träne den Weg,* dachte er zufrieden. *Wer sie wohl einmal abwischen wird?*

Kapitel 8

Unter Verdacht

Am Starnberger See

Weixlhammers Geschäft war eine Fundgrube für alle, die alte, schöne Dinge liebten. Der Laden war so vollgestopft, dass nur schmale Gänge zwischen den Möbeln, Bildern, Vasen und Kerzenleuchtern blieben, die es dort zu kaufen gab. Weixlhammer war ein anerkannter Fachmann für die Geschichte der Gegend um den Starnberger See und hatte sich auf die reiche Kundschaft spezialisiert.

Bei ihm fanden diese Leute die Ausstattung, die sie für ihre Wochenend-Villen brauchten: Biedermeier-Sekretäre, Sofas, auf denen einmal Fürsten oder reiche Industrielle gesessen hatten, Porträts aus längst vergangenen Zeiten mit goldenen Rahmen, Kristallgläser und Porzellanfiguren, vergoldetes Besteck und Teeservice mit aufgemalten Blumen, Schränke mit Intarsien aus wertvollen Hölzern.

Und falls Weixlhammer einen Kundenwunsch nicht sofort erfüllen konnte, kannte er immer jemanden, der wiederum jemanden kannte, der das Gewünschte auftreiben konnte. Er lieferte frei Haus mit Blumen und teurem Prosecco und »Küss die Hand, gnä' Frau«. Seine

Kunden liebten ihn und vertrauten ihm vollkommen; seine Verschrobenheit schien seine Beliebtheit nur noch zu steigern.

Als die vier Freunde zum Laden radelten, war Antonia schon sehr neugierig. Denn tatsächlich war bisher noch keiner von ihnen im Laden drin gewesen – sie hatten nur gelegentlich einen Blick ins Schaufenster geworfen. Die Eltern der vier zählten nicht gerade zu Weixlhammers Zielgruppe, außer vielleicht Emmas reicher Vater.

Auf der Glasscheibe stand in goldenen Buchstaben: *Weixlhammer – Feine Antiquitäten.* Kaum hatten sie die Tür aufgedrückt, fing ein Glöckchen an zu bimmeln, das darüber angebracht war. Hell klang sein Klingeln in den Raum hinein.

Nach wenigen Sekunden erschien der Händler in einer Tür hinter der Ladentheke; wie immer mit einer Brille auf der Nasenspitze, die weißen, etwas zu langen Haare sorgfältig quer über seinen Schädel gekämmt, mit Weste und Sakko und goldener Uhrkette.

Als er die Freunde bemerkte, verzog er das Gesicht und musterte sie misstrauisch. Dann griff er hinter sich und zog die Tür sorgfältig ins Schloss.

Franky und Antonia wechselten einen Blick.

Also doch, dachte Antonia, *der hat etwas zu verbergen. Oder er will sein Hab und Gut vor anderen schützen.* Schnell griff sie Jaron am Arm und flüsterte: »Lenk du ihn ab, Indiana Jones. Ich will kurz mal was checken.«

Jaron runzelte zwar die Brauen – vermutlich auch wegen des Spitznamens. Doch er hatte die Vorsichtsmaßnahme des Händlers wohl auch bemerkt und nickte.

Da drückte Antonia ihm rasch den Stein in die Hand.

Weixlhammer kam mit ausgestreckten Armen auf sie zu. »Antonia, mein liebes Kind, ich habe gehört, was geschehen ist. Es tut mir ja so leid, dass dein Vater verdächtigt wird. Aber wer hätte gedacht, dass er so etwas tun würde. Und, ach, bitte, nichts berühren, in Ordnung? Das hier ist wirklich kein Ort für Kinder. Vielleicht reden wir lieber draußen?« Er versuchte, sie in Richtung Tür zu drängen.

Boah, du blöder Affe, dachte Antonia im Stillen. *Das passt dir wohl, dass es noch einen anderen gibt, den die Polizei verdächtigen kann.* Sie sagte aber nichts, sondern blieb nur stur an ihrem Platz stehen. Die anderen rührten sich ebenfalls nicht vom Fleck.

Weixlhammer schien einzusehen, dass er so nicht weiterkam, und räusperte sich sichtlich verärgert. »Nun gut. Womit kann ich euch helfen?«

»Wir dachten, dass Sie uns vielleicht eine Auskunft geben können. Wir haben nämlich das hier im Wald gefunden.« Jaron reichte Weixlhammer den Stein.

Der Händler hatte sich sofort wieder unter Kontrolle. Aber in dem kurzen Moment, in dem er realisierte, was er da in Händen hielt, konnten die vier Freunde deutlich das Erstaunen und die Erregung in seinem Blick sehen. Konzentriert untersuchte er den Stein, bevor er eine betont gleichgültige Miene aufsetzte.

»Mm-hm, ein Halbedelstein: Bernstein. Von nicht besonders hoher Qualität, viele Einschlüsse, wie ich sehe. Außerdem recht grob gearbeitet. Ganz eindeutig nur ein Teil eines größeren Schmuckstücks, mit nur diesem

Bruchstück lässt sich da nicht viel sagen. Scheint mir aber nichts Besonderes zu sein. Für Sammler vielleicht.

Nur aus Neugier – ihr habt nicht zufällig noch weitere Teile gefunden, dort, wo ihr diesen Stein herhabt?«

Emma schüttelte den Kopf. »Nein. Sollte es denn noch mehr geben?«

Der Händler sah sie eindringlich an. »Bist du da ganz sicher? Keine Broschenfassung oder so?«

Jaron verneinte.

Weixlhammer seufzte, dann lächelte er. »Na gut, ich helfe euch gerne, lasst mich kurz etwas nachschauen.« Er trat an einen Tisch, schlug ein großes, ledergebundenes Buch auf und beugte sich über eine Seite.

Diesen Moment nutzte Antonia. Sie zupfte Franky am Arm, er verstand sofort und beide schlichen von der Gruppe weg hinter die Ladentheke. Vorsichtig drückte Antonia die Klinke der Tür hinunter. Nachdem sie beide hindurchgeschlüpft waren, schloss sie die Tür wieder so leise wie möglich.

Sie standen in einem Büro mit Regalen voller Aktenordner und Bücher und einem großen Schreibtisch. Mitten darauf lag ein alter Koffer aus Leder mit Riemen und Schlössern aus Metall. Zahllose bunte Aufkleber schmückten seine Außenseite, jeder stammte offenbar von einem anderen Urlaubsort. An einer der unteren Ecken hatte sich Tinte durch das Leder gedrückt.

Der Deckel stand einen Spalt offen. Eine Schreibtischlampe war so danebengestellt, dass ihr Schein direkt auf die Oberfläche fiel.

Eilig sahen die beiden Freunde sich um. An einer

Wand stand ein alter, wunderschöner Schrank, der an einer Ecke einen bösen Kratzer hatte – vermutlich der Grund, warum er sich nicht im Verkaufsraum befand. Die Tür des Schranks stand offen, einige Anzüge und Mäntel hingen darin an einer Stange. Sie waren nach links und rechts zur Seite geschoben, sodass die Rückwand sichtbar war.

Allerdings waren dort keine durchgehenden Holzbretter zu sehen, sondern die Tür eines Safes. Erstaunt traten Antonia und Franky näher.

»Sein Versteck für die wirklich wertvollen Sachen, nehme ich an«, sagte Franky.

»Ja, und er hat es anscheinend gerade geöffnet, kurz bevor wir in den Laden gekommen sind. Er hatte wohl keine Zeit, den Safe wieder zu tarnen.« Antonia zeigte auf ein großes Brett, das neben dem Schrank an der Wand lehnte. »Wenn man dieses Teil in die Rückwand einsetzt, sieht man bestimmt nicht, dass sich hinter dem Schrank etwas in der Wand verbirgt.«

»Warum aber hat er sein Versteck geöffnet? Hat er etwas hineingetan oder etwas herausgeholt?«, überlegte Franky.

»Lass uns mal nachschauen«, sagte Antonia und trat an den Tisch.

Franky folgte ihr, griff nach dem Koffer und öffnete den Deckel.

Antonia schnappte nach Luft.

In dem Koffer lag eine bemalte Holztafel, sorgfältig gebettet auf rotem Samt. Das Gemälde hatte einen goldenen Hintergrund und zeigte ein Felsengrab. Vor dem offenen Grab stand eine weiß gekleidete Gestalt mit Heiligenschein, die Hand segnend über zwei Frauen erhoben, die auf dem Boden knieten.

»Die Auferstehungs-Ikone!«, flüsterte Antonia. »Er hatte sie die ganze Zeit!«

»Was? Wie bitte?«, fragte Franky.

Hastig erzählte ihm Antonia von ihrer Begegnung mit Weixlhammer an der Vitrine in St. Valentin und seiner Erläuterung zu den drei Ikonen zu Geburt, Tod und Auferstehung von Jesus.

»Und da haben wir das Motiv, das deinem Vater fehlt«, meinte Franky. »Wenn alle drei Bilder zusammen ein Vermögen wert sind, dann lohnt sich der Diebstahl für Weixlhammer am meisten. Die Mittel – also den Schlüssel zur Vitrine – hatte er. Nun muss man nur noch sein Alibi knacken, damit er als Verdächtiger infrage kommt.«

Schnell zückte er sein Smartphone und machte einige Fotos von dem Koffer und der Ikone darin.

Dann klappte Antonia den Deckel wieder zu. »Lass uns von hier verschwinden«, schlug sie vor. »Ich weiß nicht, wie lange Indi den Händler noch hinhalten kann.«

Vorsichtig öffnete sie die Tür zum Verkaufsraum. Jaron und Weixlhammer waren immer noch über das Buch gebeugt, nur Emma wandte sich Antonia zu und winkte hektisch. Sie stand sichtlich unter Strom.

Antonia und Franky drückten sich aus der Tür und schlossen sie. Alles wäre genau nach Plan verlaufen, wäre Franky nicht vor Aufregung gegen eines der Beistelltischchen gestoßen, die bei der Theke standen.

Prompt fiel ein Aufsteller herunter und verteilte einen Stapel Flyer über den ganzen Boden.

Weixlhammer fuhr herum. »Was macht ihr da?«, rief er.

Franky bückte sich, raffte hastig die Zettel zusammen und stopfte sie zurück in ihre Hülle. »Es tut mir leid«, keuchte er, »ich muss dringend aufs Klo. Dünnpfiff – die Spaghetti von heute Mittag, wissen Sie?«

Das waren eindeutig mehr Informationen, als Weixlhammer hören wollte. »Da hinten ist aber keine Kundentoilette«, brummte er.

»Oh, dann entschuldigen Sie vielmals. Wir sollten wohl lieber gehen, bevor noch ein Unglück passiert«, sagte Antonia hastig und zog Franky in Richtung Tür.

Jaron bedankte sich bei Weixlhammer und wollte ihm das Fundstück aus der Hand nehmen.

Der aber hielt den Stein fest. »Wollt ihr ihn nicht hierlassen?«, fragte er mit einem gierigen Funkeln in den Augen. »Vielleicht kann ich doch noch etwas herausfinden.«

»Nein, danke«, erwiderte Emma und streckte nun ebenfalls ihre Hand aus.

Widerstrebend ließ der Händler den Bernstein hineinfallen.

Dann sagte er zögernd: »Vielleicht … habe ich da doch eine Idee. Ich habe zahlreiche Sagen und Mythen über den Starnberger See gelesen. Wenn ich mich richtig erinnere, war in einer davon auch von einem solchen Stein die Rede. Oder waren es mehrere?«

Er legte die Finger der rechten Hand an sein Kinn und

sah kurz aus dem Fenster, bevor er fortfuhr: »Ich weiß es nicht mehr genau. Aber probiert mal eines aus: Haltet den Stein am frühen Nachmittag, so gegen 15 Uhr, ins Licht. Irgendwie glaube ich, mich zu erinnern, dass das in der Geschichte beschrieben war.«

»Danke«, sagte Jaron etwas verblüfft.

»Vielleicht hilft es euch ja weiter. Und tut mir einen Gefallen: Wenn ihr etwas herausfindet, lasst ihr es mich wissen?« Nun klang der Händler fast bittend. »Ich habe einfach eine Leidenschaft für die Geschichte der Gegend hier.«

»Klar«, sagte Jaron, »das machen wir.«

Und damit verabschiedeten sich die vier Freunde und ließen Weixlhammer zwischen seinen antiken Schätzen stehen. Das Glöckchen klingelte wieder, als sie durch die Tür gingen.

»Das war abgefahren«, meinte Jaron, während sie auf die Räder stiegen.

»Definitiv obermerkwürdig«, bestätigte Franky.

Antonia nickte nur. Das Schrägste wussten Jaron und Emma ja noch nicht mal. Sie würden es ihnen gleich auf dem Nachhauseweg erzählen.

Emma fügte hinzu: »Ich kann mir nicht vorstellen, dass uns dieser Rat weiterhilft. Wenn ich mir das schon anhöre: *ins Nachmittagslicht halten*. Das ist doch Quatsch!«

Aber schon am folgenden Nachmittag fanden sie heraus, dass ihnen Weixlhammers Hinweis tatsächlich etwas nützte: Er war ein Schlüssel für weitere Entdeckungen.

Nach dem Regen der letzten Tage schien wieder die Sonne, als Antonia nach dem Mittagessen und den Hausaufgaben durch das Wagendorf stapfte. Beim Betreten des alten Heinrichs bot sich ihr ein ungewohntes Bild:

Franky war nicht über sein Tablet gebeugt, sondern drehte die Brosche in seinen Händen hin und her. Emma schaute ihm dabei zu, sie hatte sich im Stuhl zurückgelehnt und die Arme verschränkt. Vor ihr auf dem Tisch lag der sichelförmige Bernstein.

Und neben ihr saß Jaron. Es nervte Antonia immer noch ein wenig, dass er sich so selbstverständlich ihrem engsten Freundeskreis angeschlossen hatte, obwohl sie ihn kaum kannte.

Sie beschloss, ihn erst einmal zu ignorieren, und setzte sich neben Emma an den Tisch. »Und, was bereden wir zuerst: die Ikone, die wir bei Weixlhammer gesehen haben, oder seinen Rat in Bezug auf den Stein?«, fragte sie. »Habt ihr das mit dem Sonnenlicht schon ausprobiert?«

Emma schüttelte den Kopf. »Wir haben auf dich gewartet«, sagte sie. Dann schob sie ihren Stuhl zurück. »Aber jetzt können wir es ja kurz testen und anschließend gemeinsam überlegen, wie wir weiter vorgehen.«

»Ja«, sagte Franky eifrig und stand ebenfalls auf. Er sah auf das Display seines Handys. »Und du kommst genau richtig: Es ist kurz vor drei. Genau die Uhrzeit, die uns Weixlhammer genannt hat.«

Emma schnaubte nur. Ganz eindeutig widerstrebte ihr die Begeisterung, mit der Franky der Empfehlung einer Legende folgte.

Die Freunde traten vor den alten Heinrich und suchten sich einen hellen Fleck, wo eine Lücke in den Kronen der Bäume das Licht voll durchscheinen ließ. Franky hielt den Stein in die Höhe, und alle drängten sich neben ihn, um besser sehen zu können.

Das Sonnenlicht fiel durch den Bernstein und malte gelbe Muster auf ihre Gesichter. Einschlüsse und Unregelmäßigkeiten in der Maserung wurden sichtbar.

Doch nachdem alle vier den Stein eine Weile betrachtet hatten, wurde ihnen klar, dass in seinem Inneren nicht nur zufällige Linien zu erkennen waren. In der Mitte des Halbmonds, direkt über dem schwarzen Schriftzug, befand sich tatsächlich ein Symbol.

»Ein Kreuz!«, flüsterte Antonia.

Und wirklich, ein Kreuz mit vier gleich langen Balken war dort zu sehen. Wenn man ganz genau hinschaute, hatte man den Eindruck, dass diese Balken nicht glatt waren, sondern uneben und voller Knoten.

Beeindruckt nahm Antonia Franky den Stein aus der Hand und hielt ihn sich vor die Augen. »Tatsächlich, ein Kreuz. Aber was soll das bedeuten?«

Als Nächstes nahm Emma den Stein, dann Jaron. Sie diskutierten eine Weile darüber, wie Weixlhammer von dem Zeichen gewusst haben konnte, ohne mehr über die Brosche zu wissen, nach der er ja sogar gefragt hatte. Wenn er sie aber kannte, warum hatte er ihnen dann nicht mehr verraten?

Franky war so fasziniert von dem Geheimnis des Steins, dass er als Erster in den Zirkuswagen zurückkehrte.

»Da muss mehr dahinterstecken«, erklärte er, »und ich finde heraus, was.« Er griff sich sein Tablet und zog sich in den einzigen Winkel des Wagens zurück, in dem das WLAN-Signal der Burg zu empfangen war.

Damit war die Frage, welchen Fall sie zuerst besprechen würden, geklärt. Franky war nicht mehr ansprechbar. Seine Finger flogen über das Display, seine Brauen runzelten sich, hin und wieder murmelte er etwas Unverständliches vor sich hin.

Die anderen setzten sich solange auf die Stufen vor der Tür und unterhielten sich über die Ereignisse der letzten Tage. Antonia erzählte Emma und Jaron noch einmal in aller Ausführlichkeit von ihrer Entdeckung in Weixlhammers Büro.

»Der Koffer stand so auf dem Tisch, als habe er ihn gerade erst dorthin gestellt«, sagte sie. »Sogar die Lampe darüber brannte noch. Er hatte garantiert was mit der Ikone vor. Ich bin mir sicher, dass er sie aus dem Safe geholt hat, um sie mit den beiden gestohlenen zu verkaufen. In der Kirche hat er betont, dass alle drei zusammen ein Vermögen wert sind.«

Jaron nickte. »Das macht ihn schon sehr verdächtig, sicher. Aber laut der Polizei hat er ein wasserdichtes Alibi.«

»Aber wenn die Polizei von der Ikone wüsste, dann müsste sie ihn doch noch viel genauer überprüfen, meint ihr nicht?« Antonias konnte die Verzweiflung in ihrer Stimme nicht unterdrücken. Sie war sich nach der Entdeckung der Ikone sicher gewesen, dass ihr Vater nun entlastet war. Dass Jaron dies bezweifelte, machte sie wütend.

Emma merkte offensichtlich, wie es ihr ging, und legte ihr eine Hand auf den Arm. »Antonia, bitte glaub uns, wir wissen, dass dein Vater unschuldig ist. Und die Polizei geht allen Spuren nach. Sie braucht aber eindeutige Beweise, um jemanden verhaften zu können. Ich fürchte, dass Jaron recht hat: Dass Weixlhammer die dritte Ikone besitzt, macht ihn noch nicht zum Hauptverdächtigen.«

Antonia ließ den Kopf hängen, doch schließlich sagte sie: »Okay, wenn wir mehr Beweise brauchen, dann beschaffe ich welche. Ich bin mir nämlich sicher, dass das Alibi von diesem Weixlhammer nicht stimmt. Ich geh jetzt zurück in den Laden und suche weiter. Kommt jemand mit?«

Unschlüssig sah Emma sie an, und Antonia wusste gleich, dass sie es nicht wagen würde. Emma war ihre beste Freundin, man konnte sich hundertprozentig auf sie verlassen. Doch wenn es darum ging, Mut zu beweisen, meldete sie sich nicht unbedingt freiwillig.

»Ich gehe mit«, sagte Jaron. »Du brauchst einen Zeugen, wenn du was findest.«

Das war nicht das, worauf Antonia gehofft hatte. Aber sie nickte bestätigend, denn sie war Jaron dankbar, dass er mitkommen wollte, auch wenn ihr Stolz noch darauf bestand, ihn blöd zu finden.

Für eine Weile schwiegen die drei und hingen ihren

Gedanken nach. Emma steckte den Kopf in den Wagen, um zu schauen, was Franky machte. Aber der wedelte nur genervt mit der Hand und bedeutete ihr, dass er in Ruhe gelassen werden wollte.

Kurz darauf unterbrach er jedoch plötzlich die Stille: »Ich hab's!« Er erschien in der Tür und setzte sich zu seinen Freunden auf die Treppe. »Ihr werdet nicht glauben, was ich in der Datenbank der Archäologischen Sammlung München gefunden habe!«

»Wo?«, fragte Emma verwirrt.

»In der Datenbank der Archäologen.«

»Wie bist du denn da reingekommen?«, erkundigte sich Jaron erstaunt.

»Tja, ein paar kleine Tricks, dann ist man da drinnen.« Franky wirkte sehr mit sich zufrieden.

»Ist das denn erlaubt?«, hakte Emma nach.

Franky sah sie an. »Ja, klar, die haben sicher nichts dagegen, wenn man sich reinhackt«, antwortete er und grinste.

»Bist du verrückt!« Emma schien es nicht fassen zu können.

»Jetzt bleib mal ganz entspannt«, sagte Franky gelassen. »Es wird nicht gleich der BND an den alten Heinrich klopfen und mich verhaften. Diese Datenbank können normalerweise nur Leute nutzen, die an einer Universität eingeschrieben sind. Aber das ist nicht gerade Fort Knox. War ganz leicht zu knacken. Ich hab einfach ein Benutzerkonto gefälscht.«

»Aber das darfst du doch nicht!«

»Emma-Schätzchen, dann hätte ich nicht gefunden,

was wir suchen. Also, wollt ihr wissen, was ich rausgefunden habe?« Er sah in die Runde.

»Ja klar, jetzt mach's doch nicht so spannend«, sagte Antonia ungeduldig.

»Also, als Erstes hab ich mal die Begriffe ›Brosche‹ und ›Starnberger See‹ eingegeben. Und es gab sofort einen Treffer: ein älteres Buch mit dem Titel *Sagen und Mythen des Starnberger Sees*. Hier.«

Auf seinem Tablet zeigte er es den anderen, die neugierig auf den Bildschirm starrten. »Ich dachte zuerst, der Treffer sei ein Scherz. Aber als ich anfing zu lesen, hat es mich fast umgehauen. Ihr kennt doch den Mythos von Nessie aus Loch Ness in Schottland?«

»Ja klar, das Monster, das dort leben soll«, bestätigte Jaron.

»Genau. Wusstet ihr, dass es vom Starnberger See eine ähnliche Legende gibt? Auf dem Seegrund soll ein riesiger Wurm schlafen. Eines Tages soll er erwachen. Wenn er dann seinen Kopf aus dem Wasser reckt und an Land kriecht, geht die Welt unter. Und dann …«

Antonia unterbrach ihn: »Oh, Franky, jetzt komm mal auf den Punkt! Hast du was über die Brosche gefunden oder irgendwas über diesen komischen Stein?«

Franky nickte und wischte über sein Tablet. »Ja, hab ich. Also, passt auf: Vor etwa 2000 Jahren haben hier am See die Römer gelebt. Eine Legende besagt, dass am Starnberger See eine Schale vergraben sein soll, die ursprünglich aus dem Tempel in Jerusalem stammt.«

»Aus dem Tempel in Jerusalem?«, wiederholte Emma.

»Ja, wie allerdings diese Schale von Jerusalem nach

Bayern gelangt sein soll, steht hier nicht. Jedenfalls werden der Schale Zauberkräfte zugeschrieben. Wer aus ihr trinkt, soll von allen Krankheiten geheilt werden.«

»Du meine Güte, was für ein Quatsch«, sagte Antonia trocken.

»Ja, vielleicht, aber jetzt kommt's: Der Mann, der die Schale vor seinen Feinden versteckt hat, war Schmied. Er wollte eine Karte hinterlassen. Also hat er eine Brosche mit drei Steinen angefertigt und in ihr Hinweise eingearbeitet, wo man den Schatz findet.«

»Krass.« Jaron war anzusehen, dass er beeindruckt war.

»Aber das ist noch nicht alles«, erklärte Franky triumphierend. »Der Spruch auf der Brosche wird auch in der Legende genannt. Hier ist er.« Nachdem er nochmals über sein Tablet gewischt hatte, konnten alle den Spruch lesen: *Et absterget Deus omnem lacrimam ab oculis.*

»Das ist doch genau das, was auf unserer Brosche steht!«, rief Emma aufgeregt.

»Gut erkannt«, lobte Franky und zwinkerte ihr zu.

»Cool, dann ist unsere Brosche die aus der Legende«, sagte Antonia.

»Vielleicht. Jedenfalls hat dieser Schmied die Broschenfassung aus Metall und die drei Steine getrennt versteckt. Ein Teil weist jeweils den Weg zum nächsten, und wenn das Schmuckstück komplett ist, führt es zur Schale.«

»Das würde bedeuten, das Kreuz, das wir auf dem Stein entdeckt haben, wäre ein Hinweis auf den zweiten Stein«, stellte Jaron fest und ging kurz in den Wagen, um den Stein und die Brosche zu holen. Er hielt den Bernstein noch einmal gegen das Licht, während Antonia sich die Brosche anschaute. Franky und Emma lasen unterdessen weiter.

»Die Sage geht noch weiter«, sagte Emma. »Ein Mädchen soll die Brosche gefunden und mithilfe des Spruchs nach dem Versteck des ersten Steins gesucht haben.«

»Hammer!« Franky blickte die anderen an. »Der Name des Mädchens war Magdalena.«

Die anderen sahen ihn ungläubig an.

»Hier steht es.« Er las vor: »Magdalena von Alhamunt, ein junges Mädchen der Alhamunt-Sippe, fand der Sage nach die Brosche. Der Mythos besagt, dass ein Fluch auf dem Schmuckstück liegt. Wer sie besitzt, aber die Schale nicht findet, der stirbt.«

Für einen Moment war es sehr still vor dem alten Zirkuswagen.

»Ist schon krass, das mit dem Fluch und so«, meinte Emma schließlich.

»Ach, das ist doch völliger Quatsch. Ich glaube nicht an irgendwelche Flüche, aber alles andere ist der Hammer.« Antonias Abenteuerlust war geweckt. Für einen Moment vergaß sie sogar die Sorge um ihren Vater.

»Und wenn es diesen Fluch tatsächlich gibt?«, wandte Emma ein.

»Emma-Schätzchen, ich dachte, du glaubst an Jesus«, erwiderte Franky. »Warum machst du dir dann ins Hemd wegen so einer Legende?«

»Das ist doch nur christliche Mythologie«, meinte Jaron.

»Christliche *was*?« Emma sah ihn verdutzt an.

»Man nennt das christliche Mythologie, wenn Leute zu den Geschichten der Bibel irgendwas dazuerfinden. Oder wenn sie irgendwelchen Gegenständen, die mit der Bibel oder dem Christentum zu tun haben, eine magische Wirkung zusprechen.«

»Kapier ich nicht«, sagte Emma.

»Na, zum Beispiel diese Schale. Wenn es sie wirklich gibt und sie tatsächlich aus dem Tempel in Jerusalem stammt, ist das immer noch kein Beweis dafür, dass sie Zauberkräfte hat. Da wurde dann halt einfach ein Märchen, also ein Mythos, um den Gegenstand herumgestrickt. Für so was gibt es viele Beispiele.«

Damit gab sich Emma zufrieden. Nur Antonia sah Jaron irritiert an. Sie war erstaunt, dass er so viel wusste und einen schwierigen Zusammenhang so gut erklären konnte.

»Könnte das Skelett in der Gruft tatsächlich diese Magdalena sein, von der die Sage spricht?«, überlegte Franky laut. »Immerhin haben wir bei ihr ja die Brosche und den Stein gefunden.«

Antonia nickte. »Das wäre schon möglich. Ihr Tod muss gar nichts mit der Brosche zu tun gehabt haben. Diese Legende vom Fluch könnte *nach* ihrem Tod entstanden sein.«

»Vielleicht kamen die Leute hinterher auf diese Idee, weil Stein und Brosche mit ihr zusammen begraben wurden«, sagte Jaron. »So entstehen Mythen, bestimmt auch dieser Unsinn mit dem *im Licht des Nachmittags*. Ich bin mir sicher, dass das Kreuz im Stein sichtbar wird, sobald man ihn ins Sonnenlicht hält, und zwar egal zu welcher Tageszeit.«

Emma nickte zustimmend.

Für eine Weile dachten alle vier nach. Sie hatten keine Ahnung, wie sie nun weiter vorgehen sollten, denn das Kreuz allein war wenig hilfreich. Sollte es einen Ort bezeichnen, so gab in der Gegend um den Starnberger See viele Kreuze. Was sollten sie als Nächstes tun?

Noch während sich die vier im alten Heinrich befanden, fuhr eine große schwarze Limousine auf den Parkplatz vor der Burg. Sie hielt nahe am Burgtor und die Türen öffneten sich.

Emma sah aus dem Fenster des Zirkuswagens und stöhnte leise: Aus der Beifahrertür stieg ihr Stiefvater, Peter, mit einem Kollegen. »Nicht schon wieder!«, sagte sie. »Kann er Andreas nicht einfach in Ruhe lassen?«

Antonia stand auf. »Ich muss wissen, was die wollen«, erklärte sie. »Kommt ihr mit?«

Die anderen folgten ihr und gemeinsam gingen sie in Richtung Burg. Peter und der andere Polizist waren schon in den Innenhof getreten, als die vier das Portal erreichten. Schon aus dieser Entfernung konnten sie drei Männerstimmen hören. Offenbar hatten die beiden Kriminalbeamten Antonias Vater im Innenhof angetroffen und befragten ihn dort. Die Freunde blieben stehen und lauschten.

»Andreas, wenn du uns darauf keine Antwort geben

kannst, müssen wir dich noch einmal mit aufs Revier nehmen«, sagte Peter gerade.

»Das ist ein bisschen viel verlangt«, antwortete Andreas Reihmann. »Wie soll ich mich denn erinnern, was ich an fünf verschiedenen Tagen in den letzten drei Jahren getan habe? Wüsstest du eine Antwort, wenn man dich das Gleiche fragen würde?«

»Dann schau in deinem Kalender nach, oder versuch, das irgendwie anders herauszufinden. Es ist wirklich wichtig, denn bei allen Diebstählen sind wertvolle Madonnenstatuen oder andere sakrale Kunstgegenstände verschwunden.

Andreas, ich kann nur versuchen, dir klarzumachen, wie ernst deine Lage ist: Deine Verwicklung in den Einbruch in der St.-Valentins-Kirche und die Ähnlichkeit dieses Falls mit anderen lässt uns leider vermuten, dass es sich nicht um eine einmalige Angelegenheit handelt.«

»Ich war nicht in den Einbruch in St. Valentin verwickelt!« Andreas Reihmanns Stimme wurde laut und hallte im Durchgang wider.

»Das möchte ich ja gerne glauben«, antwortete Peter. Aber seine Stimme klang nicht so, als ob er es ernst meinte.

»Warum sollte ich so etwas tun, Peter? Warum sollte ich Kunstgegenstände klauen? Kannst du mir das erklären?«

Jetzt ertönte eine dritte Stimme, es musste Peters Kollege sein: »Herr Reihmann, wir wissen, dass Sie vier neue Zirkuswagen bestellt haben. Und dass Sie sie nicht bezahlen können, wir haben mit ihrer Bank gesprochen.«

Antonia erschrak und stopfte sich eine Faust in den Mund, um nicht aufzuschreien. *Geldprobleme?* Davon hatten ihre Eltern nie etwas erzählt.

Ihre Freunde sahen sie an.

Im Innenhof blieb es eine ganze Weile still. Dann erwiderte Andreas Reihmann: »Peter, ich muss euch gar nichts darüber sagen, wie ich meine Geldangelegenheiten regle. Ich glaube, unser Gespräch ist hier zu Ende. Bitte geht. Ich werde mir einen Anwalt suchen und keine Fragen mehr ohne ihn beantworten.«

»Wie du meinst«, sagte Peter. »Wir melden uns.«

Die Freunde hörten, wie sich Schritte dem Portal näherten. Schnell schlichen sie davon und beobachteten aus sicherer Entfernung, wie die schwarze Limousine verschwand.

Antonia drehte sich zu ihren Freunden um. »Wir müssen beweisen, dass Weixlhammer die Ikonen gestohlen hat und nicht mein Vater. Egal, was Peter sagt: Mein Papa ist kein Dieb!«

Franky sprach für alle ihre Freunde, als er sagte: »Das wissen wir, Antonia. Und wir werden dir helfen, die Beweise zu finden.«

»Jaron und ich wollen morgen noch mal in Weixlhammers Laden gehen und weitersuchen. Kommst du auch mit?«

»Morgen?« Franky machte ein trauriges Gesicht. »O Mann, da kann ich nicht. Mein Vater hat da diese Riesensache geplant: Der Fußballverein schmeißt ein Fest für die Mannschaften der ganzen Gegend, und er hat mich schon gewarnt, dass er mich braucht. Morgen will er die ersten Einkäufe machen und ich muss schleppen helfen. Sonst wäre ich auf jeden Fall dabei, glaub mir!«

Antonia nickte. »Tu ich. Gut, dann sind Indiana Jones und ich allein. Und wir werden etwas finden, das verspreche ich euch.«

Kapitel 9

Manches will man gar nicht wissen

Es wurde später Nachmittag, bis Jaron und Antonia gemeinsam aufbrechen konnten, was aber auch passte. Sie wollten sich in Weixlhammers Laden ungestört umsehen, und da war es nur hinderlich, wenn der Händler noch dort war.

Auf der steilen Straße nach Allmannshausen keuchte Jaron Antonia wieder einmal hinterher. Sie konnte diese Steigung mit ihrem Mountainbike viel besser bewältigen als er selbst mit der alten Krücke, die er von ihren Eltern geliehen hatte.

Mann, bin ich froh, wenn Mama mit dem Umzugswagen ankommt und ich mein eigenes Fahrrad wiederhabe! Für einen Moment vermisste er seine Mutter sehr und wünschte, er könnte ihr die Ereignisse der letzten Tage ausführlich schildern. So viel hatte er in vier Tagen noch nie erlebt!

Sie hatten zwar jeden Abend telefoniert, aber Jaron hatte Angelika nichts von den Entdeckungen erzählt, die er mit seinen neuen Freunden gemacht hatte. Er war sich ziemlich sicher, dass sie ihm manches ohnehin nicht geglaubt hätte. Davon redeten sie besser einmal in aller Ruhe, nachdem Angelika endgültig in Bayern angekommen war.

Den Händler trafen Jaron und Antonia nicht an. Als sie vor seinem Laden anhielten, fanden sie an seiner Tür einen handgeschriebenen Zettel vor, auf dem stand: *Bin gleich zurück.*

»Super, das passt ja fantastisch!«, freute sich Antonia, die offenbar keine Angst davor hatte, dass der Händler wirklich gleich zurückkommen konnte.

»Sollen wir nicht lieber doch warten, bis er den Laden dicht macht?« Jaron war sich nicht so sicher, ob er überhaupt in ein fremdes Geschäft einsteigen wollte. Er hatte vage gehofft, sie würden sich mit einem Blick durch die Fenster begnügen.

Aber Antonia schien wild entschlossen, konkrete Beweise zu finden, die den Verdacht gegen ihren Vater entkräften würden. Sie warf ihm nur einen abschätzigen Blick zu und rüttelte an der Klinke der Eingangstür. Verschlossen.

Insgeheim rechnete Jaron schon damit, dass sie einen Dietrich aus ihrer Tasche ziehen würde. Doch Antonia ließ die Klinke los und ging am Schaufenster vorbei zur Ecke des Gebäudes. Dort trennte ein hoher Zaun mit einer Gartentür den Parkplatz ab. Und diese Gartentür ließ sich öffnen.

»Kommst du jetzt oder nicht?«, fragte sie Jaron, der immer noch unschlüssig bei den Rädern stand.

Er gab sich einen Ruck. *Wäre doch gelacht, wenn ich mich von diesem Mädchen abhängen ließe*, dachte er und folgte ihr.

Hinter dem Zaun lag ein ungepflegter kleiner Garten mit vertrocknetem Rasen und einer großen Tanne, die fast das komplette Sonnenlicht abschirmte. Mehrere Fenster gingen auf den Rasen hinaus, und eines – Antonia juchzte triumphierend – stand tatsächlich offen.

Es war nur eine kleine Öffnung, die in ein Badezimmer führte: für einen Erwachsenen viel zu eng, weshalb der Händler wahrscheinlich entschieden hatte, das Fenster während seiner kurzen Abwesenheit offen zu lassen. Doch für Jaron und Antonia war es nicht schwer, sich am Fensterrand hinaufzuziehen und ins Innere zu klettern.

Vorsichtig machte Antonia die Badtür auf und spähte in den dahinterliegenden Flur. Beide lauschten angestrengt, doch es blieb ruhig. Weixlhammer schien den Laden tatsächlich verlassen zu haben. Da entschied sich Antonia, nach rechts zu gehen.

Jaron folgte ihr und sah über ihre Schulter, als sie die Tür am Ende des Gangs öffnete. Der Duft von Holz und Lack schlug ihnen entgegen: Sie hatten Weixlhammers Werkstatt gefunden.

Eine große, von Farbflecken und Kratzern übersäte Werkbank befand sich unter einem Fenster zu ihrer Rechten. Darauf lagen Einzelteile von Möbeln: Stuhlbeine, Schubladen und Schrankknöpfe. Lackdosen und Pinsel waren vor dem Fenster aufgereiht, eine große Bohrmaschine war an einer Ecke befestigt.

Fasziniert trat Jaron näher, um sich die Werkstücke anzuschauen. In einem breiten Schraubstock war die Platte eines Beistelltischchens eingeklemmt. Weixlhammer hatte wohl die verschlungenen Intarsien, die darauf zu sehen waren, repariert und ergänzt. Manche waren stumpf und verblasst, andere glänzten wie neu.

Antonia achtete nicht auf die herumliegenden Möbelteile, sondern sie begann, Kisten zu durchwühlen und Schubladen zu öffnen – in der verzweifelten Suche nach etwas, das ihren Vater entlasten würde.

Da riss sich Jaron von der Schönheit der Holzarbeiten los und half ihr. Schnell hatten sie alles durchsucht.

»Hier in der Werkstatt ist nichts«, sagte Antonia. »Lass uns noch mal im Büro nachsehen.«

Gemeinsam gingen sie den Flur entlang zurück. Antonia öffnete eine Tür, drehte sich zu Jaron um und erklärte: »Das ist der Raum, in dem Franky und ich bei unserem letzten Besuch gewesen sind.«

Sie betraten das Büro, das Jaron auf Frankys Fotos gesehen hatte. Er erkannte den Schreibtisch und den Schrank wieder, der jedoch heute geschlossen war. Der Koffer mit der Ikone lag nicht mehr auf dem Tisch.

Zielstrebig marschierte Antonia zum Schrank und zog die Tür auf. Eine Reihe von alten Mänteln war zu sehen. Antonia schob die Kleidungsstücke an der Stange zu beiden Seiten. Daraufhin kam die Rückwand zum Vorschein, in der allerdings keine Öffnung, nicht einmal die Umrisse der herausnehmbaren Platte sichtbar waren. Antonia beugte sich vor und strich mit den Fingern über das Holz.

In diesem Moment klingelte vorne im Laden das Glöckchen.

Antonia fuhr hoch. »Er kommt zurück! Das war die

Eingangstür.« Hektisch sah sie sich um. »Was machen wir jetzt?«

Jaron überlegte. Es war ihm sofort klar, dass sie es nicht mehr ins Badezimmer und aus dem Fenster hinaus in den Garten schaffen würden. Weixlhammer konnte jeden Augenblick ins Büro kommen. »Schnell, in den Schrank!«, befahl er und schubste Antonia hinein.

»He, Vorsicht!« Sie stolperte fast über die hohe Kante, rappelte sich jedoch rasch wieder auf und duckte sich unter die Mäntel. Jaron folgte ihr und zog schnell die Schranktüren zu.

Es wurde ziemlich dunkel, nur durch einen Spalt zwischen den beiden Türen fiel etwas Licht hinein. Viel Platz war nicht: Sie saßen dicht aneinandergedrängt auf dem Boden, die Mäntel hingen ihnen direkt vor den Augen. Jaron war deutlich bewusst, wie nahe ihm Antonia war, auch wenn er sie kaum sehen konnte. Es war nicht unangenehm.

Sie hatten sich keine Sekunde zu früh versteckt: Schon hörte er, wie die Tür zum Büro geöffnet wurde und der Händler hereinkam. Er schien sich über irgendetwas zu ärgern, denn er murmelte halblaute Flüche vor sich hin. Dann schien er in Papieren zu kramen, es raschelte und ein Buch polterte auf den Boden.

Auf einmal griff Antonia nach Jarons Arm. Er sah, dass sie nach Atem rang und die Nase kraus zog. Der Staub schien ihr in die Nase zu steigen. Sie schlug ihre Hände vor den Mund, schnell legte Jaron seine darüber.

»Hr-mpf!« Sie nieste, gedämpft durch seinen festen Griff.

Vor dem Schrank hörte das Rascheln auf. Hatte Weixlhammer sie etwa gehört? Schritte näherten sich. Jaron hielt Antonia immer noch den Mund zu, keiner von ihnen wagte zu atmen.

Da klingelte ein Handy.

»Weixlhammer?«, brummte der Händler. Er schwieg einen Moment. »Ja, ich habe verstanden … Nein, das ist nicht nötig. Ich weiß genau, dass die Ikonen nur gemeinsam viel wert sind. Halten Sie mich für dumm? … Ja, ich habe sie hier … In Ordnung, ich fahre gleich los.«

Es piepste. Wieder waren Schritte zu hören, dann ein Scharren, als würde etwas Schweres über den Boden gezogen. Anschließend brummte der Händler noch einmal verärgert und schlug die Tür zum Verkaufsraum mit einem Knall hinter sich zu.

»Mmh-mmh-mmmh«, nuschelte Antonia.

Jaron nahm seine Hand von ihrem Mund. »Was?«

»Ich sagte, du kannst jetzt deine Hand wegnehmen. Danke.«

»Oh … klar. Immer gerne. Sollen wir uns dann auch aus dem Staub machen?«

»Nichts lieber als das!« Antonia drückte die Schranktüren auf.

Der Rückzug verlief ohne weitere Zwischenfälle, und Jaron atmete tief durch, als sie endlich auf ihren Fahrrädern saßen und zum See hinabfuhren. Das meiste, was sie gerade im Laden gehört hatten, war ihm noch rätselhaft. Aber es schien, als sei Weixlhammer wirklich in den Diebstahl der Ikonen verwickelt. Das freute ihn für Antonia.

Es war schon lange Abend, als Franky endlich zur Seeburg fahren konnte. Hinter ihm lag ein anstrengender Nachmittag, an dem sein Vater ihn von einer Aufgabe zur nächsten gejagt hatte. Die Vorbereitungen für das Vereinsfest hatten kein Ende nehmen wollen. Nie hätte der Junge gedacht, dass man sich um solche Sachen wie die Farbe von Servietten oder die Länge eines Fußballrasens so viele Gedanken machen konnte!

Er hatte gefühlte Tonnen von Getränken in den Keller des Restaurants geschleppt, Berge von Tomaten geschnippelt – und wieder einmal den Pizzaofen sauber gemacht. Zwar konnte er den Ruß nun in jeder Hautfalte spüren, aber für eine Dusche hatte er sich keine Zeit genommen. Das Treffen mit den anderen war wichtiger, definitiv.

Franky hatte die Burg fast schon erreicht, als ihn ein Wagen überholte. *Moment mal*, dachte er, *den kenne ich doch.*

Vor Überraschung hielt er an und schaute dem Fahrzeug nach, das in den Parkplatz einbog: ein dunkelblauer Kastenwagen mit einem verwitterten Schriftzug an der Seite, von dem nur noch ein »U« lesbar war.

»Ich fass es nicht! Das ist der Wagen des Fahrraddiebs!«, sagte Franky laut zu sich selbst. »Was macht der denn hier?«

Eilig fuhr er weiter, warf sein Fahrrad am Wagendorf ins Laub und versteckte sich hinter einem der Autos, die auf dem Parkplatz standen.

Der Kastenwagen stand inzwischen direkt vor dem Portal, so als ob der Fahrer es nicht nötig hätte, sich wie andere einen freien Platz zu suchen. Nun wurde die Fahrertür mit Schwung aufgestoßen, und es stieg tatsächlich der Mann aus, den Franky schon einmal gesehen hatte.

Es war der Typ, den sie dabei beobachtet hatten, wie er ein gestohlenes Fahrrad nach dem anderen in seinen Wagen gepackt hatte – derjenige, dem sie bei der alten Fabrik gefolgt waren und der dann auf solch geheimnisvolle Weise verschwunden war. Heute trug er zwar nicht mehr das T-Shirt mit dem Hammer-Logo, sondern einen verdreckten Arbeitsoverall, aber Franky erkannte ihn sofort.

Als sich der Mann etwas misstrauisch umsah, duckte sich Franky noch tiefer hinter das Auto. Dann waren Schritte zu hören. Franky hob vorsichtig den Kopf und sah, wie der Mann in der Burg verschwand.

Nach einer kurzen Weile kam der Fahrraddieb wieder heraus und setzte sich in die offene Fahrertür. Er schien auf jemanden zu warten.

Schnell zog Franky sein Smartphone aus der Tasche und begann mit zitternden Fingern zu filmen. Er schaffte es gerade noch rechtzeitig, bevor eine weitere Person aus der Burg trat.

Doch jetzt stockte Franky der Atem, fast ließ er das Handy fallen: Es war Antonias Vater. In seiner Hand trug er einen alten Lederkoffer, der Franky bekannt vorkam.

Wo habe ich diesen Koffer schon mal gesehen?, überlegte er stirnrunzelnd, da fiel es ihm auch schon ein: *In Weixlhammers Büro. Mit der dritten Ikone.*

Franky schluckte trocken. *Was um alles in der Welt passiert hier? Das kann nicht wahr sein!*

Andreas Reihmann ging auf den Dieb zu und streckte ihm den Koffer hin. Die beiden Männer redeten kurz miteinander, Franky konnte aber aus der Entfernung nicht hören, was sie sprachen.

Schließlich nickte Andreas, beide schüttelten sich die Hand und Andreas verschwand wieder in der Burg. Der Dieb legte den Koffer so behutsam auf den Beifahrersitz, als ob sich lauter rohe Eier darin befänden. Dann setzte er sich und schloss die Tür.

Franky duckte sich erneut, als der Wagen an ihm vorbeirauschte, dass der Schotter spritzte. Er hoffte, dieses Mal das Kennzeichen erkennen zu können, doch es war immer noch so verschmutzt, dass man weder Buchstaben noch Zahlen entziffern konnte.

Bestürzt schaute der Junge dem Wagen hinterher. Er verstand die Welt nicht mehr: Steckten denn alle – die Fahrraddiebe, Weixlhammer und Andreas Reihmann – unter einer Decke?

Erst als das Auto zwischen den Bäumen verschwunden war, drehte er sich um. Den schwarzen Mercedes-Oldtimer, der auf der Uferstraße gewartet hatte und dem Kastenwagen nun folgte, bemerkte er nicht mehr.

Quintum Capitulum

Marcus Ben Benjamin

Raetia (Bayern), am Starnberger See,
vor 1830 Jahren

Marcus Minor zügelte sein Pferd und sah von der Kuppe hinab auf den Hof, auf dem er aufgewachsen war. Im Hintergrund glitzerte der See, am Horizont schimmerten die Schneefelder der Alpen. Eine Ansicht, die Marcus immer geliebt hatte.

Hier war er zu Hause. Er atmete die feuchte Luft ein und streckte seine Hand aus. Mit festem Griff brachte er das Maultier zum Stehen, auf dem sein Sohn saß.

Der Fünfjährige rutschte aufgeregt nach vorne. »Sind wir bald da?«, fragte er.

Marcus Minor musste lächeln. Der Kleine besuchte seine Großeltern fast jede Woche. Er wusste genau, dass es von hier aus noch eine

Weile dauerte, bis man zum Hof kam. Doch der Junge war so gerne bei den Großeltern, dass er gegen Ende der Reise kaum mehr still sitzen konnte.

Das Dorf, in dem Marcus mit seinem Sohn lebte, war nicht weit vom See entfernt. Mit einem Fuhrwerk oder zu Pferd konnte man diese Strecke in wenigen Stunden bewältigen.

»Ja, bald«, sagte er und sah den Kleinen liebevoll an. »Und nun setz dich wieder richtig hin, damit du nicht vom Maultier fällst.« Sein Sohn war ihm unendlich wichtig. Die Liebe zu ihm und sein Glaube an Jesus, den Messias, bestimmten Marcus' Leben.

Er wandte sich wieder dem Tal zu und betrachtete für eine Weile den Hof und die umliegenden Felder. Sein Onkel Lucas hielt alles in bester Ordnung, das konnte er sehen. Die Felder waren gepflügt, die Schweine auf der Weide neben dem Stall wirkten gesund und wohlgenährt, der Hof war sauber gefegt und das Haupthaus frisch getüncht.

Nur ein Gebäude fiel auf: Die kleine Hütte neben dem Schweinestall lehnte sich schief in den Wind, ihr Holz war grau und verwittert. Vor ihrer Tür lag ein Haufen von Gegenständen, die aus der Ferne nicht näher zu erkennen waren.

Marcus' Miene verdüsterte sich. Dass sein Vater immer noch in dieser Hütte leben musste, war dem Onkel anzurechnen. Marcus' Vater hieß ebenfalls Marcus. Damit man Vater und Sohn voneinander unterscheiden konnte, trug er selbst den Beinamen »Minor« – Kleiner – und sein Vater den Namen »Major« – Großer.

Marcus' Großvater Publius hatte Lucas den Hof vererbt. Allerdings hatte er ausdrücklich verfügt, dass Marcus Major zeitlebens auf dem Hof wohnen durfte.

Das hatte Lucas zwar nicht gefallen, aber er hatte nichts dagegen unternehmen können. Marcus Minor wusste nicht viel über die langjährige Feindschaft zwischen seinem Vater und seinem Onkel. Aber das schwierige Verhältnis war immer spürbar gewesen und hatte seine Kindheit auf dem Hof mitgeprägt.

Marcus schloss die Augen. Er für seinen Teil hegte keinen Groll gegen Lucas, obwohl dieser ihn vertrieben hatte, sobald er konnte. Kaum war Marcus Minor alt genug geworden, hatte Lucas darauf bestanden, dass er sich woanders eine Arbeit suchte. Und er hatte ihn eindringlich davor gewarnt, sich irgendwelche falschen Hoffnungen in Bezug auf den Hof zu machen.

»Ich respektiere die Wünsche meines Vaters«, hatte er gesagt, »und werde Marcus Major und seiner Frau die Hütte neben dem Stall überlassen. Sie dürfen dort bleiben, solange sie leben. Aber dieses Recht gilt nur für sie, nicht für ihre Nachkommen. Ich musste es akzeptieren, dass der Hof nicht mir allein gehört. Aber für meinen Sohn werde ich das nicht hinnehmen. Wenn Marcus Major nicht mehr lebt, will ich dich hier nie wieder sehen.«

Marcus Minor war bei einem Schmied in die Lehre gegangen. Inzwischen war er längst ein erfahrener Handwerker. Doch er hatte nie genug Geld verdient, um seine Eltern zu sich holen zu können. Und so hatten beide weiter auf dem Hof gelebt und gearbeitet, bis Clementia vor einem Jahr gestorben war. Seitdem war Marcus Major alleine.

Und heute war offenbar der Tag, an dem Marcus Minor den Hof seiner Familie zum letzten Mal besuchen durfte. Sein Vater lag im Sterben. Marcus Minor war gekommen, um sich nicht nur von seinem Vater, sondern auch von den Hügeln zu verabschieden, auf denen er als Kind immer gespielt hatte. Von den Feldern, auf denen er jeden Stein kannte, und von dem See, der ihm immer groß wie ein Meer erschienen war.

»Papa?« Die Frage seines Sohnes riss Marcus Minor aus seinen Gedanken. Er seufzte und zog an den Zügeln des Maultiers. Besser, er brachte die Begegnung mit seinem Onkel so schnell wie möglich hinter sich.

Lucas erwartete sie schon. Breitbeinig und mit verschränkten Armen stand er in der Hofeinfahrt und schaute ihnen mit finsterer Miene entgegen.

Marcus Minor zügelte sein Pferd und stieg ab. »Sei gegrüßt, Lucas«, sagte er.

Doch sein Onkel brummte nur irgendetwas vor sich hin, ohne den Gruß zu erwidern. Dann sagte er schroff: »Ich hoffe, ihr braucht nicht lange. Den Krempel habe ich schon in den Hof geschafft.« Er zeigte auf den Haufen aus Kleidern und kleineren Haushaltsgegenständen, die wild durcheinandergewürfelt auf dem staubigen Boden lagen.

Marcus betrachtete die wenigen Besitztümer seines Vaters. Dann nickte er ergeben.

»Danke«, sagte er schlicht.

»Dein Vater ist da drin.« Lucas ging ihm voraus zu der kleinen Hütte neben dem Schweinestall, in der Marcus Minor aufgewachsen war. Marcus konnte sehen, dass sich seit seinem letzten

Besuch nichts verändert hatte: Das Dach hatte Löcher, die Tür hing schief in den Angeln und die kleinen Fenster waren nur notdürftig ausgebessert.

Kein Wunder, dass Vater krank geworden ist, dachte er bei sich. *Da drin muss es noch kälter sein als früher.*

Er nickte seinem Onkel zu. »Danke«, sagte er noch einmal. *Doch danke wofür?*, fragte er sich im Stillen.

Lucas drehte sich ohne ein weiteres Wort um und ging davon, während Marcus zur Tür trat. Sie klemmte und er musste sich mit der Schulter dagegenlehnen, um sie zu öffnen. Kalte Luft wehte ihm entgegen. Es war ziemlich finster in dem kleinen Raum, in der Feuerstelle lagen nur verkohlte Scheite.

Als sich seine Augen an das Dämmerlicht in der Hütte gewöhnten, sah er seinen Vater. Marcus Major lag regungslos, mit geschlossenen Augen, auf seinem Bett.

Rasch kniete der Sohn am Bettrand nieder und griff nach der Hand des Vaters. Dessen Haut war rau und trocken wie Papier. Als Marcus Minor seine andere Hand auf die Stirn seines Vaters legte, merkte er, dass sie glühend heiß war.

Marcus Major öffnete die Augen und blickte ihn an. »Minor? Bist du es wirklich?«, flüsterte er heiser.

Marcus Minor drückte seine Hand. »Ja, Vater. Ich bin hier.«

Daraufhin fielen die Lider des alten Mannes wieder zu und sein Gesicht entspannte sich. »Du bist hier. Dann ist es gut«, sagte er und verstummte.

Eine ganze Weile kniete Marcus Minor am Bettrand, betrachtete ihn und lauschte seinem rasselnden Atem.

»Ist Großvater krank?«, fragte sein Sohn unsicher.

Beim Klang der Jungenstimme öffnete Marcus Major seine Augen wieder und lächelte seinen Enkel an. »Mein Kleiner, hab keine Angst. Ja, ich bin krank. Aber das ist nicht schlimm. Bald werde ich bei unserem Herrn sein.«

Er löste seine Hand aus der seines Sohnes und strich seinem Enkel über die Wange.

Der Junge umklammerte den Arm des Großvaters. Marcus Minor konnte sehen, dass er nicht wusste, wie er reagieren sollte. Natürlich hatte der Kleine schon erfahren, dass Menschen starben. Aber dass er seinen geliebten Großvater verlieren könnte, war einfach unfassbar.

Marcus stand auf und entzündete ein Feuer. Als die Glut ausreichte, wärmte er etwas Suppe auf, die er mitgebracht hatte, und flößte seinem Vater einige Löffel davon ein. Der alte Mann lebte sichtlich auf: Seine Wangen bekamen etwas Farbe, während der Kleine bei ihm saß und ihm von seinen Erlebnissen erzählte, wie es nur Kinder können.

Doch recht bald war Marcus Major auch wieder erschöpft und seine Augen fielen zu. Irgendwann antwortete er nicht mehr. Er war eingeschlafen.

Marcus Minor bereitete für sich und seinen Sohn ein Nachtlager auf dem Fußboden. Nachdem sie die restliche Suppe gegessen hatten, legten sie sich schlafen. Die Glut glomm immer schwächer, es wurde dunkel und still. Das einzige Geräusch war Marcus Majors rasselnder Atem.

Mitten in der Nacht schreckte Marcus Minor hoch. Ein Geräusch hatte ihn geweckt.

»Mein Sohn«, hörte er seinen Vater flüstern.

Schnell trat er ans Bett und beugte sich über Marcus Major, den er im Dunkeln kaum erkennen konnte.

»Ich bin hier, Vater«, antwortete er.

»Ich sterbe, Marcus. Ich kann es fühlen. Es tut mir leid, dass ich nicht mehr für dich da sein kann. Und dein Sohn … Er erinnert mich so sehr an deinen Großvater. Wie gerne würde ich ihn heranwachsen sehen.«

»Es muss dir nicht leidtun, Vater. Du warst immer gut zu mir. Mir tut es leid, dass ich nicht besser für dich und Mutter habe sorgen können.«

Sein Vater schüttelte leicht den Kopf. »Denk nicht so, mein Sohn. Du bist deinen Weg gegangen und hast ein gutes Handwerk erlernt. Und du hast dich immer um uns gekümmert. Ich hätte sowieso nie von hier wegziehen und woanders leben wollen.«

Marcus Minor nickte, obwohl er diese letzte Aussage nicht begriff. Er hatte nie verstanden, warum sein Vater den Hof nicht schon vor langer Zeit verlassen hatte.

Mühsam holte Marcus Major Luft. »Es gibt da

etwas, was du wissen musst. Etwas über deine Herkunft.« Er hielt inne, Marcus Minor wartete gespannt.

»Mein richtiger Name ist nicht Marcus Publius. Ich heiße eigentlich Benjamin Ben Jakob.«

Der Sohn runzelte die Stirn. »Benjamin? Ist das nicht ein jüdischer Name?«

»Ja, das ist er. Vielleicht hast du dich schon manchmal gefragt, warum du und ich so anders aussehen als Publius und Lucas. Wir haben dunkle Haare, dunkle Augen und braune Haut statt einer blonden Mähne und Sommersprossen.«

Wieder rang er nach Atem. »Publius war nicht mein richtiger Vater. Er hat mich adoptiert, vor langer Zeit, als ich noch ein Knabe war. In dem fernen Land Israel, genauer, in der Stadt Jerusalem. Du, Marcus, bist der Nachfahre eines alten Priestergeschlechts. Deine Vorfahren haben dem allmächtigen Gott im Tempel gedient.«

Marcus Minor konnte kaum glauben, was er da hörte: Er sollte von Priestern abstammen? Die in diesem herrlichen Tempel gearbeitet hatten, von dem offenbar nur noch Ruinen übrig waren?

Auf einmal erinnerte er sich an die merkwürdigen Gebete, die ihm sein Vater früher beigebracht hatte – in einer fremden Sprache, die wie aus einer anderen Zeit zu ihm herübergeklungen war. Einige Worte hatten sich in sein Gedächtnis gebrannt: *Schma Israel …*

Ihm fiel wieder ein, wie sein Vater freitagabends Kerzen auf den Esstisch gestellt und sie feierlich angezündet hatte, während er einige Sätze vor sich hingemurmelt hatte. All das ergab allmählich einen Sinn.

Und so lauschte er dem alten Mann, der ihm stockend seine Geschichte erzählte. Von der Flucht aus Jerusalem, der Begegnung mit Publius, der Reise ins ferne Raetien. Immer wieder musste Marcus Major innehalten und Luft holen. Er wurde zusehends schwächer, doch er schien seine letzten Kräfte zusammenzunehmen, um weiterreden zu können.

Die Nacht verstrich, und immer noch hörte Marcus Minor zu. Irgendwann verstummte sein Vater und schloss die Augen. Marcus Minor griff nach seiner Hand, voller Angst, doch der alte Mann atmete noch. Marcus beobachtete ihn besorgt.

»Da ist noch etwas«, flüsterte sein Vater kurz darauf. Marcus Minor verstand ihn kaum noch. »Du musst etwas für mich tun.«

»Alles, Vater«, versprach er. »Alles.«

»Mein Vater hat mir vor meiner Flucht etwas anvertraut, worauf ich bis heute aufgepasst habe. Es ist ein Schatz aus dem Tempel, der unendlich kostbar ist. Ich hatte immer gehofft, ihn eines Tages nach Jerusalem zurückbringen zu können, aber das war mir nie vergönnt.

Deshalb vertraue ich ihn heute dir an, vielleicht wirst du eines Tages in das Land unserer Väter zurückkehren. Gib gut darauf acht, mein Sohn: Dieser Schatz ist die Verbindung zu unserer Vergangenheit und zu unserem Herrn, der ihn vielleicht einmal in den Händen gehalten hat.«

Wieder schloss Marcus Major für eine kurze Weile die Augen und atmete mühsam ein paarmal aus und ein.

Dann sah er seinen Sohn erneut an und flüsterte: »Präge dir den folgenden Satz ein: *Et absterget Deus omnem lacrimam ab oculis – Gott wird abwischen alle Tränen von ihren Augen.* Es ist ein Versprechen, das uns Gott gegeben hat. Jesus wird eines Tages wiederkommen und dann wird alles Leid ein Ende haben. Vergiss das nie!

Geh in mein altes Zimmer im Haupthaus, wo ich als Junge geschlafen habe. Erinnerst du dich? Ich habe es dir einmal gezeigt. An der rechten Wand, gleich über dem Boden, ist ein Zeichen in den Putz eingekratzt, eine Träne. Dahinter verbirgt sich ein hohler Stein. Dort wirst du sie finden.« Seine Stimme versagte.

»Was, Vater? Was werde ich dort finden?«

Doch Marcus Major antwortete nicht mehr.

Marcus Minor legte seinen Kopf auf die Brust seines Vaters und weinte. Er betete. Irgendwann schlief er schließlich ein. Als er erwachte, waren die Augen von Marcus Major für immer geschlossen.

Er begrub seinen Vater am Waldrand, neben dem Grab seiner Mutter Clementia.

Widerstrebend hatte Lucas ihm geholfen, einen groben Sarg zu zimmern und die Grube auszuheben. »Aber nur, weil ich euch dann schneller los bin«, hatte er gebrummt und zur Schaufel gegriffen.

Zuletzt schickte Marcus seinen Onkel weg, er wollte das Grab alleine schließen. Und so murmelte er alle Gebetsfetzen in der fremden

Sprache, an die er sich erinnern konnte, während er endgültig Abschied von seinem Vater nahm.

Am Nachmittag brach er mit seinem Sohn wieder auf. Sie ritten bis zum Waldrand, wo Marcus einen Blick zurück warf. Eigentlich verband ihn nun nichts mehr mit dem Hof, auf dem sein Vater vor vielen Jahren eine neue Heimat gefunden hatte. Fast nichts mehr.

Er sah seinen Sohn an. »Wir müssen hier noch eine Weile Rast machen, denn ich habe noch etwas zu erledigen, bevor wir nach Hause gehen können«, erklärte er. Dann band er Pferd und Maultier an und sie setzten sich auf die Erde.

Langsam wurde es Abend. Marcus sah, wie die Knechte die Schweine in den Stall trieben, er sah Lucas' Frau, wie sie vom Melken zurückkam. Immer noch wartete er auf eine Gelegenheit, den letzten Wunsch seines Vaters zu erfüllen.

Doch schließlich schien er Glück zu haben: Kurz nachdem der Knecht den letzten Krug voll Milch ins Haus getragen hatte, traten Lucas und seine Familie aus der Tür. Sie hatten sich fein gemacht und schienen zu einem Fest fahren zu wollen. Ein Knecht führte einen

Ochsen herbei, der vor einen Wagen gespannt war. Als alle eingestiegen waren, rollte der Wagen vom Hof.

Marcus wartete noch eine Weile, nachdem der Wagen hinter der ersten Biegung verschwunden war. Dann sagte er zu seinem Sohn: »Bleib hier sitzen und sei ganz ruhig, hörst du? Ich bin bald wieder da.«

Über Weiden und Zäune schlich er zurück zum Hof. Er benahm sich so unauffällig wie möglich, damit keiner auf die Idee kam, er könne irgendetwas Besonderes vorhaben. Glücklicherweise begegnete er niemandem und konnte das Haus ungehindert betreten.

Drinnen angekommen, sah er sich um. Dann ging er rasch die Treppe hinauf und ins erste Zimmer auf der linken Seite. Es schien inzwischen das Schlafzimmer von Lucas' Söhnen zu sein.

An der Wand, die ihm sein Vater beschrieben hatte, stand ein Bett. Marcus packte den vorderen Bettpfosten und zog daran. Als das Möbelstück mit einem lauten Knarren in die Zimmermitte rutschte, erschrak er.

Er lauschte einen Moment, doch alles blieb ruhig. Die Knechte mussten bereits in ihr Quartier gegangen sein.

Rasch kniete er sich vor die Wand und musterte sie genau. Da die Abenddämmerung schon eingesetzt hatte, war es im Zimmer nicht allzu hell.

Marcus ließ seine Finger über den Putz gleiten. Da! In der Nähe der Ecke spürte er, dass etwas in die Wand geritzt worden war. Er rutschte noch dichter heran und beugte sich noch tiefer. Tatsächlich: In der grauen Fläche, knapp über der Fußleiste, waren die Umrisse eines kleinen Tropfens zu erkennen: eine Träne.

Das Herz des jungen Mannes schlug schneller. Jetzt würde er gleich erfahren, welchen Schatz sein Vater ein ganzes Leben lang gehütet hatte! Er nahm das Werkzeug, das er unter den Sachen seines Vaters gefunden hatte, und setzte die Spitze des Meißels genau auf der Träne an.

Sehr vorsichtig löste er nun den Putz von der Wand, indem er dagegenklopfte. Zwischendurch hielt er immer wieder inne und lauschte, ob ihn auch tatsächlich niemand bemerkte.

Trockener Mörtel prasselte auf den Holzfußboden und immer mehr Staub verteilte sich in der Luft. Hinter der Putzschicht kam tatsächlich kein Stein zum Vorschein, wie man es bei einem gemauerten Haus erwartet hätte, sondern sauber gehobeltes Holz.

Was sich wohl dahinter befand? In wenigen Sekunden würde er es wissen.

Mit einem einzigen Hammerschlag durchbrach er das dünne Brettchen und der Meißel stieß in einen Hohlraum vor.

Aufgeregt legte Marcus sein Werkzeug zur Seite und arbeitete mit den Händen weiter, um den Schatz nicht zu beschädigen. Als das Loch etwa so groß war wie eine Faust, legte er den Kopf auf den Boden und spähte hinein.

Was er im schwindenden Tageslicht sah, verschlug ihm den Atem. Aus dem Hohlraum schimmerte es ihm golden entgegen: ein Gefäß, so perfekt geformt, wie er noch keines gesehen hatte.

Schnell entfernte er die Reste des Bretts, damit er den Schatz herausziehen konnte. Es war ein Schale, dem Gewicht nach zu urteilen aus purem Gold, vollkommen rund und wunderschön.

Eine Weile lang saß Marcus nur da und schaute auf das Erbe seines Vaters. Er strich mit den Fingern über den Rand der Schale und versuchte, sich vorzustellen, woher sie stammte. Wie hatte wohl der Tempel des einzig wahren Gottes ausgesehen? Wie wunderbar musste es gewesen sein, dort ein und aus gehen zu können und vielleicht sogar dem Herrn selbst zu begegnen!

Irgendwann – Marcus wusste nicht, wie viel Zeit vergangen war – hörte er, wie sich die Haustür öffnete. Hastig steckte er die Schale in einen Beutel, den er mitgebracht hatte, und sprang auf. Er musste so schnell wie möglich verschwinden!

Doch es war schon zu spät: Er hörte schnelle Schritte, die Tür öffnete sich und Lucas stand vor ihm.

Der Onkel grinste übers ganze Gesicht. »Du hast wohl gefunden, was du gesucht hast, was? Meine List hat funktioniert! Hast wirklich geglaubt, wir wären auf ein Fest gefahren? Und das Werkzeug hast du auch entdeckt.«

Er lachte bitter. »Ich musste doch ein wenig nachhelfen, sonst hättest du es womöglich versäumt, mir den Weg zum Versteck zu zeigen. Dieser hinterlistige, undankbare Marcus! Findet eine neue Familie bei uns, wird mit offenen Armen aufgenommen und hat dann nichts Besseres zu tun, als sein größtes Geheimnis für sich zu behalten. Und sein Sohn hält es natürlich für selbstverständlich, sich den Schatz zu holen. Aber nicht mit mir!«

Drohend trat er näher und streckte die Hand

aus. »Gib mir, was du gefunden hast – was auch immer es ist. Du hast kein Recht darauf. Alles, was deinem Vater gehört hat, gehört der Familie. Deshalb bleibt es hier auf dem Hof!«

Marcus wich zurück und drückte den Beutel an seine Brust. »Das stimmt nicht. Die Schale stammt aus Jerusalem, sie ist das Einzige, was von der Geschichte meiner Familie noch übrig ist. Lass mich gehen, Lucas. Ich verspreche dir, dass ich nie zurückkehren werde. Ich werde mein Erbe nicht einfordern.«

»Wie kommst du denn auf die Idee, dir könnte auch nur ein winziger Teil meines väterlichen Erbes zustehen?« Lucas riss die Augen auf. »Ich bin der rechtmäßige Sohn von Publius und dein Vater war nur irgendein dahergelaufener Straßenjunge. Ihr habt nicht den geringsten Anspruch auf diesen Hof!«

Marcus hob beschwichtigend die Hand. »Schon gut, Lucas, was immer du meinst. Hör mir zu, ich will nichts von dir und deiner Familie. Lass mich nur gehen, ich komme nicht zurück.«

»Gehen kannst du gerne«, erwiderte Lucas und grinste höhnisch, »aber der Schatz bleibt hier. Eine Schale ist es also, sagst du? Wenn dein Vater sie so lange versteckt gehalten hat, muss sie eine Menge wert sein. Genau das Kapital, das ich für den Ausbau des Hofs brauche.«

»Lucas, bitte!« Marcus wollte seinen Onkel nicht verletzen. Er hoffte, dieser würde ein Einsehen haben und ihn gehen lassen.

Aber Lucas dachte nicht daran. Er stürzte sich auf Marcus und packte den Beutel. Mit aller Kraft versuchte er, ihn ihm aus den Händen zu reißen. Doch Marcus ließ nicht los, sondern presste den Schatz seines Vaters fest an seine Brust.

Lucas war stark, durch die schwere Arbeit auf dem Feld und mit den Tieren hatte er seine Muskeln gut trainiert. Aber Marcus war jünger. Und als Schmied stellte er nicht nur kleine Schmuckstücke her. Er schwang auch einen mächtigen Hammer, wenn es galt, eine Axt oder einen Pflug zu formen.

Beide Männer verkrallten sich keuchend ineinander, keiner war bereit zurückzuweichen.

Lucas versuchte schließlich, die Tasche seitlich wegzureißen, und zwängte sich dabei an Marcus vorbei Richtung Fenster. »Lass los, du Hund, lass endlich los!«, knurrte er.

Als er mit dem Rücken zum Fenster stand, lockerte Marcus seinen Griff ein wenig, ohne den Beutel jedoch tatsächlich loszulassen. Gleichzeitig machte er einen Schritt auf seinen Onkel zu.

Der, völlig überrascht von dem fehlenden Widerstand, stolperte rückwärts und ließ los, um seine Balance wiederzufinden. Doch er hatte mit solcher Kraft an dem Beutel gezerrt, dass er nun regelrecht gegen das Fensterbrett katapultiert wurde.

Marcus musste hilflos zusehen, wie Lucas nach hinten kippte und aus dem Fenster stürzte. Als unten im Hof ein dumpfes Geräusch ertönte, eilte er entsetzt ans Fenster und schaute hinunter. Sein Onkel lag auf dem Rücken, griff nach seinem linken Bein und schrie vor Schmerzen. Daraufhin öffnete sich die Tür der Scheune und seine Frau kam heraus.

Als sie ihren Mann auf dem Boden liegen sah, fing sie ebenfalls an zu schreien und rannte zu ihm. Sie half ihrem Mann, sich aufzusetzen, und legte ihre Hand auf sein Bein. Doch Lucas brüllte nur noch lauter.

Der Lärm hatte die Knechte alarmiert, sie liefen nun vom Knechtshaus über den Hof.

Da blickte die Frau nach oben und entdeckte Marcus. Sie zeigte auf ihn und rief den Knechten zu: »Da oben! Da ist der Übeltäter, ergreift ihn!«

Hastig fuhr Marcus zurück und rannte auf den Flur. Zum Glück erinnerte er sich recht gut an dieses Haus, auch wenn es schon eine Weile her war, dass er hier gewesen war. Er wusste, dass das Fenster am Ende des Flurs auf das Dach eines niedrigen Anbaus hinausging.

Schon hörte er die Knechte unten die Tür aufreißen – es würde nur noch wenige Sekunden dauern, bis sie die Treppe heraufkamen.

Marcus schwang sich über das Fensterbrett und ließ sich auf das Dach des Schuppens fallen. Die Ziegel knirschten unter seinem Gewicht.

Er eilte zu dem vom Hof abgewandten Ende des Dachfirsts, hängte sich den Beutel um den Hals, packte die Kante mit beiden Händen und ließ sich nach unten. Kaum war er auf dem Boden angekommen, rannte er in die einsetzenden Dunkelheit davon.

»Wach auf, Sohn!« Marcus rüttelte den Jungen an der Schulter, der neben dem Maultier im

Gras eingeschlafen war. »Wir müssen schnell weg hier. Bitte wach auf.«

Als der Kleine sich aufrichtete, hob er ihn hoch und setzte ihn ohne lange Erklärungen auf das Maultier. Wenige Augenblicke später ritten die beiden los.

Und keine Minute zu früh: Kaum hatten sie die nächste Biegung des Weges erreicht, hörten sie Hufschläge hinter sich.

Da nahm Marcus den Zügel des Maultiers und lenkte beide Reittiere in die Dunkelheit des Waldes. Hier hatten sie eine echte Chance, ihren Verfolgern zu entkommen. Wie gut, dass er als Junge so viele Streifzüge in die Umgebung unternommen hatte und sich deshalb hier gut auskannte! Die kostbare Schale trug er in ihrem Lederbeutel quer um seine Schultern geknotet.

Die ganze Nacht ritten sie durch den Wald, erst auf bekannten, später auf unbekannten Wegen. Zu ihrem Glück war beinahe Vollmond, sodass sie die Hindernisse auf den schmalen Pfaden gut sehen konnte. Der Kleine war auf dem Rücken des Maultiers schnell wieder eingeschlafen, schreckte jedoch gelegentlich hoch, wenn der Boden besonders holprig war.

So verging die Nacht. Kurz vor dem Morgengrauen schaute Marcus wieder einmal hinter sich. Dabei bemerkte er, dass der Junge sich nicht mehr halten konnte, sondern Stück für Stück vom Rücken seines Reittiers rutschte.

Er sprang ab und konnte seinen Sohn gerade noch auffangen, bevor dieser auf den Boden fiel. »Ich glaube, wir suchen uns einen Platz zum Schlafen«, sagte er leise und sah sich um.

Sie mussten sich inzwischen am Ostufer des Sees befinden, schätzte er. Er war absichtlich nach Osten geritten, um sich so weit wie möglich vom Hof seines Onkels am Westufer zu entfernen. Damit er in der Dunkelheit die Orientierung nicht verlor, waren sie allerdings nah am See geblieben, der auch jetzt zu ihrer Rechten im Mondlicht schimmerte.

Von Zeit zu Zeit verschwand der Mond hinter Wolken, die immer dichter wurden. Marcus begriff, dass er sich mit der Suche nach einem Unterschlupf beeilen musste. Bald würde es vollkommen finster sein, und er fühlte, dass ein Unwetter über sie hereinbrechen würde.

Suchend blickte er nach links, den Hügel hinauf. Zwischen den Bäumen stach in der Dunkelheit eine hellere Fläche hervor.

Marcus nahm seinen Sohn fest in den Arm und stieg ein kleines Stück den Hang hinauf.

Nach kurzer Zeit erhob sich vor ihm eine glatte, vollkommen saubere Felswand und davor erstreckte sich ein großes Schuttfeld. Anscheinend war in den letzten Wochen ein Teil des Felsens abgebrochen und als kleine Lawine auf den Hang gestürzt.

Zwischen Schutt und Fels bemerkte Marcus einen dunklen Fleck. Vorsichtig kletterte er über die losen Steine und stand auf einmal vor einer niedrigen Höhle. Wie sich sofort herausstellte, konnte er darin zwar nicht aufrecht stehen, aber sie roch weder nach wilden Tieren noch nach Feuchtigkeit.

Marcus beschloss, dass sie hier ihr Lager aufschlagen würden. Er legte den Jungen, der auch jetzt nicht aufwachte, sanft auf den Boden.

So schnell es in der Dunkelheit möglich war, eilte er wieder hinunter und führte die Tiere den Hang hinauf. Er nahm nur zwei Decken aus dem Gepäck, duckte sich in die Höhle und legte sich neben seinen Sohn.

Draußen brach nun wirklich ein Unwetter los, doch sie lagen im Trockenen und hatten es warm. Marcus lauschte noch kurz, ob aus dem umliegenden Wald irgendwelche unheilverkündenden Geräusche drangen, aber es war vollkommen ruhig. Nur der Regen prasselte auf die Felsen.

❧ ❧

Als Marcus erwachte, schlief sein Sohn noch. Er trat ins Freie und blickte sich um. Von diesem Ort hatte er schon einmal gehört – die Leute nannten diesen Felsen den Jupiterfelsen. Es hieß, der Göttervater Jupiter würde Steine herabstürzen, sobald er wütend sei. Und vor lauter Angst, den Zorn dieses Gottes auf sich zu ziehen, blieben die meisten Leute diesem Ort fern.

Marcus blickte über den See und dachte nach. Erst jetzt ging ihm auf, dass er nie wieder in sein altes Dorf zurückkehren konnte. Lucas war ein einflussreicher Mann und rachsüchtig dazu. Er würde keine Ruhe geben, bis er Marcus gefunden hatte. Und natürlich auch seinen Sohn. Der junge Mann setzte sich auf den Felsboden und seufzte.

Eine Weile saß er so und überlegte. Es war ganz still um ihn herum, hinter ihm in der Höhle schlief sein Kind. *Lohnt es sich, um die Schale zu kämpfen? Alles aufzugeben, nur für ein Stück Metall?*

Langsam öffnete Marcus den Lederbeutel und zog die Schale heraus. Doch kaum hatte er sie in der Hand, da blieb ihm die Luft weg. Vor lauter Aufregung hatte er vergessen, wie atemberaubend schön das goldene Gefäß war! Es war so groß wie ein Kinderkopf, die makellose Oberfläche funkelte im Sonnenlicht.

Als Marcus die Schale in den Händen hin und her drehte, bemerkte er, dass die Oberfläche nicht vollständig glatt war. In die Unterseite der Schale war etwas eingeritzt. Dort befanden sich Schriftzeichen.

Er erinnerte sich an den Spruch, den ihm sein Vater auf dem Sterbebett weitergegeben hatte. Ehrfürchtig flüsterte er: »*Et absterget Deus omnem lacrimam ab oculis.*«

Im selben Moment erkannte er, dass es hier nicht um ein Stück Metall ging, sondern um ein Symbol für Hoffnung und Rettung. Er würde alles tun, um diese Schale aus dem Jerusalemer Tempel vor den gierigen Händen seines Onkels zu beschützen!

Doch er begriff auch, dass er sie nicht behalten konnte. Sie war viel zu wertvoll und würde ihn und seinen Sohn in große Gefahr bringen. Zwar war der Gedanke, sie wieder hergeben zu müssen, fast unerträglich. Aber es musste so schnell wie möglich geschehen.

Marcus drehte sich um und betrachtete den Felsen hinter sich. Er wusste, dass sich kaum jemand dieser Felswand näherte, aus Angst vor den häufigen Steinschlägen. Es konnte gut sein, dass der Eingang der Höhle in wenigen Tagen verschüttet wurde.

Vielleicht ist das das beste Versteck, das ich finden kann.

Rasch ließ er sich auf alle viere nieder und begann, in die Höhle hineinzukriechen. Dabei streifte er seinen Sohn, der auf der Seite lag.

Der Junge öffnete die Augen. »Papa?«, fragte er verschlafen. »Wo sind wir?«

Marcus legte ihm beruhigend die Hand auf die Schulter. »Keine Angst, mein Sohn. Es ist alles in Ordnung.« Dann kroch er weiter.

An der hinteren Wand befand sich ein schmaler Spalt, hier kam er nicht weiter. Marcus spähte durch die Lücke und konnte erkennen, dass sie zu einer größeren Höhle führte. Aber durch die Öffnung gelangte kein erwachsener Mann.

Fragend drehte er sich zu seinem Sohn um. »Mein Junge, könntest du mir vielleicht helfen? Du passt sicher hindurch.«

»Ja, Papa. Aber was soll ich da drin machen?«

Marcus zeigte ihm die Schale.

Die Augen des Kleinen wurden kugelrund, als er den goldenen Schatz sah. »Was ist das?«

»Das, mein Sohn, ist das Vermächtnis deines Großvaters. Und das Erbe deines Volkes. Ich erzähle dir später einmal alles, was ich darüber weiß.«

Ernst nahm Marcus nun die Schale in beide Hände und senkte den Kopf. »Vater im Himmel«, betete er, »du hast mir durch meinen Vater nicht nur den Glauben an dich geschenkt und das Wissen um deine Existenz. Sondern du hast mir auch für kurze Zeit diesen einzigartigen Schatz aus deinem Tempel anvertraut. Ich hoffe, Herr, dass ich das Richtige tue, wenn ich ihn jetzt hier verstecke.

Verbirg du dein Erbe vor den Augen deiner Feinde, bis der Tag gekommen ist, an dem es wiedergefunden werden soll. Und segne diejenigen, denen du die Schale einmal anvertrauen wirst. Bis zu dem Tag, an dem du alle Tränen abwischen wirst. Amen.«

Behutsam steckte er das Gefäß wieder in den Lederbeutel, in dem er es getragen hatte. »So, mein Junge: Bitte kriech durch diesen Spalt, und schau dich in dem Raum um, der dahinterliegt. Sei vorsichtig.«

Der Kleine nickte. Mit den Händen voraus quetschte er sich durch den schmalen Spalt. Sein Rücken verschwand, dann seine Beine. Als auch seine Füße nicht mehr zu sahen waren, hörte Marcus ihn erschrocken aufschreien.

»Ist alles in Ordnung?«, rief er in den Spalt hinein.

»Ja, hier geht es nur einen Hang hinab. Aber ich habe mir nichts getan.«

»Hast du genug Licht?«

»Ja. Auf dem Hang ist nur nicht viel Platz. Und dort hinten könnte ein Abgrund sein, da ist alles schwarz.«

»Bitte pass auf. Bleib lieber am Eingang und schau dich dort nach einem Versteck um.«

Marcus konnte hören, wie der Junge vorsichtig auf den Knien herumrutschte und die Felswand absuchte.

»Hier liegt ein großer Stein«, rief er auf einmal. »Dahinter hat die Schale vielleicht Platz.«

»Gut«, antwortete Marcus, »dann reiche ich

dir jetzt den Beutel. Aber pass auf, er ist sehr schwer.«

So weit er konnte, schob er den Beutel durch die Felsspalte. Der Beutel rutschte weiter, Marcus konnte hören, wie sein Sohn keuchte, während er daran zog. Dann verschwand er.

Es dauerte eine ganze Weile, bis der Junge wieder ohne die Schale in der Öffnung auftauchte und sich langsam hindurchzwängte.

»Dem Herrn sei Dank«, flüsterte Marcus, als sein Sohn es endlich wieder nach draußen geschafft hatte.

Kapitel 10

Streit zwischen Freunden

Am Starnberger See

Als Franky schließlich den alten Heinrich betrat, war er immer noch völlig geschockt. Antonia und Jaron saßen vor dem Computer; auf dem Bildschirm war eine Seite über die römische Geschichte des Starnberger Sees sichtbar. Emma hatte sich über ihre Experimentierpflanzen gebeugt und machte sich Notizen in ein Heft.

»Da bist du ja endlich. Wo warst du denn?«, fragte Antonia.

»Äh … ich habe gerade den Typen von der Schule gesehen«, stotterte Franky.

»Den Typen von der Schule?« Antonia sah ihn fragend an.

»Ja, den mit dem Hammer-T-Shirt.«

»Echt jetzt?« Antonia riss die Augen auf.

»Welchen Typen mit coolem Shirt hat er gesehen?«, wollte nun auch Jaron wissen.

»Der Fahrraddieb, den wir beobachtet haben, trug ein Shirt mit irgendeinem Logo drauf«, erklärte Antonia. »Es war aber nicht cool, sondern darauf war ein Hammer abgebildet.«

»Ach so. Und was war das für ein Fahrraddieb?«

»Erzähl ich dir später«, erwiderte Antonia ungeduldig und wandte sich wieder an Franky. »Wo hast du den Typen gesehen? Warum hast du uns nicht angerufen? Du hättest ihn gleich verfolgen sollen.«

»Na ja, er war gerade mit seinem Kastenwagen vor der Burg.« Franky stand immer noch an der Tür und sah seine Freunde unsicher an.

»Vor der Burg?«

»Was? Warum hast du ihn wegfahren lassen?«, mischte sich nun auch Emma ein. Sie drehte ihren Laborstuhl herum und schob ihre Brille zurecht.

»Na ja, der Typ war wohl zur Burg gekommen, um jemanden zu treffen«, fuhr Franky widerwillig fort. Er hatte keine Ahnung, wie er seinen Freunden beibringen sollte, was er soeben beobachtet hatte.

»Wen denn? Meine Güte, muss man dir jedes Wort aus der Nase ziehen?« Antonia sah ihn genervt an.

Franky zögerte. Dann sagte er: »Deinen Vater.«

»Meinen Vater?«

Er nickte.

»Warum sollte sich mein Vater mit einem Dieb treffen?« Antonia schüttelte den Kopf.

»Dein Vater hat diesem Typen den Koffer gegeben«, erklärte Franky.

»Was für einen Koffer?«, fragte Jaron.

»Den Koffer aus Weixlhammers Büro«, antwortete Franky. Er sah immer noch Antonia an.

»Hä? Aus Weixlhammers Büro?«, wiederholte sie verwirrt.

»Ja, den Koffer, der auf seinem Schreibtisch gelegen hat.«

Jaron stand auf. »Bist du dir sicher?«

»Ja, ziemlich sicher. Hier«, Franky zog sein Smartphone heraus, »ich habe es gefilmt.«

Schnell scharten sich alle um ihn und blickten gebannt auf das kleine Display. Obwohl Frankys Hände beim Filmen gezittert hatten, war deutlich zu sehen, wie Andreas Reihmann aus der Burg trat, den Fahrraddieb freundlich begrüßte und ihm dem Koffer überließ.

Bei der Übergabe hatte Franky ganz nah an das Gepäckstück herangezoomt, sodass die vielen runden Aufkleber aus aller Welt klar zu erkennen waren. Auch der große Tintenfleck in der einen Ecke. Und als sich der Dieb abwandte, füllte Andreas Reihmanns Gesicht zwei Sekunden lang den ganzen Bildschirm aus.

Franky hielt den Film genau an dieser Stelle an und blickte zu Antonia. Er merkte genau, dass sie den Koffer erkannt hatte.

Für einen Moment sagte niemand etwas.

»Seid ihr euch wirklich sicher, dass es derselbe Koffer ist?«, fragte Jaron.

»Ja, erinnerst du dich nicht an die Fotos, die ich euch gezeigt habe?« Franky wischte mit seinem Daumen über das Display, bis er zu den Bildern kam, die er in Weixlhammers Büro geschossen hatte.

»Tatsächlich, das ist definitiv derselbe Koffer«, sagte Emma. »Und auf deinem Film erkenne ich auch den Dieb wieder. Aber warum gibt Andreas diesem Typen einen Koffer, der Weixlhammer gehört?«

Antonia zuckte mit den Achseln und war tatsächlich sprachlos, was nicht oft vorkam.

Die Freunde blickten sich ratlos an.

Allen schossen die gleichen Gedanken durch den Kopf wie ihm selbst, das konnte Franky sehen: *Hat Andreas Reihmann doch etwas mit dem Diebstahl zu tun? Vielleicht sogar mit den Fahrraddiebstählen? Stecken er und Weixlhammer und noch ein Dritter unter einer Decke?*

»Wo war dein Vater eigentlich am Montagvormittag?«, unterbrach Jaron schließlich die Stille.

Das riss Antonia aus ihrer Starre. »Was soll das denn jetzt?«, fauchte sie ihn an.

»Ich will doch nur wissen, wo dein Vater war, als diese Ikonen gestohlen wurden«, verteidigte er sich.

»In der Jugendherberge, wo denn sonst?«, antwortete Antonia.

»Ja, ist ja schon gut. Reg dich mal ab.« Jaron schüttelte den Kopf.

»Antonia, wir versuchen doch nur zu helfen«, sagte Emma leise und legte den Arm um die Schultern ihrer Freundin. »Wenn dein Vater sagt, dass er in der Seeburg war, dann ist doch alles gut.«

»Nein, nichts ist gut!«, widersprach Antonia.

Sie schien so verstört, dass Franky sie am liebsten ebenfalls in den Arm genommen hätte. Er wusste selbst nicht mehr, was er denken sollte. Andreas Reihmann war so freundlich zu dem Dieb gewesen. Hieß das, dass die beiden zusammenarbeiteten? Andererseits war Andreas zu den meisten Menschen freundlich. Franky seufzte innerlich.

»Aber ich muss zugeben, dass ich die Polizei verstehen kann: Es ist schon verdächtig«, meinte Jaron und sprach damit offen aus, was Franky dachte.

Antonia fuhr herum und funkelte ihn an. »Sag mal, du hast sie doch nicht alle! Du kommst einfach hier an, übernimmst ständig das Kommando und behauptest jetzt auch noch, dass mein Vater die Ikonen gestohlen hätte!«

»Das habe ich doch gar nicht gesagt!« Nun wurde auch Jaron wütend.

»Hey, Leute, jetzt beruhigt euch doch mal«, versuchte Emma zu vermitteln.

»Mann, Antonia! Jaron hat doch nicht behauptet, dass dein Vater was mit dem Diebstahl zu tun hat«, sagte Franky. »Aber das mit dem Koffer – du musst doch zugeben … das ist schon irgendwie komisch.«

»Sagt mal, ihr spinnt doch komplett«, rief Antonia und trat einen Schritt zurück. »Wenn ich mir so einen Müll anhören muss: *Aber das ist schon komisch mit dem Koffer* … Was soll ich darauf antworten? Wahrscheinlich glaubt ihr auch noch, mein Vater hätte was mit den gestohlenen Fahrrädern zu tun.« Aufgebracht sah sie in die Runde.

»Antonia, ich kann ja verstehen, dass das alles ein bisschen viel ist. Aber wir halten zu dir, egal, was passiert!« Emma versuchte immer noch, ihre Freundin zu beruhigen.

»Aha: *egal, was passiert*. Dann verdächtigst du meinen Vater also jetzt auch!«

»Nein, das tue ich nicht.« Selbst Emma schien langsam die Geduld auszugehen.

»Und ich dachte, wir sind Freunde und halten zusammen!« Antonia schossen Tränen in die Augen.

»Wir sind doch auch Freunde!« Emma griff nach Antonias Hand, die diese aber wütend wegzog.

»Wenn ihr euch so sicher seid, wer der Ikonendieb ist, dann nehmt doch Jaron als euren neuen Anführer! Dann habt ihr den Fall gleich gelöst!«

»Antonia! Bitte«, flehte Emma.

»Ihr könnt mich alle mal! Ich bin raus hier!« Mit diesen Worten stürmte Antonia nach draußen und schlug die Tür so heftig hinter sich zu, dass Franky dachte, das Dach des Wagens würde für einen Moment in die Höhe springen.

»Na, super. Und was machen wir jetzt?« Emma setzte sich auf das Matratzenlager, während Tränen über ihre Wangen kullerten.

Franky hatte sich noch nie so hilflos gefühlt. Am liebsten hätte er sich neben Emma gesetzt und auch geweint. »Ach, ich hab keine Ahnung«, sagte er und trat voller Frust gegen ein Bein des Computertischs. Eine Tasse, die darauf stand, fiel krachend hinunter und zersplitterte auf dem Boden.

»So ein Mist! Ich hab keinen Bock mehr, ich geh jetzt nach Hause.« Mit einem letzten Blick auf Emma, die ihre beschlagene Brille abgenommen hatte und sich laut schnäuzte, ging Franky zur Tür und verließ den Zirkuswagen.

Wäre ich doch nur etwas später gekommen und hätte diese blöde Szene nie gefilmt, dachte er, während er sein Fahrrad aus dem Laub wühlte. Er hörte gerade noch, dass Emma und Jaron ebenfalls aus dem alten Heinrich traten. Dann schwang er ein Bein über die Stange und radelte heim. Für heute reichte es ihm mit der Seeburg.

»Und, wie war dein Tag?«, fragte Andreas, als Antonia sich an den Abendessentisch setzte.

»Geht so«, antwortete sie, stützte die Arme auf den Tisch und legte das Kinn auf die Hände. Sie hatte überhaupt keinen Appetit. Nach dem Streit im alten Heinrich war sie erst einmal ein Stück auf der Uferstraße hin- und zurückgeradelt, aber ihre Gedanken drehten sich ständig im Kreis.

Was hat Papa mit der Sache zu tun? Kann ich ihm wirklich vertrauen? Sie wusste einfach nicht mehr, was sie denken sollte.

Ihr Vater saß ganz entspannt auf seinem Stuhl, wartete auf die anderen und vertiefte sich bis zum Essen in eine archäologische Fachzeitschrift. *Das kann einfach nicht sein! Das ist völlig unmöglich!*

»Antonia, willst du auch ein Spiegelei?«, fragte Gitti, die nun mit einer Packung Eier aus der Vorratskammer auftauchte.

Antonia schüttelte den Kopf.

Eilig stellte ihre Mutter die Pfanne auf den Herd. »Andreas, denkst du daran, dass du gleich losfahren und die Zwillinge von Maxis Geburtstagsfeier abholen musst?«, wandte sie sich an Andreas.

»Maxi? Welcher Maxi?« Andreas blickte von seiner Zeitschrift auf.

»Maxi Breier, aus Sinas Klasse.«

»Der Sohn des Dirigenten?«

»Ja, genau.«

»Wann soll ich sie abholen?«

»Na, in einer halben Stunde.« Gitti sah ihren Mann irritiert an. »Das hatten wir heute Morgen doch besprochen.«

»Eigentlich hatte ich Sabine die Burg zeigen wollen«, wandte Andreas ein.

»Na toll. Wenn Sabine da ist, vergisst du alles andere um dich herum, wie? Aber okay, wenn dir das wichtiger ist, dann hole ich die Kinder selbst ab. Dann geh ich eben nicht zum Frauenkreis in die Gemeinde!«

Antonia wusste: Wenn ihre Mutter so klang, war sie richtig wütend.

»Entschuldige, dass ich mich nicht immer an alles erinnere, was du mir zwischen Tür und Angel sagst«, erwiderte Andreas ein wenig schroff und schlug seine Zeitschrift zu.

»Das haben wir heute Morgen besprochen, hier am Tisch und nicht zwischen Tür und Angel«, beharrte Gitti.

»Meine Güte, jetzt mach doch aus einer Mücke keinen Elefanten. Ich hole sie ja schon ab.« Andreas schüttelte genervt den Kopf.

»Na hoffentlich«, murmelte Gitti und schlug vier Eier in die Pfanne.

So kannte Antonia ihre Eltern gar nicht. Sie stritten höchst selten, und dass beide wegen einer Kleinigkeit so gereizt reagierten, hatte sie noch nie beobachtet. *Was ist denn nur los?*

Die Spannung löste sich ein wenig, als Jaron den Raum betrat – jedenfalls bei den beiden Erwachsenen. Antonia hingegen drehte sich demonstrativ von ihm weg.

»Hallo«, sagte er und setzte sich neben Andreas.

»Hallo, Jaron«, antworteten die Eltern fast im Chor.

»Möchtest du ein Spiegelei?«, fragte Gitti. Ihre Stimme war jetzt wieder sanfter. Sie nahm die Pfanne vom Herd und stellte sie auf den Tisch.

»Ja, gerne«, erwiderte Jaron. Dann sah er zu Antonia herüber, die seinem Blick jedoch hartnäckig auswich.

»Und, hast du schon ein paar Freunde gefunden?«, erkundigte sich Andreas. Er reichte den Brotkorb herum, während Gitti die Eier verteilte.

»Ja, die in der Klasse sind alle ganz nett. Jedenfalls die meisten.«

Jetzt schaute ihn Antonia doch an und runzelte die Stirn.

Jaron butterte sein Brot, biss hinein und kaute nachdenklich. Dann wandte er sich wie beiläufig an Andreas: »Hast du eigentlich noch mal was von der Polizei gehört? Haben die was Neues über den Diebstahl herausgefunden?«

Antonia ließ fast ihr Messer fallen. *Wie kann er nur?* Wenn es möglich gewesen wäre, jemanden nur durch Blicke zu töten, hätte sie Jaron in tausend Teile zerfetzt.

»Nein, leider nicht. Ich musste heute Morgen noch mal hin, um meine Aussage zu Protokoll zu geben. Sie haben zwar keine Hinweise am Tatort gefunden, die mich belasten, aber mein Alibi für Montagmorgen lässt sich leider nicht bestätigen. Deshalb ermitteln sie weiter«, sagte Andreas.

»Wo warst du denn am Montagmorgen?«, fragte Jaron.

Er ist tot!, dachte Antonia und starrte ihn an, diesmal aber wich *er* ihrem Blick aus.

»Ich war unten in der Werkstatt und habe Antonias Wandregal und ein paar andere Möbel für die Gästezimmer repariert.«

»Und keiner hier im Haus hat dich gesehen?«, wollte Jaron wissen.

»Nein, das ist ja das Problem. Gitti war in der Gemeinde und die neuen Gäste waren noch nicht angereist.«

»Ich muss los«, unterbrach Gitti die Unterhaltung. »So gegen zehn Uhr sollte ich wieder da sein. Lasst es euch noch schmecken.« Mit diesen Worten verließ sie den Raum.

Wenn Jaron nicht sofort aufhört, Papa Fragen zu stellen, bringe ich ihn um!

Aber Jaron war noch nicht fertig, sondern bohrte weiter. »Das klingt, als wäre immer viel zu tun. Heute Nachmittag habe ich einen Lastwagen vor der Burg gesehen. Kommen da immer die Lieferungen an?«

»Na, du bist aber neugierig. Warum willst du das wissen?« Andreas stutzte und sah Jaron stirnrunzelnd an.

»Ach … Mama will mir ein Paket schicken. Ich dachte nur, es sei vielleicht der Paketdienst gewesen«, wich dieser aus.

Antonia schnappte nach Luft. *Boah, dieser Lügner! Jetzt reicht's!* Sie trat so heftig mit ihrem Fuß gegen Jarons Schienbein, dass er aufschrie.

»Was ist denn jetzt los?«, fragte Andreas erschrocken.

»Du bist so ein Vollidiot!«, fauchte Antonia Jaron an und sprang auf. »Bist du denn völlig behämmert, meinem Vater solche Fragen zu stellen! Was soll das?«

»Antonia! Setz dich sofort wieder hin.« Andreas hatte sein Brot sinken lassen und schaute seine Tochter völlig entgeistert an. »Was fällt dir ein, Jaron so zu beschimpfen.«

»Du hast doch gar keine Ahnung!«, rief Antonia. »Du weißt gar nichts!« Dann stürmte sie schluchzend aus der Küche und rannte die Treppe hinauf.

Es gab einen Platz, an den Antonia sich zurückzog, wenn es ihr schlecht ging oder sie über irgendetwas gründlich nachdenken musste: der Turm, der die Seeburg überragte. Zwar war er immer abgeschlossen, aber ihr Vater hatte ihr verraten, wo er den Schlüssel aufbewahrte. Er hatte ihr das Versprechen abgenommen, dass sie niemandem von diesem Versteck erzählte. Das war ihr kleines Geheimnis.

Als Antonia nun zum Turm kam, rannen ihr die Tränen übers Gesicht. Sie schloss mit zitternden Fingern die Eingangstür auf und stürmte über die Holztreppe bis ganz nach oben. Dann kauerte sie sich auf der Aussichtsplattform in eine Ecke und legte den Kopf auf die Arme.

Das gibt's doch nicht. Was geschieht nur gerade? Ist mein Papa wirklich der, für den ich ihn halte?

Sie dachte an die schönen Momente, die sie beide schon zusammen erlebt hatten. Als sie noch kleiner gewesen war, hatte sie es geliebt, stundenlang auf seinem Rücken herumzuturnen, mit ihm auf dem Boden zu raufen oder ihn zu kitzeln.

Hat er womöglich noch eine ganz andere Seite? Was ist, wenn er doch der Dieb ist? Wenn er ins Gefängnis muss? Und warum sind Mama und er so aneinandergeraten? Haben sie Eheprobleme?

Dieser letzte Gedanke trieb Antonia erneut die Tränen in die Augen. *Ich will nicht, dass es so ist. Ich will, dass alles so bleibt, wie es ist.*

Antonia wusste nicht, wie lange sie schon in der Ecke kauerte, aber es wurde allmählich dunkel. Irgendwann hörte sie Schritte und ihr Vater tauchte an der Treppe auf.

»Hab ich mir's doch gedacht, dass ich dich hier finde«, meinte er, stellte zwei Flaschen Limo auf den Boden und setzte sich neben sie.

Antonia sagte nichts. Sie wusste nicht, wie sie sich gegenüber ihrem Vater verhalten sollte. Und dieses Gefühl kannte sie überhaupt nicht.

»Schätzchen, was ist denn los?«, fragte Andreas. »Irgendwas bedrückt dich doch gewaltig.« Er legte den Arm um sie.

Es tat gut, seine Nähe zu spüren. Sie lehnte sich gegen ihn.

»Es ist …« Sie schluckte, es schnürte ihr den Hals zu.

»Ganz ruhig, meine Kleine, ganz ruhig«, sagte er sanft und fuhr ihr über die Haare. Dann kramte er ein Taschentuch aus der Hosentasche. »Hier.«

»Danke«, murmelte Antonia und schnäuzte sich die Nase. »Ich … ich mache mir voll Sorgen …«

»Du meinst, wegen des Ikonendiebstahls?«, fragte ihr Vater.

»Ja.« Sie sah ihn mit verweinten Augen an.

»Antonia, ich habe sie nicht gestohlen.«

»Aber sie verdächtigen dich.«

»Ja, ich weiß, aber es wird alles wieder gut, das verspreche ich dir.«

»Aber was ist, wenn du ins Gefängnis musst?«

»Dann wird Gott für Gerechtigkeit sorgen«, erklärte Andreas, nahm ihre Hand und drückte sie.

»Papa, du warst das doch wirklich nicht, oder?«

Andreas stutzte. Er schien verwundert über die Frage seiner Tochter. »Glaubst du denn, dass ich es war?«, fragte er ernst.

Antonia wich seinem Blick aus und gab ihm keine Antwort.

»Antonia, ich habe die Ikonen nicht gestohlen, das musst du mir glauben!«

Nun fühlte sie sich noch elender. *Papa ist jetzt bestimmt voll enttäuscht von mir*, dachte sie. Und irgendwie wusste sie plötzlich ganz tief in ihrem Innern, dass er die Wahrheit sagte.

»Ich glaube dir«, flüsterte sie.

Ihr Vater lächelte sie an. »Danke, dass du mir vertraust.«

Er drückte sie und Antonia kuschelte sich an ihn. Doch manche Gedanken ließen ihr immer noch keine Ruhe. *Aber was ist mit dem Koffer? Soll ich ihn fragen?*

»Weißt du, mein Schatz«, unterbrach Andreas ihre Gedanken. »Es ist wichtig, dass wir einander vertrauen. Das ist wichtig für jede Beziehung. Wie bei Mama und mir ... Wir vertrauen uns auch gegenseitig.«

»Aber warum streitet ihr dann im Moment so oft?« Antonia hatte ihre Sorge eigentlich nicht aussprechen wollen, doch nun war es zu spät.

Andreas stutzte erneut. »Wir streiten oft?«, fragte er erstaunt.

»Ja, zum Beispiel gerade eben in der Küche ...«

»Ach, Schätzchen.« Ihr Vater lächelte. »Ja, es stimmt, wir haben uns gestritten. Aber das ist normal, dass man nicht immer gleicher Meinung ist.«

Er strich ihr sanft über die Stirn. »Mama und ich haben uns füreinander entschieden. Wir haben uns versprochen, unser ganzes Leben zusammenzubleiben. Und wir haben entschieden, dass wir uns lieben – mit allen unseren Fehlern und Schwächen. Aber manchmal vergessen wir das und dann streiten wir.«

Antonia hörte ihm aufmerksam zu.

Ihr Vater fuhr fort: »Es ist ganz ähnlich wie mit meiner Beziehung zu Gott. Ich weiß, dass er mich liebt und mich nicht im Stich lässt. Und dass er nichts zulässt, was nicht gut für mich wäre. Ich vertraue ihm, weil er ein guter Vater ist – mein Papa im Himmel.«

Antonia nickte.

»Hilft das ein bisschen?«, fragte er.

Sie nickte und umarmte ihn dann ganz fest.

»Ich liebe dich«, flüsterte ihr Vater ihr ins Ohr.

Das wusste sie. »Ich dich auch«, antwortete sie.

Dann lag sie noch eine Weile in seinen Armen, bis sie fast eingeschlafen wäre. Da stupste er sie an und sie gingen gemeinsam die Treppe hinunter. Vor der Tür zum Zimmer der Zwillinge sagte er ihr noch liebevoll Gute Nacht.

Kapitel 11

Allein

Antonia schlug die Augen auf. Ihre Mutter war ins Zimmer der Zwillinge gekommen und rüttelte Sina sanft am Arm.

»Aufstehen, Liebes. Zeit fürs Frühstück.«

Antonia drehte sich auf ihrer Matratze wieder Richtung Wand. Erinnerungen an den vergangenen Tag stiegen in ihr auf, die Aussprache mit ihrem Vater glühte noch in ihr nach wie eine warme Flamme.

Doch dann fielen ihr die Verdächtigungen ihrer Freunde und der Streit im alten Heinrich wieder ein. Ihr Magen fing an zu schmerzen, und sie fühlte sich bleischwer, als hätte sie die Nacht durchgemacht. Rasch schloss sie die Augen wieder. Wie sollte sie heute den anderen in der Schule gegenübertreten?

»Antonia?« Ihre Mutter kniete nun bei ihr. Antonia hörte, wie sich die Zwillinge hinter ihr maulend aus ihrem Stockbett schälten.

»Es ist Zeit fürs Aufstehen, mein Schatz.«

Antonia drehte sich um und sah ihre Mutter an. Das flaue Gefühl verstärkte sich. »Mir geht's gar nicht gut, Mama«, flüsterte sie.

Sofort legte Gitti ihr mit einem besorgten Ausdruck die Hand auf die Stirn. »Was ist denn los? Tut dir was weh?«

»Ich weiß nicht genau, aber ich glaube, mir ist schlecht.«

Sina und Lukas hatten das Zimmer inzwischen Richtung Bad verlassen.

»Ging es dir gestern schon nicht gut? Papa hat mir von eurem Gespräch erzählt. Du machst dir wirklich Sorgen, stimmt's?«

Antonia nickte.

»Schatz, du weißt, dass dein Vater niemals etwas stehlen würde, oder? Ich bin mir sicher, dass sich alles bald aufklären wird.“

Du hast ja keine Ahnung, was Franky mit angesehen hat, dachte Antonia.

Ihre Mutter überlegte einen Moment. »Weißt du was? Von mir aus kannst du heute hierbleiben. Ich habe vorhin schon in der Vertretungs-App geschaut: Bei dir fallen heute die fünfte und die sechste Stunde aus. Und wenn du angeschlagen bist, ist es mir lieber, du bleibst zu Hause und ruhst dich aus. Würde das helfen?«

»Ja, das wäre super.« Antonia war erleichtert. Eine kleine Atempause war genau das, was sie brauchte.

»Gut, dann rufe ich Emma an, damit sie Frau Mayer Bescheid sagt. Aber ich möchte, dass du im Bett bleibst und dich erholst, hörst du? Und dass du dich heute Nachmittag nach den Hausaufgaben erkundigst, versteht sich von selbst.«

»Klar, mach ich. Danke, Mama.«

»Ich bringe dir gleich ein Frühstück hoch, aber erst

muss ich die Zwillinge rechtzeitig zur Schule bringen.« Ihre Mutter beugte sich vor und gab ihr einen Kuss. Dann verließ sie das Kinderzimmer.

Mit einem Seufzer der Erleichterung drehte sich Antonia wieder zur Wand und schloss die Augen. Sie wäre am liebsten sofort wieder eingeschlafen, doch die quälenden Gedanken ließen ihr einfach keine Ruhe: Hatten ihre Freunde womöglich doch recht und ihr Vater spielte ihr etwas vor? Oder war er wirklich unschuldig, und ihre Freunde hatten sich entschieden, lieber jemand anderem zu vertrauen?

Beide Möglichkeiten waren niederschmetternd. Antonia schien es, als würde sie entweder ihren Vater oder ihre Freunde verlieren. Gab es keinen Ausweg aus diesem Dilemma?

Da fiel ihr wieder ein, was ihr Vater am vorigen Abend über seinen Glauben gesagt hatte. Dass es darum ging, Gott zu vertrauen.

Leise begann sie zu beten: »Lieber Gott, ich weiß nicht mehr, wem ich glauben soll. Hat Papa gelogen? Haben meine Freunde recht? Bitte, Gott, mach, dass es eine dritte Möglichkeit gibt. Eine, die ich noch nicht sehe. Du kannst doch dafür sorgen, dass ich meinen Papa nicht verliere und meine Freunde trotzdem zurückbekomme. Du weißt, was passiert ist. Bitte mach, dass Papa unschuldig ist. Das wünsche ich mir so sehr. Amen.«

Es tat gut, ihre Sorgen Gott zu sagen; allmählich fühlte sie sich besser. Ihr Magen schmerzte nicht mehr so sehr, und als Gitti ein wenig später mit einem Frühstückstablett das Zimmer betrat, war sie fest eingeschlafen.

Die anderen drei schlugen sich an diesem Vormittag so gut wie möglich durch den Schulalltag. Als Jaron zur Pause in den Schulhof kam, warteten Emma und Franky schon auf ihn, doch leider nicht nur sie.

Jaron seufzte, denn vor seinen Freunden hatten sich die größten Idioten aufgebaut, die die Klasse zu bieten hatte. So viel hatte er in der ersten Woche schon mitbekommen. Isabelle von Beilstein stand zufrieden dreinschauend hinter ihrem Bruder Leopold.

Dessen Kumpel Luggi Huber machte sich wieder einmal über Franky lustig. Isabelles Kusine Xenia hielt sich kichernd die Hand vor den Mund, als Jaron Luggi fragen hörte: »Na, Fettsack, was war das mal wieder für eine Show am Wochenende. Sollte das etwa ein Fallrückzieher sein?«

Luggi und Leo lachten gehässig.

Leo fiel ein: »Lass dir lieber mal von einem Profi einen Rat geben: Finger weg vom richtigen Fußball, geh wieder zu den Bambinis. Sonst kommen wir als Mannschaft nie weiter. Deinem Vater sollte es doch leichtfallen, da was zu drehen.«

Besorgt musterte Jaron seinen Banknachbarn. Der schien in sich zusammenzufallen, und das nur, weil er diesen beiden Typen begegnete. Seine freche Großspurigkeit verschwand schlagartig, sein ganzes Wissen und Können schien keine Rolle mehr zu spielen. Nur noch die Tatsache, dass er nicht mit Stollen an den Schuhen auf die Welt gekommen war.

Franky war kein schlechter Fußballer, es war für ihn nur nicht das Wichtigste, mit zehn anderen Jungs einem Ball hinterherzujagen. Dass ausgerechnet sein Vater Germano vor 20 Jahren der Fußballgott von Allmannshausen gewesen war und heute die Jugendmannschaft trainierte, beschrieb schon Frankys ganzes Elend.

Er hatte Jaron davon erzählt, als er ihm heute Morgen von dem Vereinsfest am Sonntag berichtet hatte.

Jaron sah, dass es Emma reichte. Sie rempelte Isabelle und Xenia zur Seite.

»Boah, Emma, kannst du nicht aufpassen!«, rief Isabelle und strich sich den Ärmel ihrer Strickjacke zurecht, als hätte Emma darauf einen Fleck hinterlassen.

Das Mädchen schnaubte nur.

Wenigstens reagierte Isabelles Kusine nicht: Xenia guckte nur empört, sagte aber nichts.

Nun baute sich Emma vor Luggi auf und sagte: »Mann, müsst ihr immer auf Franky rumhacken? Lasst ihn in Ruhe.«

Luggi lachte: »Hey, Leo, schau mal, Franky hat seinen Bodyguard mitgebracht.« Dabei tätschelte er Emmas Kopf.

Sofort stieß diese jedoch seine Hand weg. »Hey, was soll das«, sagte sie gereizt.

Jetzt verlor Jaron die Geduld. Er ging auf die beiden Jungs zu. »Fass sie nicht noch mal an!«, befahl er wütend und stellte sich vor Luggi und Leo.

»Was willst du?« Luggis Blick wurde böse. »Ich fasse an, wen ich will!«

»Das wirst du sicherlich nicht tun.«

»Sagt wer?«

»Ich.«

»Das werden wir ja mal sehen!« Der kräftige Junge versetzte Jaron einen heftigen Stoß, sodass dieser rückwärts hinfiel.

Franky versuchte, seinem Freund zur Hilfe zu kommen, doch auch ihn stieß Luggi zu Boden. Dabei kullerte der Stein aus Frankys Hosentasche; er hatte vergessen, ihn im *alten Heinrich* zu lassen.

»Was ist denn das?« Leo hatte den Stein entdeckt und hob ihn auf.

»Gib das sofort her!«, rief Franky und rappelte sich auf. »Der gehört mir.«

»Das kann ja jeder sagen.«

»Was ist hier los?« Frau Mayer, ihre Lehrerin, stand plötzlich hinter ihnen.

»Luggi und Leo machen uns voll an«, erklärte Emma.

»Aha«, Frau Mayer stemmte ihre Arme in die Hüfte, »dann hört ihr jetzt sofort damit auf. Und, Leo, du gibst Franky sofort dieses Teil zurück.«

Leo zuckte mit den Achseln und schleuderte den Stein vor Frankys Füße, sodass dieser sich bücken musste, um ihn aufzuheben.

»So, und jetzt trollt euch.«

Luggi rollte die Augen und deutete den anderen an, dass es Zeit war zu gehen.

»Boah, das sind solche Vollpfosten!«, sagte Franky sauer. »Aber zum Glück ist dem Stein nichts passiert.« Er musterte ihn noch einmal genau und hielt ihn gegen die Sonne. »Mist, da ist doch etwas abgesplittert.«

Die anderen schauten über seine Schulter. Tatsächlich, eine dünne Kruste blätterte wie alte Farbe ab.

»Na ja, scheint aber nicht so schlimm zu sein. Das Kreuz kann man jetzt viel besser erkennen«, bemerkte Emma.

»Sieht jetzt aus wie zwei Äste«, meinte Jaron.

»Stimmt«, Emma rückte ihre Brille zurecht, »wie zwei Äste, die ein Kreuz bilden.«

»Das ist doch echt merkwürdig. Mal sehen, ob wir was im Internet finden.« Franky zog sein Smartphone aus der Hosentasche. »Baum, Ast, Kreuz«, murmelte er vor sich hin, während er diese Begriffe in den Browser eingab.

Er hatte sofort einen Treffer und las vor: »Die Kronen von Eichen wachsen häufig in Form eines Kreuzes, diese Bäume werden dann *Kreuzeichen* genannt. Eine solche steht nordwestlich von Ansbach bei Hürbel am Rangen auf dem Bocksberg.«

In diesem Moment läutete die Schulglocke und unterbrach ihre Überlegungen. »Mann, Pause schon wieder zu Ende«, stöhnte Emma. »Wir sollten uns nach der Schule unbedingt im alten Heinrich treffen.«

Die beiden Jungs nickten zustimmend.

Als Antonia einige Stunden später wieder erwachte, ging es ihr viel besser. Das Frühstück stand neben ihrem Bett und in der ganzen Wohnung war es ruhig. Sie blickte auf ihren Wecker: Es war elf Uhr. Jaron und die Zwillinge waren sicherlich noch in der Schule, ihre Eltern irgendwo in der Burg beschäftigt.

Antonia setzte sich halb auf, griff nach einem Marmeladenbrot und biss hinein. Zu gerne hätte sie ihre Nachrichten gecheckt, um zu sehen, ob Emma oder Franky sich vielleicht gemeldet hatten. Aber ihr neues Smartphone lag auf dem Tisch an der Garderobe, wie es ihre Eltern zur Bedingung gemacht hatten.

Also aß sie in Ruhe fertig und trank ihren Kakao, während sie über die Ereignisse des vergangenen Tages nachdachte. Doch dann hielt sie nichts mehr im Bett.

Im Flur griff sie sich ihr Handy, und tatsächlich: Emma hatte eine Nachricht geschickt, schon am Vorabend, direkt nach dem Streit im alten Heinrich. »Hallo Antonia, ich will mich nicht streiten. Es tut mir leid, was geschehen ist. Bitte melde dich. Emma.«

Antonia beschloss, erst einmal nicht zu antworten. Sie wusste immer noch nicht, wie sie sich ihren Freunden gegenüber verhalten sollte.

Als sie die Wohnung verließ, um ein bisschen an die frische Luft zu gehen, bog gerade Sabine Freygang um die Ecke. Wie immer seit ihrer Ankunft mit einem fröhlichen Lächeln im Gesicht.

»Antonia, schön, dich zu sehen! Aber müsstest du nicht eigentlich in der Schule sein?«

»Mir ging's heute Morgen nicht so gut, deshalb bin ich im Bett geblieben.«

»Was ist denn los, bist du krank?« Sabines Gesicht zeigte nun Besorgnis.

»Ach, es ist gerade ein bisschen viel. Und es nervt mich, dass mein Vater dauernd von der Polizei verhört wird.«

»Ja, ich habe es mitbekommen. Schlimm, so eine Verdächtigung. Ich kann gar nicht verstehen, dass die Polizei auf so eine Idee kommt! Andreas würde so etwas doch nie machen.«

»Natürlich nicht. Aber ich hab mich gestern mit meinen Freunden gestritten, weil die mehr der Polizei glauben als meinem Vater. Und das ist echt ätzend.«

»Oh, das tut mir leid. Ich kann mir vorstellen, dass das sehr schwierig für dich sein muss.«

Sabines Mitgefühl tat Antonia gut: Hier war nun endlich jemand außerhalb ihrer Familie, der ihren Vater kannte und ihm nichts Böses zutraute. Zum Glück war Sabine angereist!

Antonia war so erleichtert, endlich mit einer vertrauenswürdigen Person reden zu können, dass sie ihre schlimmste Befürchtung aussprach: »Aber wenn er doch was mit dem Diebstahl zu tun hat? Er sagt zwar, dass er es nicht war, aber … Ach, ich weiß nicht mehr, was ich denken soll.«

»Er war es ganz sicher nicht«, sagte Sabine sanft und legte den Arm um Antonia.

»Wie kannst du dir da so sicher sein?«

»Ach, meine Kleine, das weiß ich einfach. Ich kenne Andreas schon so lange. Schon in unserer Schulzeit war er der netteste, ehrlichste, treuste Junge, den ich kannte. Seitdem habe ich nie mehr einen solchen Mann gefunden wie deinen Vater. Alle anderen mussten sich an ihm messen lassen: an seinem Verständnis, seinem Mitgefühl, seinem Humor. Und dann diese Augen, hach!«

Sabine blickte schwärmerisch an die Decke, offenbar ganz versunken in ihre Erinnerungen.

Antonia runzelte die Stirn. Das war nun etwas mehr, als sie hatte hören wollen; ihr schwante nichts Gutes. Was für eine Beziehung war das denn nun genau zwischen ihrem Vater und Sabine? Sie erinnerte sich plötzlich, wie genervt ihre Mutter reagierte, sobald die Sprache auf Sabine kam.

Nun schien sich Sabine zusammenzureißen, denn sie schaute Antonia wieder an. »Na ja, das ist lange her«, sagte sie. »Ich mache mir aber ehrlich Sorgen um dich und deine Familie, glaub mir. Es ist unerträglich für mich, dass ihr so unter diesem dummen Verdacht leiden müsst.«

»Danke«, sagte Antonia und nickte.

»Vielleicht solltest du wieder ins Bett gehen, was meinst du?« Sabine legte ihr die Hand auf die Schulter. »Erhol dich gut und lass dir die Sache mit dem Diebstahl nicht so zu Herzen gehen. Es wird alles wieder gut, glaub mir.«

Auf dem Weg zurück in das Zimmer der Zwillinge kam Antonia an der offenen Tür des Arbeitszimmers vorbei. Dort blieb sie stehen und zögerte einen Moment. Wenn ihr Vater wirklich den Koffer von Weixlhammer bei sich gehabt hatte, dann hatte er ihn vermutlich hier versteckt. Sollte sie nachschauen, ob sich im Büro noch weitere Beweisstücke finden ließen?

Eine Weile rang sie mit sich; Zweifel und Vertrauen kämpften um die Oberhand. Doch schließlich trat sie in den Raum und machte die Tür hinter sich zu.

Im Büro ihres Vaters sah es so unordentlich aus wie immer: Der Schreibtisch war mit Rechnungen und Lieferscheinen übersät, mit Reservierungsanfragen, Kostenvoranschlägen und Lohnzetteln.

Andreas Reihmann hatte ein eigenes, sehr eigenwilliges Ablage- und Bearbeitungssystem, das niemand außer ihm durchschaute. Aber er beherrschte das Chaos mühelos und fand immer gleich, was gebraucht wurde. Gitti betrat diesen Raum nur, wenn es unbedingt sein musste, und für die Kinder war er verbotenes Gelände.

Antonia trat an den Tisch und schob nachdenklich einige Blätter beiseite. Es waren lauter Computerausdrucke mit den Briefköpfen von Handwerkern oder Lieferanten.

Doch dann fiel ihr Blick auf einen handgeschriebenen Brief auf Karopapier, der mit »Liebster Andreas« überschrieben war. Und das nicht in der Handschrift ihrer Mutter! Antonias Herz schlug schneller, ihre Hand war auf einmal klamm, als sie den Brief unter den anderen Papieren hervorzog. Sie las:

Liebster Andreas,
mir wird immer mehr bewusst, wie sehr du mir fehlst. Es ist schön, wieder in deiner Nähe zu sein. Es ist schon so lange her. Damals haben wir falsche

Entscheidungen getroffen, die immer noch weh-tun. Aber ich habe dich nie vergessen, kein anderer Mann konnte dich ersetzen. Du bist und bleibst für immer in meinem Herzen.

In ewiger Liebe.
Deine Sabine

Antonia ließ den Brief fast fallen. *Das kann doch nicht wahr sein.* In ihrem Magen machte sich wieder ein flaues Gefühl breit. *Bitte, lieber Gott, mach, dass es nicht das ist, was ich denke. Das kann nicht sein! Oh Gott, bitte nicht!*

»Aaaargh!« Sie stieß einen Schrei der Verzweiflung aus, knallte den Brief auf den Tisch und stürmte aus dem Büro. Aus Gewohnheit rannte sie in ihr eigenes Zimmer, ließ sich aufs Bett fallen und vergrub ihr Gesicht im Kissen.

Dann realisierte sie, dass das Kissen ganz anders roch als sonst – *Jaron!* Antonia setzte sich ruckartig auf und stellte ihre Beine wieder auf den Boden. In ihr wirbelten die verrücktesten Gedanken durcheinander, ihr war schlecht. *Fehlt nur noch, dass das mit dem Diebstahl auch stimmt.*

Nach einer Weile fiel ihr Blick auf den Bibelspruch, den ihr Vater mal an die Wand gepinnt hatte: *Vertraue von ganzem Herzen auf den Herrn und verlass dich nicht auf deinen Verstand. Denke an ihn, was immer du tust, dann wird er dir den richtigen Weg zeigen. Sprüche 3,5-6*

Ihr fiel wieder ein, wie ihr Vater ihr erzählt hatte, weshalb er Gott vertraute. »In Ordnung, Gott, ich versteh jetzt überhaupt nichts mehr«, sagte sie laut vor sich hin. »Aber ich verlass mich auf dich. Ich weiß, dass ich dir vertrauen kann, weil ich dein Kind bin und du mein Papa im Himmel bist. Hörst du! Ich und Papa brauchen echt deine Hilfe und ich will jetzt die Wahrheit wissen.«

Sie überlegte einen Moment. Wenn Franky in der Lage war, alle möglichen Informationen und Hinweise aus dem Internet zu holen, dann musste sie das doch auch können.

Entschlossen stand sie auf und ging in die Küche, wo sich der Laptop ihrer Eltern befand. Sie rief die Seite einer Suchmaschine auf und probierte verschiedene Suchbegriffe aus: *Andreas Reihmann, Kunstgegenstände, Raub, Diebstahl, Starnberg*. Tatsächlich musste sie nicht lange suchen, denn die Lokalzeitung *Starnberger Bote* hatte vor Kurzem ihr Archiv online gestellt.

Antonia stieß auf einen Artikel aus dem Jahr 1992 und las:

Mildes Urteil für jugendliche Kunsträuber

Das Amtsgericht Starnberg beendete gestern das Verfahren gegen zwei junge Kunstdiebe, deren spektakulärer Raubzug die Gemeinde Pöcking in Aufruhr versetzt hatte. Richard W. und Andreas R. wurden schuldig gesprochen, im Februar die historische Monstranz aus der Filialkirche Sankt Ulrich gestohlen zu haben. Die beiden waren verhaftet worden, als Richard W. versucht hatte, das barocke

Gefäß an einen örtlichen Kunsthändler zu verkaufen. Dieser hatte daraufhin die Polizei verständigt.

Das Gericht erkannte Richard W. als den kriminellen Kopf der Tat an und verurteilte ihn zu einer Jugendstrafe von sechs Monaten; sein Komplize Andreas R. muss 30 Sozialstunden ableisten.

Ist dieser Andreas etwa mein Vater? Und ist oder war er tatsächlich ein Komplize von Weixlhammer? Antonia schaffte es gerade noch auf ihre Matratze im Zimmer der Zwillinge, bevor Angst und Kummer sie überwältigten. Sie weinte so lange, bis sie vor lauter Erschöpfung schließlich einschlief.

Da Antonia sich nicht meldete, trafen sich ihre Freunde ohne sie im alten Heinrich. Sie hatten zwar keine feste Uhrzeit verabredet, aber alle drei zog es zu ihrem gemeinsamen Treffpunkt. Allen dreien lag der Streit vom Vortag noch im Magen.

Jaron hatte nach der Schule nach Antonia schauen wollen, doch Gitti hatte ihn davon abgehalten. »Sie schläft, ich war gerade im Zimmer«, hatte sie beim Mittagessen gesagt. Und so war Jaron etwas ratlos aus der Burg gelaufen, um wenigstens mit Emma und Franky zu reden.

»Was machen wir denn jetzt nur?«, fragte er die beiden, als sie alle gemeinsam auf den Treppenstufen vor dem Zirkuswagen saßen.

Franky zuckte nur mit den Schultern. Er schien ähnlich ratlos zu sein wie Jaron, obwohl er Antonia ja schon viel länger kannte.

»Na, wir helfen ihr!«, sagte Emma energisch. »Oder wollt ihr etwa warten, bis sie zugibt, dass ihr Vater ein Dieb ist?«

»Nein, natürlich nicht«, protestierten die Jungs.

»Allerdings ...« Emma zögerte. »Glaubt ihr eigentlich wirklich, dass ihr Vater die Ikonen gestohlen hat? Ich weiß, dass so vieles darauf hindeutet, aber ...«

Franky schaute zu den Bäumen hinauf, bevor er antwortete. »Ich kann mich einfach nicht entscheiden. Im Grunde kann ich es mir absolut nicht vorstellen, weil ich Andreas immer für total ehrlich gehalten habe. Aber dann fällt mir wieder ein, was ich gestern beobachtet habe, und ich weiß nicht mehr, was ich denken soll.«

Jaron nickte. »Ich kenne Andreas ja erst seit Sonntag«, meinte er. »Aber ich kann mir das bei ihm auch überhaupt nicht vorstellen. Er ist so nett und auch richtig cool. Ich glaube nicht, dass er es war. Es muss für den Koffer eine andere Erklärung geben.«

»Genau das denke ich auch«, sagte Emma und seufzte erleichtert. »Und damit ist auch klar, was wir zu tun haben: Wir müssen mit Antonia reden und sie um Entschuldigung bitten.«

Alle schwiegen, keiner wollte aufstehen. Jaron schaute die anderen an; er sah es nicht als seine Aufgabe an, den Vermittler zu spielen. Immerhin gehörte er noch nicht so lange zu dieser Clique und Antonia hatte sich ihm gegenüber ziemlich feindselig verhalten.

Franky wandte sich hilfesuchend an Emma: »Kannst du nicht erst mal zu ihr gehen und mit ihr reden? Ich glaube, dir vertraut sie am meisten.«

»Ja, ich denke, das ist eine gute Idee.« Emma nickte und stand auf. »Wartet hier. Oh Mann, ich hoffe, dass ich bald mit ihr zurück bin.«

Jaron und Franky sahen ihr stumm nach, bis sie im Portal der Burg verschwunden war.

Emma fand ihre Freundin im Wohnzimmer der Familie Reihmann. Dorthin hatte Antonia sich verzogen, als die Zwillinge nach Hause gekommen waren. Mit müden Augen und verstrubbelten Haaren saß sie auf dem Sofa, die Beine angezogen, ein Buch in der Hand.

Sie blickte kurz auf, als Emma das Zimmer betrat.

Emma setzte sich neben sie. »Antonia, bitte lass uns reden.« Sie konnte es fast nicht ertragen, ihre Freundin so dasitzen zu sehen.

»Was sollen wir denn noch reden«, antwortete Antonia achselzuckend. »Ihr glaubt doch alle, dass mein Vater ein Dieb ist.«

»Das stimmt nicht!«, protestierte Emma. »Das hat keiner von uns gesagt. Antonia, keiner von uns kann sich vorstellen, dass dein Vater so etwas getan hat, und wir wollen rausfinden, was es mit dem Koffer auf sich hat. Dafür muss es ja eine andere Erklärung geben!«

Antonia senkte den Kopf. »Du weißt noch nicht mal alles, was passiert ist.«

Emma sah sie fragend an und hörte gespannt zu, als Antonia berichtete, was sie im Büro ihres Vaters und später im Internet entdeckt hatte.

Zunächst war Emma so geschockt, dass sie nur ein »Ach, Antonia« hervorbrachte. Sie legte den Arm um die Schulter ihrer Freundin und gemeinsam schwiegen sie eine ganze Weile.

Was sollen wir nur tun?, überlegte Emma. Gerade eben hatten sie doch zu dritt entschieden, an die Unschuld von Antonias Vater zu glauben. Und nun das.

Schließlich gab sie sich einen Ruck. »Hör mal«, sagte sie. »Ganz egal, was wir noch herausfinden: Ich bin überzeugt davon, dass dein Vater unschuldig ist, verstehst du das? Und Jaron und Franky sind es auch. Für all das muss es einfach eine andere Erklärung geben. Und die werden wir finden.«

Antonia stiegen die Tränen in die Augen, sie schluchzte. »Ich weiß einfach nicht mehr weiter.«

Emma beugte sich zu ihr und hielt sie fest im Arm, während sie leise weinte.

»Komm, lass uns beten«, sagte sie.

Als Antonia nickte, griff Emma nach ihren Händen und schloss die Augen. »Hallo, Jesus, bitte hilf uns rauszufinden, was die Wahrheit ist. Das, was wir sehen, macht uns voll Angst. Bitte hilf uns zu beweisen, dass Antonias Vater unschuldig ist. Amen.«

»Amen«, flüsterte Antonia.

Arm in Arm gingen die beiden Freundinnen zum Zirkuswagen, wo die Jungs schon angespannt auf sie warteten. Franky nahm Antonia ebenfalls kurz in den Arm, Jaron klopfte ihr etwas verlegen auf die Schulter. Alle waren froh, dass der gestrige Streit beigelegt war.

Antonia war nach dem Gespräch mit Emma ein Stein von der Seele gefallen. Sie berichtete Franky und Jaron ausführlich von dem Zeitungsartikel, den sie im Internet gefunden hatte. Den Liebesbrief aus dem Büro erwähnte sie allerdings nicht. Das ging niemanden etwas an.

Es war wirklich Zeit, das Rätsel rund um den Ikonendiebstahl zu lösen, fand sie.

Die anderen stimmten ihr zu.

Franky versuchte, die Hinweise, die sie schon gefunden hatten, zu ordnen: »Was wissen wir sicher? Weixlhammer besitzt die dritte Ikone, die die beiden gestohlenen ergänzt. Wir haben gesehen, dass er sie in einem alten Lederkoffer aufbewahrt. Der ist durch die bunten Aufkleber und den Tintenfleck sehr auffällig.

Seitdem wir bei Weixlhammer waren, hatte erst dein Vater, Antonia, und dann der Fahrraddieb mit dem Hammer-Logo diesen Koffer. Wo er jetzt ist, wissen wir nicht. Aber wir kennen das Versteck des Fahrraddiebs, die alte Fabrik. Was vermuten wir also?«

Franky zählte die einzelnen Punkte an seinen Fingern ab: »Weixlhammers Alibi ist gefälscht, denn er hat eindeutig das stärkste Motiv, die Ikonen zu klauen. Aufgrund des mitgehörten Telefongesprächs denken wir, dass er entweder Kontakt zu den Dieben hat oder zu ihnen gehört. Wenn er der Richard W. aus der Zeitung ist, dann ist er auch nicht zum ersten Mal als Dieb unterwegs.«

Grinsend applaudierte Emma und sagte: »Danke, Herr Professor!«

Franky schnaubte nur, während Jaron ebenfalls beifällig nickte.

»Wisst ihr was?«, sagte Antonia zu ihren Freunden und wischte sich mit einer Hand die Haare aus dem Gesicht. »Ich schlage vor, wir fangen mit dem einzigen wirklichen Indiz an, das wir haben: Wir kennen das Versteck des Fahrraddiebs, und wir wissen, dass er irgendwie in die Sache mit den Ikonen verwickelt ist – ob als Komplize von Weixlhammer oder nicht.

Also fahren wir doch noch mal zu der alten Fabrik und schauen uns dort um. Vielleicht waren wir beim ersten Mal nicht gründlich genug.«

»Das ist genau das, was ich auch gerade vorschlagen wollte«, stimmte Jaron zu. »Kommt, lasst uns fahren und den Fall knacken!«

Kapitel 12

Das Versteck der Diebe

Wenig später waren die vier Freunde in der Nähe des Fabrikgeländes. Sie legten ihre Fahrräder am Waldrand ins hohe Gras, ungefähr an der Stelle, wo sich Emma und Franky beim letzten Mal versteckt hatten. Dann schlichen sie zu der Holztür, die in die Fabrikhalle führte. Zu ihrem Erstaunen hing das Schloss offen am Riegel.

»Seid leise!«, flüsterte Jaron. »Bestimmt ist der Dieb gerade hier, und wer weiß, welche Komplizen hier noch so rumlaufen.«

Vorsichtig drückten sie die Tür auf und spähten in die große Halle, die im Halbdunkel vor ihnen lag. Wie Antonia bereits nach ihrer Erkundungstour beschrieben hatte, war eine Menge Schrott auf dem Hallenboden verteilt: Reste alter Maschinen, ausgeschlachtete Fahrzeuge und alte Holzkisten.

Jaron war der Erste, der in die Halle hineinging und sich hinter eine Kiste duckte. Die anderen folgten. Für einen Moment kauerten sie in ihrer Deckung und lauschten.

Es war vollkommen still, durch die zerbrochenen

Fensterscheiben drang nur der Gesang der Waldvögel zu ihnen. Jaron ließ seinen Blick durch den Raum schweifen und bemerkte, dass sich in der gegenüberliegenden Wand ein großes Schiebetor befand. Es stand halb offen.

Auf einmal reckte Antonia den Hals, dann flüsterte sie: »Seht ihr den alten Lastwagen da drüben? Ich bin mir sicher, dass der beim letzten Mal nicht so nahe an der Wand gestanden hat. Irgendjemand hat ihn von der Stelle gerückt!«

Alle schauten in die Richtung, in die Antonia zeigte. Dort, etwa zwanzig Meter von ihrem Versteck entfernt, stand ein rostiger Pritschenwagen, der aussah, als sei er schon seit hundert Jahren keinen Zentimeter mehr gefahren. Seine Rücklichter berührten fast die Wand.

Nun entdeckte Jaron im Boden vor dem Lastwagen ein dunkles Rechteck. Dort klaffte ein riesiges Loch! »Hey, das sieht aus wie eine große Falltür! Kommt, lasst uns näher rangehen.«

Geduckt liefen sie zu dem Lastwagen hinüber, und tatsächlich: Vor seiner Kühlerhaube öffnete sich ein riesiges Rechteck im Hallenboden. Reifenspuren führten von den Vorderreifen des Wagens zum Rand der Öffnung.

»Deshalb habe ich das Versteck beim letzten Mal nicht entdeckt!«, sagte Antonia überrascht. »Wenn die Falltür geschlossen ist, steht der Lastwagen offenbar direkt darüber.«

Jaron trat an den Rand und spähte in die Öffnung. Eine Rampe führte in die Tiefe – zwar ziemlich steil, aber man konnte darauf wohl mit einem Auto ins darunterliegende Stockwerk fahren. Im Gegensatz zu manchen Stellen der Halle lag auf der Rampe kein Körnchen Staub; es war klar, dass sie oft benutzt wurde.

Jarons Herz schlug schneller. Er konnte sehen, dass auch seine Freunde unsicher waren, ob sie sich weiter vortrauen sollten. »Kommt schon«, sagte er zu ihnen, bevor ihn sein eigener Mut verließ. »Wir müssen da runter.«

Schritt für Schritt tasteten sie sich an den Wänden entlang die Rampe hinunter, es wurde immer dunkler und stickiger. Bald sahen sie vor sich einen trüben Lichtschein, und dann endete die Rampe in einem Kellerraum, der von einer einzelnen Glühbirne beleuchtet wurde.

Direkt vor ihnen stand der Kastenwagen, den sie schon kannten. Seine Heckklappe war geöffnet, der Innenraum war leer geräumt. Und hinter dem Wagen fanden sie das Diebesgut: Der Kellerraum war gefüllt mit Fahrrädern.

»Da steht dein Mountainbike, Emma«, zischte Antonia. »Dieses Schwein!«

In diesem Moment ertönte ein lautes Rumpeln. Es schien von rechts zu kommen, wo eine Eisentür, die sie in ihrer Aufregung noch gar nicht bemerkt hatten, nur angelehnt war. Dahinter musste ein weiterer Kellerraum liegen.

»Lasst uns abhauen«, meinte Emma. »Wenn der Typ rauskommt, sind wir geliefert!«

Schnell schlichen sie über die Rampe wieder hoch in die Halle.

»Hierher«, zischte Jaron und zeigte auf ein rostiges

Gebilde, das wie eine alte Presse aussah. »Dahinter können wir uns verstecken und beobachten, was weiter passiert.«

Keine Sekunde zu früh – kaum hatten sie sich hinter das Metallteil gekauert, hörten sie, wie die große Schiebetür in der gegenüberliegenden Wand weiter aufgeschoben wurde. Vorsichtig spähten sie über den Rand ihres Verstecks.

Dann schienen alle vier gleichzeitig die Luft anzuhalten: Die Silhouette, die sich in dem offenen Tor abzeichnete, hätten sie überall erkannt.

»Weixlhammer«, flüsterte Jaron. Und tatsächlich: Es war der Händler, der die Halle betrat, sich kurz umschaute und dann recht zielstrebig auf die Falltür zuging. Am Rand der Öffnung blieb er stehen und schien zu lauschen.

Während die vier Freunde immer noch kaum zu atmen wagten, ging er die Rampe hinunter. Und zwar sichtlich selbstbewusst und ohne sich darum zu kümmern, ob ihn jemand hörte.

»Also doch! Wir hatten recht!«, sagte Franky zu seinen Freunden, die zustimmend nickten.

»Was machen wir jetzt?«, fragte Emma. »Wir sollten gleich die Polizei informieren, solange Weixlhammer und sein Komplize hier sind. Bestimmt sind da unten auch die gestohlenen Ikonen.«

Doch dazu blieb ihnen keine Zeit, weil die Schiebetür nun komplett aufgestoßen wurde. Schnell schauten sie wieder über den Rand ihres Verstecks. Aber mit dem, was jetzt geschah, hätten sie nie gerechnet!

Denn die Person, die nun zielstrebig auf das Versteck der Diebe zuging, war Sabine Freygang.

Von dem freundlichen Lächeln, das Jaron immer ein bisschen übertrieben gefunden hatte, fehlte jede Spur. Stattdessen wirkte sie verärgert und gehetzt. Jaron hätte nicht sagen können, weshalb, aber es kam ihm so vor, als hätte er eine ganz andere Person vor sich.

Als Sabine die Falltür erreicht hatte, stürmte sie hinunter, ohne sich auch nur umzusehen.

Völlig verblüfft schauten sich Jaron und Antonia an.

»Was macht denn Sabine hier?«, flüsterte Antonia.

»Was, das ist Sabine?«, fragte Emma. »Die Tante, der wir den Stein gezeigt haben?«

»Pst, seid leise, ich will hören, was die sagen«, zischte Franky.

Im Keller wurde heftig diskutiert. Deutlich waren die Stimmen von Sabine und Weixlhammer zu unterscheiden, sie schienen sich furchtbar in die Haare zu kriegen. Weixlhammer schrie beinahe, aber man konnte trotzdem nicht verstehen, was er sagte. Zu sehr hallten seine Worte in dem Kellerraum wider.

Plötzlich brach das Gespräch ab und der Kopf des Antiquitätenhändlers tauchte in der Öffnung auf. Er schien es sehr eilig zu haben, denn er lief geradewegs auf die Schiebetür zu.

Gleich darauf erschien auch Sabine auf der Rampe. Sie rief ihm nach: »Ja, lauf nur zu deinem blöden Laden! Es wird dir nichts bringen, Andy ist längst dort!«

Das war zu viel für Antonia: Sie schrie laut auf vor Schreck.

Sabine fuhr herum, nur der Händler hatte nichts gehört und verschwand durch das Tor nach draußen.

Blitzschnell kam die alte Bekannte von Familie Reihmann nun auf die vier Freunde zu. »Na, sieh mal einer an, wen haben wir denn hier!«

Alle vier erhoben sich langsam. Jetzt, wo sie aufgeflogen waren, hatte es keinen Sinn mehr, sich zu verstecken.

Wie konnte ich diese Frau auch nur halbwegs sympathisch finden?, schoss es Jaron durch den Kopf. *Mit diesem hämischen Grinsen auf dem Gesicht wirkt sie voll ätzend. Offenbar ist sie in Wirklichkeit eine Betrügerin, die mit Weixlhammer – und womöglich sogar mit Andreas Reihmann – gemeinsame Sache macht.*

Antonia fing sich als Erste. Ihre Augen funkelten vor Zorn, als sie einen Schritt auf Sabine zu machte. »Du falsche Schlange!«, brüllte sie. »Du hast dich bei uns eingeschlichen, du bist eine Diebin!«

Sabine stand nur da, mit den Händen in den Hüften, und hörte sich den Wutausbruch scheinbar unbeteiligt an. »Ach mein gutes Kind, du hast doch keine Ahnung, wovon du da redest. Was weißt du denn schon?«

»Wir wissen, dass Sie mit Weixlhammer unter einer Decke stecken und dass da unten im Keller die Fahrräder lagern, die in den letzten Wochen hier in der Gegend geklaut wurden. Und uns ist klar, dass dort wahrscheinlich auch die gestohlenen Ikonen versteckt sind«, kam Franky seiner Freundin zu Hilfe. Auch er wirkte wütend, aber gleichzeitig ziemlich erschrocken.

»Ist mein Vater in die Sache verwickelt?« Als Antonia die entscheidende Frage stellte, zitterte ihre Stimme.

Sabine lachte abfällig. »Dein Vater? Ach, du meine Güte, wie kommst du denn auf die Idee? Der ist doch viel zu langweilig! Er hat keinen Mumm für so etwas. Ich hätte mir zwar gewünscht, dass er mitmacht, aber für so was ist er viel zu brav.«

»Aber du lässt Papa voll ins Messer laufen! Du weißt, dass er verdächtigt wird«, rief Antonia empört. »Ist es dir egal, dass er wegen dir vielleicht ins Gefängnis muss?«

»Besser, als zu Hause zu sein bei diesem Weib.« Sabines Kopf wurde knallrot und ihre Augen sprühten förmlich Funken.

Sie trat noch näher an die vier heran, die alarmiert nach hinten wichen. »Dein Vater«, zischte sie, »liebt mich und ich liebe ihn. Für immer! Aber wenn ich ihn nicht haben kann, soll ihn auch niemand anderes haben. So, und jetzt ist genug geredet. Ich habe noch Arbeit.«

Sie wandte sich um und rief in den Keller: »Andy!«

Jaron sah, dass Antonia nach Luft schnappte. War ihr Vater in dem Keller?

Doch dann erschien der Kopf des Fahrraddiebs, und alle vier seufzten vor Erleichterung, obwohl der Dieb eine Pistole in der Hand hielt.

»Andy!«, flüsterte Jaron. »Der Dieb heißt auch Andreas! Dein Vater ist unschuldig, Antonia!«

Antonia schien ein Stein vom Herzen zu fallen, nachdem sie diese Tatsache begriffen hatte. Trotzdem ging es ihr offenbar nicht gut: Sie schwankte etwas, und als sie sich die Haare aus der Stirn strich, sah Jaron, dass sie schwitzte und ihre Hand zitterte.

»Wir haben Besuch«, sagte Sabine zu ihrem Komplizen. »Kinder, das ist Andy, ein sehr alter, guter Freund von mir, noch aus Kindertagen. Andy, wir haben doch bestimmt noch Platz für diese Freizeitdetektive, was meinst du?«

Der Mann, der wieder das T-Shirt mit dem Hammer trug, nickte und grinste. »Aber klar! Für netten Besuch haben wir immer Platz.«

»Sperr sie im Keller ein, bis wir mit dem Verladen fertig sind. Am besten bindest du sie auch fest, damit sie uns nichts kaputt machen.«

»Alles klar. Auf geht's«, befahl Andy und winkte mit der Pistole. »Ihr bleibt erst einmal eine Weile hier. Wir machen es euch schon gemütlich.« Er lachte.

Die vier folgten seiner Aufforderung. Was blieb ihnen auch anderes übrig? Wieder stiegen sie die Rampe hinunter in den Keller. Diesmal stand die Eisentür weit offen, und Andy bedeutete ihnen, in den angrenzenden Raum zu gehen.

Jaron betrat ihn als Erster. Auch dieser Raum war nur spärlich beleuchtet, aber sein Inhalt konnte einem wirklich die Sprache verschlagen: Überall standen und lagen Kunstgegenstände. Die meisten sahen aus, als stammten sie aus Kirchen. Da es hier und da golden schimmerte, kam Jaron sich vor wie in einer Schatzkammer.

Die unfreiwilligen Gäste blieben stehen.

»Da staunt ihr, was?« Hinter ihnen waren Andy und Sabine eingetreten. Sabine schaute sich stolz um. »Ja, Andy war wirklich fleißig in den letzten Jahren. Und er ist nie verdächtigt worden, darin zeigt sich der echte

Meister!« Sie legte ihre Hand auf Andys Schulter, der sie zufrieden lächelnd ansah.

»Und jetzt, nachdem wir beide uns für einen letzten, ultimativen Raubzug wieder zusammengetan haben, werden wir diese Schätze in Kapital umsetzen. Und uns dann das Leben gönnen, das uns zusteht. Na, was meinst du, Andy: Sollen wir auf die Bahamas oder doch lieber nach Bali ziehen?« Sie strich ihm zärtlich über die Wange.

Er hielt ihre Hand kurz fest und drückte einen Kuss darauf. »Wo immer du auch hinwillst, meine Liebste. Hauptsache, du bleibst bei mir.«

Sabine lachte und entzog ihm ihre Hand. »Nun aber weiter im Text. Gib mir die Pistole, dann fesselst du die vier. Ich will endlich raus aus diesem Loch.«

Andy verschwand kurz im Vorraum und kam mit einer Rolle Seil wieder. Nachdem er allen ihr Handy abgenommen hatte, fesselte er einen nach dem anderen. Zuerst band er ihnen die Hände hinter dem Rücken zusammen.

Als der Dieb das Seil anzog, zuckte Jaron etwas zusammen. Doch er war geistesgegenwärtig genug, mit den Händen auf dem Boden entlangzutasten, während seine Beine gefesselt wurden.

Und er hatte Glück: Seine Hand streifte ein scharfes Stück Metall. Er versteckte es in seiner Handfläche.

Als sie alle gefesselt waren und Andy wieder neben Sabine stand, sagte sie: »Keine Sorge, ihr müsst nicht lange hierbleiben. Wir verladen erst die Beute aus einem anderen Raum, dann diese. Und anschließend machen wir uns aus dem Staub. Sind wir weit genug weg, verständige ich die Polizei, die kann euch dann abholen.«

Damit gingen die beiden aus dem Keller und schlossen die Tür hinter sich. Zum Glück ließen sie das Licht an.

Für einen Moment war es völlig still.

»So ein Mist!«, brach es aus Franky heraus. »Das war wirklich eine großartige Idee. Jetzt sitzen wir richtig in der Klemme.«

Jaron beachtete ihn kaum, denn er schaute Antonia an, der es sichtlich schlechter ging. Sie saß nach vorne gebeugt und atmete schwer. Ihr Gesicht war schweißnass. »Weiß jemand von euch, was mit Antonia los ist?«

»Oh nein!«, rief Emma. »Antonia, wann hast du das letzte Mal etwas gegessen?«

»Kurz bevor du ins Wohnzimmer gekommen bist«, keuchte das Mädchen. »Aber ich fürchte, es war alles ein bisschen viel. Mir ist ziemlich schlecht.« Sie ließ sich zur Seite fallen und blieb mit angezogenen Beinen auf dem Boden liegen.

»Was ist mit ihr?«, fragte Jaron entsetzt.

»Antonia hat Diabetes«, antwortete Emma. »Sie muss regelmäßig etwas essen und Insulin spritzen, damit ihr Blutzucker im Gleichgewicht bleibt. Ihr Körper schafft das nicht allein. Wenn sie Stress hat oder sich aufregt, kann ihr Blutzucker so stark absinken, dass es gefährlich wird. Und ich fürchte, genau das passiert gerade. Wir müssen so schnell wie möglich hier raus und Hilfe holen. Hat einer von euch was zu essen dabei?«

Franky und Jaron schüttelten den Kopf.

»Ich auch nicht. So ein Mist, gerade heute habe ich vergessen, was einzustecken.«

Jaron gab sich einen Ruck. Bis jetzt war er relativ zuversichtlich gewesen, dass dieses Abenteuer irgendwie gut ausgehen würde. Aber nun war aus dem Detektivspielen bitterer Ernst geworden. Er musste etwas unternehmen.

Das Metallstück, das er vom Boden aufgelesen hatte, schnitt ihm in die Finger, als er es hin und her drehte, um das Seil um seine Handgelenke zu zertrennen. Es war mühsam und schmerzhaft, doch er spürte, wie die Fasern allmählich nachgaben.

Kaum hatte Franky bemerkt, was er tat, beobachtete er ihn gespannt.

Emma hingegen hatte nur Augen für Antonia. Sie robbte über den Boden zu ihrer Freundin und legte sich neben sie, sodass sich ihre Gesichter ganz nah waren.

Immer wieder schrappte das Metall an Jarons Haut entlang und hinterließ lange Schnitte, die fürchterlich brannten. Er musste sich zusammenreißen, um nicht aufzuschreien.

Als sich das Seil endlich löste, schüttelte er es ab und durchtrennte mit kräftigen Schnitten seine Fußfesseln. Dann nahm er sich Frankys Handgelenke vor. Er arbeitete schnell, sein Herz klopfte schmerzhaft in seiner Brust.

»Au!«, rief Franky. »Pass doch auf.«

»Tut mir leid«, antwortete Jaron, »aber fürs Aufpassen haben wir keine Zeit.«

Jetzt sah auch Emma, was Jaron tat.

»Wie geht es Antonia?«, fragte Jaron keuchend, ohne auch nur für einen Moment aufzusehen.

Emma blickte ihrer Freundin ins Gesicht. »Antonia?«, fragte sie.

Doch Antonia lag mit geschlossenen Augen da und antwortete nicht.

»Wir müssen uns beeilen«, sagte Emma. »Wenn nicht bald Hilfe kommt, wird es wirklich ernst.«

Nachdem Jaron Franky befreit hatte, ging er zu Emma. Sobald sie ihre Hände wieder bewegen konnte, setzte sie sich auf und nahm Antonias Kopf in ihren Schoß.

»Komm«, sagte Jaron zu Franky, als alle Seile durchschnitten waren, »wir holen Hilfe.«

Sie gingen zu der Eisentür und begannen, mit aller Kraft dagegenzuhämmern und zu schreien. Franky packte sogar eine der massiven Statuen, die er kaum vom Boden heben konnte, und rammte sie gegen das Metall. Der Lärm war ohrenbetäubend.

Es dauerte dann auch nicht lange, bis sie einen Schlüssel im Schloss hörten und die Tür ruckartig aufgerissen wurde.

»Was zur ...« Weiter kam Sabine Freygang nicht, denn Jaron stürmte vor und warf sich mit seinem ganzen Gewicht gegen die Tür. Sabine, die sich noch halb dahinter befunden hatte, wurde rückwärts geschleudert. Sie prallte gegen den Kastenwagen, der nun mit der Laderaumtür zu ihnen stand. Anscheinend hatte Andy ihn umrangiert, um die Diebesbeute besser einladen zu können.

Als Sabine zu Boden fiel, rannte Jaron an ihr vorbei. Doch sie griff nach seinem Fußgelenk und hätte ihn fast zu Fall gebracht. Im Stolpern stieß er an einen Benzinkanister, der nun quer durch den Raum schlitterte und gegen ein liegendes Fahrrad prallte. Offenbar war der Deckel nicht fest verschraubt gewesen, denn er löste sich und Benzin floss auf den Boden.

Sabine hielt Jarons Fuß fest umklammert, aber sie hatte nicht mit Franky gerechnet. Der hob die Statue, die er immer noch in den Händen hielt, und ließ sie mit einem tarzanmäßigen Schrei auf sie hinunterfallen.

Gerade noch rechtzeitig rollte Sabine zur Seite, und die Statue zersplitterte auf dem Betonboden.

Jaron war frei und rannte los, so schnell er konnte. Während er die Rampe hinaufsprintete, sah er noch aus den Augenwinkeln, dass Andy aus dem Wagen sprang und sich auf Franky stürzte.

Dann war er oben. Er hielt kurz inne und sah sich um. Die kleine Holztür, durch die sie die Halle betreten hatten, war zu, ebenso das große Schiebetor.

Jaron entschied sich für die Holztür. Alles, woran er denken konnte, war, dass er Hilfe für Antonia holen musste.

Doch die Holztür gab keinen Zentimeter nach, als er an ihr rüttelte. Also machte er kehrt und rannte quer durch die Halle zum Schiebetor. Auch hier hatte er kein Glück, Sabine und Andy hatten es fest verriegelt.

Da hörte er Schritte hinter sich und drehte sich um.

Als Andy auf ihn zustürmte, ging Jaron in Verteidigungsposition und bereitete sich auf den Angriff vor.

Doch auch der Fahrraddieb schien Kampfsport-Erfahrung zu haben, denn er parierte Jarons Abwehrversuche ohne Mühe und hatte ihn schnell im Schwitzkasten.

Sein Griff war erbarmungslos; Jaron keuchte, als Andy ihn in Richtung der Rampe schleppte.

Obwohl Jaron sich mit aller Kraft gegen seinen kräftigen Gegner stemmte, hob der ihn einfach hoch und trug ihn in den Keller hinunter. Im Vorraum hatte sich das Benzin inzwischen auf dem Boden ausgebreitet; die Luft war beißend.

»Mach die Tür auf für diesen kleinen Helden«, sagte Andy zu Sabine, die vor der geschlossenen Eisentür stand und sich den Staub aus den Kleidern klopfte.

Als sie die Klinke hinunterdrückte, startete Jaron einen letzten, verzweifelten Versuch, sich zu befreien. Er trat nach Andy, traf ihn in den Bauch, und für einen Moment löste sich dessen Griff.

Jaron stürzte zu Boden, wo einige Metallrohre an der Wand lehnten. Sie fielen scheppernd durcheinander, knallten auf den Beton und ein Funke blitzte blau in dem trüben Licht auf. Im Nu stand der Boden rund um Jaron in Flammen.

Sabine schrie auf. »Die Tür! Schnell, mach die Tür zu, unser Schatz!«

Mit eisernem Griff wurde Jaron gepackt und in den Raum mit den Kunstgegenständen gestoßen. Dann knallte die Tür hinter ihm zu. Jaron schlitterte über den Boden in einen Stapel Bilder. Während er aufstand, hörte er, wie draußen der Motor des Kastenwagens angelassen wurde und sich das Geräusch schnell entfernte.

Er ging zur Tür und drückte auf die Klinke. Die Tür war verschlossen.

Seine Freunde kauerten auf dem Boden und sahen

ihn an. Franky hielt sich den Kopf, auf dem sich eine große Beule bildete, Emma hatte Antonia in die stabile Seitenlage gebracht.

Jetzt sitzen wir wirklich in der Tinte, dachte Jaron und fühlte, wie die Verzweiflung in ihm hochstieg.

Er setzte sich zu den anderen und griff nach Antonias Hand. »Draußen brennt der Keller«, sagte er. »Wir können nur hoffen, dass die Tür richtig dicht ist. Dann sollte uns nichts passieren.«

In diesem Augenblick hörten sie draußen wieder Geräusche und Stimmen.

Emma, Franky und Jaron liefen zur Tür, hämmerten dagegen und riefen laut um Hilfe.

Die Stimmen kamen näher, dann donnerte ein Gegenstand gegen das Metall. Die Tür flog auf und vor ihnen stand ein Polizist – und der Antiquitätenhändler Richard Weixlhammer.

»Schnell, raus hier!«, keuchte der Beamte.

»Antonia ist bewusstlos!«, schrie Emma.

Daraufhin liefen die beiden Männer zu dem Mädchen und hoben es auf. Alle rannten, so schnell sie konnten, ins Freie.

Die Sanitäter waren mit Antonia im Krankenwagen fortgefahren, die Feuerwehr hatte den Brand im Keller gelöscht, und die Polizei begann nun, das Versteck der Diebe zu untersuchen. Erst jetzt wandte sich Weixlhammer an die drei Freunde, die ziemlich mitgenommen, aber auch sehr erleichtert neben ihm an der Rampe standen.

»Ich hatte ja gehofft, meine Ikone in diesem Keller zu finden. Aber dass ihr darin steckt, hätte ich nicht gedacht.«

»Sind Sie denn bestohlen worden?«, fragte Jaron.

»Erpresst hat mich diese Person, diese Freygang! Sie wollte meinen Laden anzünden, wenn ich ihr die Ikone nicht überlasse. Und offenbar war das ihr voller Ernst: Habt ihr gesehen, wie viele Kanister voll Benzin dort unten standen? Dass sie mit Andy Raminski unter einer Decke steckt! Manche Menschen ändern sich nie!«

»Kennen Sie Raminski?«, erkundigte sich Franky.

»Nun ja«, brummte der Händler, »in meinen Jugendtagen bin ich ein paarmal mit ihm auf Diebestour gewesen, bis man uns erwischt hat. Mich hat die Strafe eines Besseren belehrt, ihn aber anscheinend nicht.«

»Dann wusste Sabine also von diesem Andy, dass Sie die dritte Ikone besitzen?«

»Das ist kein Geheimnis, das steht in einigen Veröffentlichungen zu meiner Sammlung. Wie dem auch sei, ich bin froh, dass meinem Laden nichts passiert ist. Hat sich doch gelohnt, diese hinterlistige Person zu beschatten.«

Er schilderte den Freunden lebhaft, wie er Sabine in seinem alten Mercedes gefolgt war, nachdem er ihr die Ikone übergeben hatte. Erst zur Seeburg, wo er Antonias Vater dabei beobachtet hatte, wie dieser den Koffer an sich genommen und später Andy Raminski ausgehändigt hatte.

Dann war Weixlhammer hinter Raminski her zum Versteck der Diebe gefahren. Doch er hatte ebenfalls nicht sofort begriffen, wo die Diebe ihre Beute versteckten.

An dieser Stelle wurden sie von Emmas Stiefvater unterbrochen. Er trat zu der Gruppe und sagte: »Wir haben Sabine Freygang und ihren Komplizen Andy Raminski geschnappt. Sie sind nicht weit gekommen, noch auf der Landstraße haben wir ihren Wagen anhalten können. Dank eurer Beschreibung.«

Es war ihm anzusehen, wie erleichtert er war, dass Emma und ihren Freunden nichts passiert war. »Wenn ihr möchtet, fahre ich euch später zu Antonia ins Krankenhaus. Ich muss nur noch auf die Spurensicherung warten.«

Jaron wandte sich an den Antiquitätenhändler. »Vielen Dank noch mal, Herr Weixlhammer, dass sie uns befreit und die Polizei verständigt haben.«

Der Händler nickte und wippte auf den Zehenspitzen, die Hände hinter dem Rücken verschränkt. »Reiner Eigennutz, mein Junge, reiner Eigennutz.«

Franky atmete tief durch. »Was bin ich froh, dass das endlich ein Ende hat: Antonias Vater ist entlastet, die Ikonen sind wieder aufgetaucht, und auch die Fahrraddiebstähle haben wir aufgeklärt.«

Emma nickte. »Jetzt muss sich nur noch Antonia erholen«, sagte sie.

Kapitel 13

Vieles klärt sich auf

Antonia schlug die Augen auf. Für einen Moment starrte sie an die weiße Decke, an der eine Neonlampe brannte. Wo war sie? Als sie die Augen wieder schloss, erinnerte sie sich an die Fabrikhalle, den Keller, Sabine, die Eisentür, und dann Dunkelheit.

Rasch öffnete sie ihre Augen wieder und sah sich um. Sie lag in einem fremden Bett mit weißem Bettzeug. Am Kopfende stand ein Infusionsständer, an dem eine Glasflasche eine transparente Flüssigkeit über eine Kanüle in ihren Arm tropfen ließ. Und neben dem Bett saß ihre Mutter.

»Hallo, mein Schatz«, sagte Gitti und griff nach Antonias Hand. Ihre Augen waren gerötet, als hätte sie geweint.

»Hallo, Mama«, krächzte Antonia.

Ihr Vater trat hinter ihre Mutter und sah sie an. »Was machst du nur für Sachen«, tadelte er freundlich und schüttelte den Kopf. »Du hast uns einen Riesenschreck eingejagt.«

»Dieses Mal ist es wirklich knapp gewesen, Antonia«, erklärte Gitti. »Fast hätten dir die Ärzte nicht mehr helfen können. Es war wirklich leichtsinnig von dir, einfach loszufahren, ohne dein Notfallset mitzunehmen.«

»Das war nicht geplant«, flüsterte Antonia und räusperte sich. »Und die anderen?«

»Es geht ihnen gut«, sagte Andreas. »Weixlhammer hat sie mithilfe der Polizei befreit.«

»Weixlhammer?«

»Ja, stell dir vor.«

»Aber wir dachten, er hätte was mit dem Diebstahl zu tun!«

»Nein, er wurde wohl von Sabine und ihrem Komplizen erpresst.«

»Krass«, sagte Antonia erstaunt.

»Ja, nicht? Und in dem Keller haben sich alle gestohlenen Kunstgegenstände gefunden, auch die Ikonen aus St. Valentin. Sabine Freygang und ihr Komplize wurden verhaftet. Nur Emmas Fahrrad, das ist leider durch das Feuer unbrauchbar geworden.«

»Ich bin so froh, dass es vorbei ist. Das ist es doch, Mama?«

»Ja, das ist es, mein Schatz«, bestätigte Gitti und drückte ihre Hand.

Antonia sah ihren Vater an. »Aber es gibt noch ein paar Dinge, die du mir erklären musst, Papa. Gestern Nachmittag kam ein Mann zur Seeburg und du hast ihm einen Koffer gegeben. Warum?«

Andreas schien verblüfft. »Einen Koffer? Ja, das ist richtig. Aber woher weißt du das?«

»Franky hat euch beobachtet. Und er hat den Koffer wiedererkannt, der gehörte nämlich Weixlhammer.«

»Und woher wisst ihr das schon wieder? Ich hatte davon keine Ahnung.« Das Erstaunen ihres Vaters wurde offensichtlich immer größer. »Wie auch immer, ich habe den Koffer aus Sabines Auto geholt und jenem Herrn übergeben, weil mich Sabine darum gebeten hatte. Sie rief an und bat mich, den Koffer auszuhändigen, weil sie sich verspäten und es nicht zum Treffpunkt schaffen würde. Warum fragst du?«

»Weil in diesem Koffer wahrscheinlich Weixlhammers Ikone war. Und der Mann war der Komplize von Sabine.«

»Ach du liebes bisschen«, sagte ihre Mutter. »Kein Wunder, dass du an Papas Unschuld gezweifelt hast.«

»Ja, schon. Aber, Papa, ich glaube, ich hab verstanden, was du mit Vertrauen gemeint hast.«

»Was denn?«

»Na ja, dass es die Grundlage für eine gute Beziehung ist. Und dass man sich dafür entscheiden muss, dem anderen voll zu vertrauen.«

»Ja, genau.«

»Tut mir leid, dass ich dir nicht vertraut habe«, sagte Antonia kleinlaut.

»Ach, Schätzchen«, erwiderte Andreas, beugte sich über das Bett und nahm die Hand seiner Tochter. »Du hast mir doch vertraut! Sonst hättest du nicht meine Unschuld beweisen wollen.«

»Ja, aber …«

»Nichts *aber*. Weißt du, Vertrauen ist nicht immer einfach. Wir sind Menschen und machen alle Fehler.«

»Ich hab auch darüber nachgedacht, wieso du Gott vertraust«, fuhr Antonia fort. »Und ich finde es echt gut, dass du das tust.«

»Glaub mir, Antonia, das ist nicht immer leicht. Ich hab mir, ehrlich gesagt, schon ziemlich viele Sorgen gemacht, als die Polizei mich verdächtigt hat.«

»Davon habe ich aber nichts gemerkt.«

»Na ja, vielleicht hat Gott mir geholfen, ruhig zu bleiben.«

Antonia setzte sich auf und umarmte ihre Eltern ganz fest.

Dann berichtete sie, was in den vergangenen Tagen passiert war. Sie erzählte von der Verfolgung der Fahrraddiebe und dem Besuch bei Weixlhammer. Nur von der Brosche und der Gruft berichtete sie nichts, so wie es die Freunde vereinbart hatten.

Ihre Eltern lauschten voller Anspannung und Entsetzen – von alldem hatten sie nichts mitbekommen! Als Antonia fertig war, schüttelten sie ungläubig den Kopf.

Schließlich sagte ihr Vater: »Du meintest vorhin, ich müsste dir ein paar Dinge erklären. Was denn noch?«

»Ja, ähm …« Antonia druckste ein wenig herum, aber sie wusste: Wenn sie jetzt nicht fragte, würde sie sich nie trauen. »Papa, als ich gestern Morgen alleine war, hab ich was in deinem Arbeitszimmer gefunden.«

»In meinem Arbeitszimmer? Aha …« Er stutzte für einen Moment. »Aber da hast du eigentlich nichts zu suchen.«

»Ja, ich weiß, aber ich war so durcheinander. Und ich wollte doch deine Unschuld beweisen. Und da habe ich auf deinem Schreibtisch einen Brief gefunden.«

»Einen Brief?« Andreas lächelte. »Ich habe bestimmt Hunderte von Briefen und Rechnungen auf diesem Tisch liegen.«

»Ja«, stotterte Antonia, »aber dieser Brief war von …« Sie traute sich einfach nicht, den Namen auszusprechen.

»Du meinst wohl diesen bescheuerten Brief von Sabine«, warf ihre Mutter plötzlich ein.

Antonia staunte. »Ja, woher weißt du das?«

»Na, weil deine Mama und ich miteinander reden«, sagte ihr Vater, und sein Lächeln wurde noch breiter.

»Und das macht dir nichts aus, Mama?«

»Ach, mein Schatz …« Gitti zuckte mit den Achseln. »Ich finde es unmöglich, dass Sabine so etwas schreibt. Aber weißt du, Papa und ich, wir lieben uns, und ich weiß, dass ich ihm voll und ganz vertrauen kann.« Sie nahm die Hand ihres Mannes.

»Das mit Sabine ist eine alte Geschichte«, sagte Andreas. »Wir waren tatsächlich mal zusammen.«

»Echt?« Antonia staunte.

»Ja, ich war noch ganz jung …«

»… und ziemlich dumm«, fügte Gitti hinzu.

»Ja, das auch«, bestätigte Andreas. »Wir waren damals in der achten Klasse.«

»Aber warum schreibt sie dir dann jetzt so einen Brief?«, fragte Antonia.

»Na ja«, meinte Andreas, »ich kann sie ja verstehen …« Er grinste breit.

»Oh Papa, du Angeber«, rief Antonia und knuffte ihren Vater.

In diesem Moment öffnete sich die Tür, und herein kam Kriminalhauptkommissar Peter Schwarz mit Emma, Franky und Jaron im Schlepptau. Allen dreien war anzumerken, wie sehr sie sich darüber freuten, Antonia zu sehen.

Emma umarmte sie so heftig, dass Gitti sie lachend zurückhalten musste, sonst hätte sie sie vielleicht zerdrückt. Franky und Jaron gaben ihr nur die Hand zur Begrüßung, doch sie strahlten ebenfalls übers ganze Gesicht.

Nachdem Peter Schwarz ein paar Stühle geholt hatte, setzten sich alle und die Freunde begannen zu erzählen.

Peter machte sich Notizen, nickte ab und zu und stellte ein paar Zwischenfragen.

Als Jaron die Ereignisse im Keller ausführlich geschildert hatte, klappte der Kriminalbeamte seinen Notizblock zu und sagte: »Nun, da habt ihr ja wirklich in ein Wespennest gestochen. Das hätte auch völlig anders ausgehen können.« Er schaute die vier streng an.

Doch dann lächelte er und fuhr fort: »Aber ihr habt es euch verdient, die Hintergründe zu erfahren. Sabine Freygang hat tatsächlich schon einiges gestanden. Laut ihrer Aussage geht Andreas Raminski seit vielen Jahren hier am Starnberger See auf Beutezug – früher mit Richard Weixlhammer, und später, als dieser nicht mehr mitmachte, alleine.

Nur für den letzten Raub, den der Ikonen, hat er sich Hilfe von seiner Jugendliebe Sabine geholt. Sie hat Kontakte zur Kunstsammlerszene in Berlin. Sabine hat sich ja wohl bei euch einquartiert. Ist das richtig, Andreas?«

Antonias Vater nickte.

»Sie sagt, dass sie das nur getan hat, um deinen Kirchenschlüssel entwenden zu können. Nach dem Einbruch hat sie ihn wieder an seinen Platz gehängt, damit es so aussah, als seist du der Dieb gewesen. Durch die Kofferübergabe, mit der sie dich beauftragt hat, wollte sie den Verdacht verstärken.«

»Das ist schon ziemlich krank.« Andreas schüttelte den Kopf.

»Ja, sicherlich. Sie dachte, du würdest dich dann irgendwann auf ihre Seite schlagen.«

»Echt unglaublich!«

»Es tut mir leid, Andreas, dass ich dich verdächtigt habe.«

Antonias Vater schüttelte die Hand, die ihm der Kriminalbeamte entgegenstreckte. »Entschuldigung akzeptiert. Nur eins, Peter: Meine Geldprobleme, die du so sachkundig recherchiert hast, gehören längst der Vergangenheit an. Der Wagenbauer war mir noch einen Gefallen schuldig, deshalb hatte ich von Anfang an eine Ratenzahlung vereinbart.«

Peter schaute etwas betreten drein.

Dann wandte sich Andreas an seine Tochter und deren Freunde. »Ich hoffe, dass euch das eine Lehre ist: Ihr solltet nicht mehr herumschnüffeln, sondern die Detektivarbeit der Polizei überlassen.«

Antonia sah ihre Freunde an, alle vier grinsten sich an. »Nun, weißt du, Papa«, meinte sie, »da können wir nichts versprechen. Schließlich hat Jaron in seinen ersten Tagen in der Seeburg so viele Abenteuer erlebt, da können wir doch jetzt nicht nachlassen. Sonst zieht er vielleicht wieder nach Köln zurück!«

Das laute Gelächter der ganzen Gruppe drang bis zu den Schwestern auf dem Flur.

Sextum Capitulum

Et absterget Deus

Raetia (Bayern), am Starnberger See,
vor 1829 Jahren

Der Pfeil traf Marcus an der Schulter, als er über den Abhang wieder zum See hinunterging. Ein brennender Schmerz durchzuckte ihn und für einen Moment wusste er nichts mehr.

Als er wieder zu sich kam, sah er über sich die Baumkronen. Er lag auf dem Rücken, der Schmerz war fast ganz verschwunden. Eine eigenartige Ruhe kam über ihn, sein linker Arm wurde nach und nach taub. Er hatte überhaupt keine Kraft mehr und spürte, dass das Leben aus ihm wich.

Da hörte er plötzlich schleppende Schritte und Lucas' Gesicht tauchte in seinem Blickfeld auf. In der rechten Hand trug er einen Bogen.

Zufrieden blickte Lucas auf seinen Neffen, der hilflos im Laub lag. »Marcus, Marcus, Marcus«, feixte er, »so muss es nun wohl enden. Hättest du mir doch einfach diese verwünschte Schale gegeben, dann hätte all dies nicht passieren müssen. Ich hätte noch zwei gesunde Beine und würde meinen Hof bewirtschaften, statt ein Stück Land nach dem anderen zu verhökern, damit meine Familie nicht hungern muss.

Und du würdest hier nicht im Dreck liegen. Aber«, er zuckte scheinbar gleichmütig mit den Schultern, »du hast es ja so gewollt.«

»Die Schale«, keuchte Marcus, »gehörte meinem Vater. Sie ist mein Erbe und du wirst sie nie in Händen halten.«

Lucas lachte rau. »So, meinst du? Noch bist du nicht tot. Noch kannst du allein entscheiden, ob du in Frieden sterben willst oder ob dein Tod sehr, sehr schmerzhaft sein wird. Aber lass mich erst mal sehen.«

Er bückte sich und hob den Beutel hoch, den Marcus bei sich hatte. Nach und nach zog er alles heraus, was sich darin befand.

»Meißel, Hammer, so weit, so gut. Ich beobachte dich schon eine Weile: Ein hübsches Bild hast du da oben in den Felsen gehauen. Äste, Blätter, irgendein Vogel – ein Huhn vielleicht?

Sehr poetisch. Aber warum gerade dort oben? Hier unten am See gibt es auch passende Felsbrocken.«

Er ließ das Werkzeug achtlos auf den Boden fallen und griff erneut in den Beutel.

»Und was ist das?« Mit zusammengekniffenen Augen betrachtete er ein Schmuckstück und drehte es hin und her. Es war eine schlichte runde Fassung mit einer großen Nadel an der Rückseite.

»Eine Brosche? Selbst gemacht, was? Hässlich genug ist sie ja. Warst wohl zu geizig, um noch ein paar Steine einzusetzen. Aber gut, meiner Tochter wird sie vielleicht gefallen.« Damit steckte er die Brosche ein.

»Aber nun zu uns.« Er trat einen Schritt auf den Verletzten zu und beugte sich über ihn. »Sag mir, wo die Schale ist. Oder du wirst es bereuen.«

Marcus sah ihn nur an.

»Nun gut«, sagte Lucas, stellte einen Fuß auf Marcus' Schulter und verlagerte sein Gewicht auf die Wunde.

Glutheißer Schmerz schoss durch Marcus' Körper, er brüllte gellend. Doch Lucas ließ nicht von ihm ab.

Marcus wand sich, es war unerträglich. »Die Brosche!«, schrie er. »Sie ist der Schlüssel!«

Endlich nahm Lucas den Fuß von seiner Schulter.

»Der Schlüssel, sagst du? Zum Versteck der Schale? Und weiter?«

Marcus keuchte. Sein Onkel hob drohend den Fuß.

»Das Bild am Felsen«, fuhr Marcus hastig fort, »es ist eine Karte. Zusammen zeigen sie den Weg zum Versteck. Der Vogel ist ein Phönix.«

»Ah! Schon besser. Aber ich bin mir sicher, dass das hier nicht die komplette Brosche ist«, meinte Lucas. Er zog das metallene Schmuckstück wieder hervor und hielt es hoch. »Was fehlt noch und wo finde ich es? Sag schon!«

Marcus schloss die Augen. Er dachte an seinen Sohn, der nun ganz allein auf dem Bauernhof war, auf dem sie eine Unterkunft gefunden hatten. Scheinbar weit genug entfernt von Lucas und seiner Rache.

Doch Marcus hatte sich getäuscht. Er war nur diesen einen Tag in die Nähe des Verstecks zurückgekehrt, um seinen Plan zu vollenden. Und Lucas hatte auf ihn gewartet.

»Nun?« Sein Onkel wurde zusehends ungeduldiger.

»*Et absterget*«, flüsterte Marcus, »*Deus omnem lacrimam ab oculis.*« Die Taubheit ergriff nun seinen ganzen Körper. Es schauderte ihn, ihm wurde kalt. Dann wusste er nichts mehr.

Lucas blickte verächtlich auf seinen Neffen herab, der sich nicht mehr rührte. Er schnaubte. »Na toll! Ein Felsbild, eine wertlose Brosche und ein Spruch. Und damit soll ich den Schatz finden?«

Er schaute sich die Brosche in seiner Hand noch einmal genauer an. Sie war völlig ohne Verzierungen, hatte aber wohl ursprünglich als Fassung für einen oder mehrere Steine gedient.

»Und was soll dieses Verslein: *Gott wird alle Tränen abwischen*? Das hört sich an, als besitze die Schale Zauberkräfte. Vielleicht verbirgt sich hinter diesem Schatz ja noch viel mehr als nur Gold? Ich muss das Ding finden!«

Entschlossen steckte er die Brosche wieder ein und machte sich auf den Weg nach Hause. Um die Leiche seines Neffen würden sich die Wölfe kümmern.

Epilog

Die vier vom See

Am Starnberger See

Antonia erholte sich schnell: Schon am nächsten Tag durfte sie das Krankenhaus verlassen. Nachdem sie sich noch ein paar eindringliche Ermahnungen der Ärzte angehört hatte, wurde sie von ihren Eltern abgeholt.

Selten war Antonia so erleichtert gewesen, die Seeburg im Autofenster auftauchen zu sehen. Rechts und links von ihr saßen ihre Geschwister, beide klammerten sich an sie und wollten sie gar nicht mehr loslassen. Und auf dem Parkplatz warteten ihre Freunde.

Nachdem sie Sina und Lukas endlich abgeschüttelt hatten, verkrochen sich die vier im alten Heinrich. Sie hatten noch gar keine Zeit gehabt, Antonia in allen Einzelheiten zu erzählen, was sich im Keller ereignet hatte. Als Jaron von seinem verzweifelten Fluchtversuch berichtete und Franky immer wieder eifrig einfiel, um seine eigenen Heldentaten zu betonen, kam das Mädchen aus dem Staunen gar nicht mehr heraus.

»Mann, und das alles habe ich verpasst?«, sagte sie bedauernd. Sie erinnerte sich nur vage an das Gefängnis unter der Erde: Mehr als ein finsterer Raum voller Bilder und Statuen sowie Fesseln, die schmerzhaft in ihre

Handgelenke schnitten, war ihr nicht im Gedächtnis geblieben.

Da wechselte Franky das Thema. »Ich denke, wir sollten Jaron ganz offiziell in unsere Bande aufnehmen, meint ihr nicht auch?«, schlug er den beiden Mädchen vor.

Emma und Antonia nickten.

Etwas verlegen erklärte Antonia: »Es tut mir leid, Jaron, dass ich so zickig zu dir war. Und danke noch mal für alles, was du in der Fabrik getan hast.«

»Passt schon«, erwiderte Jaron, wobei er ein wenig rot wurde.

»Hey, Leute«, rief Franky. »Wie wär's, wenn wir uns einen Namen geben?«

»Hä?«, antwortete Antonia. »Ich hab schon einen.«

»Nein, ich meine, einen Bandennamen.«

»Gute Idee!« Emma war begeistert. »Wie wär's mit *Die wilden Hühner und Kerle*?«

»Abgelehnt«, schaubte Franky. »Lieber *FJEA* oder *EAFJ*.«

»Das ist doch voll bescheuert.« Emma schüttelte energisch den Kopf.

»Die vier Freunde!«, rief Antonia.

»Super«, erwiderte Jaron, »dann brauchen wir nur noch einen Hund, dann sind wir *die fünf Freunde*.«

»Was schlägst du denn vor?«

»Wie wär's mit *Die vier Checker vom See*.« Jaron blickte in die Runde.

Der entgeisterte Blick der anderen verriet, dass sie nicht überzeugt waren. Dann prusteten alle los.

»Du bist mir schon so ein Checker!«, meinte Franky und boxte Jaron leicht gegen den Oberarm.

»Aber irgendwie klingt das gar nicht so schlecht«, sagte Antonia plötzlich. »Wie wär's mit *Die vier vom See*?«

Alle überlegten einen Moment.

»Klingt gut«, sagte Jaron; Emma und Franky nickten.

»Also, dann taufe ich uns jetzt offiziell *Die vier vom See*!«, rief Franky begeistert, sprang auf und streckte die Faust in die Luft. »Darauf muss angestoßen werden. Holt den Champagner!«

Alle lachten. Und stießen zwar nicht mit Champagner, aber mit Apfelschorle auf ihren neuen Namen an.

⁂

Eine Sache blieb noch zu tun, und so radelten *Die vier vom See* am nächsten Tag den steilen Weg nach Allmannshausen hinauf, um dem kleinen Antiquitätenladen einen weiteren Besuch abzustatten.

Richard Weixlhammer war über die Ladentheke gebeugt und blickte überrascht von einem Buch auf, als sie seinen Laden betraten. »Oh, was macht ihr denn hier?«, fragte er freundlich.

Die vier sahen sich an, keiner wollte beginnen. Emma stieß Antonia an.

»Äh, ja. Wir wollten uns bei Ihnen entschuldigen«, sagte Antonia daraufhin zögerlich.

Die anderen nickten stumm.

»Entschuldigen?«, wiederholte der Händler, schob eine Zeitung über das Buch und kam hinter der Theke hervor.

Jaron konnte gerade noch einen Blick auf den Titel des Buches werfen, bevor es unter der Zeitung verschwand. Er meinte, *Die Alhamunt-Sage* zu lesen, was ihm irgendwie bekannt vorkam.

»Nun ja«, sagte Emma. »Wir haben *Sie* verdächtigt, die Ikonen geklaut zu haben.«

»Mich? Soso.« Weixlhammer schmunzelte. »Und warum?«

»Na, weil wir wussten, dass es Antonias Vater nicht gewesen sein konnte und Sie den einzigen anderen Schlüssel zur Vitrine hatten«, erläuterte Jaron. Dabei überlegte er fieberhaft, wo ihm der Name *Alhamunt* schon einmal begegnet war. *Einfach zu viel los die letzten Tage,* dachte er.

»Und wir müssen Ihnen noch etwas beichten«, fuhr Emma fort.

Weixlhammer schaute sie erstaunt an.

»Wir wollten die Unschuld von Antonias Vater beweisen und haben uns deshalb in Ihrem Büro umgesehen, während wir bei Ihnen waren. Wir wussten also, dass die dritte Ikone Ihnen gehört. Bitte entschuldigen Sie.«

Für einen Moment war es still, die Freunde warteten ängstlich auf die Reaktion des Händlers. Der stand vornübergebeugt da, runzelte die Brauen und schien nachzudenken.

Doch dann räusperte er sich und lächelte. »Nun ja, eifrig seid ihr, das muss man euch lassen. Entschuldigung angenommen. Ich muss mich ja sogar bei euch bedanken: Ohne euch wären diese Verbrecher mit meiner Ikone längst über alle Berge.«

»Und ohne Sie wären wir wahrscheinlich in diesem Keller verbrannt«, erwiderte Franky. Die anderen nickten eifrig.

»Na, dann würde ich sagen: Wir sind quitt und alles ist noch mal gut gegangen«, meinte Weixlhammer.

Wieder nickten die Freunde zustimmend.

»Wisst ihr was?«, fuhr er fort. »Wie wär's zur Feier des Tages mit einer Cola?«

Die vier sahen ihn erstaunt an, der Händler erschien ihnen wirklich nicht wie der Typ, der braunes Zuckerwasser zu Hause hatte.

»Ja, warum nicht?«, beendete Franky das Schweigen. Für Cola war er immer zu haben.

Weixlhammer nahm Buch und Zeitung vom Tresen, verschwand im Büro und kam ein paar Sekunden später mit fünf Gläsern und einer Flasche wieder. Er goss ein und hob sein Glas. »Also, Prost! Auf die Aufklärung des Ikonenraubes.«

Alle vier stießen mit ihm an.

Er nahm einen tiefen Zug aus seinem Glas. »Ach, so eine kühle Cola ist einfach etwas Gutes«, sagte er und schmatzte zufrieden. »Und erst recht, wenn man sie mit so netten Kindern trinkt!«

Den vieren war seine Freundlichkeit fast ein wenig peinlich. Eine solche Geselligkeit hätten sie bei Weixlhammer nicht vermutet.

»Wisst ihr, meine ach so feine Kundschaft will immer

nur Prosecco. Da tut es gut, mal was Richtiges mit normalen Menschen zu trinken«, erklärte der Antiquitätenhändler und nahm noch einen tiefen Schluck.

Ich werd nicht schlau aus diesem Typ, dachte Jaron. *Er ist ein komischer Vogel, ein richtiger Freak. Irgendwie glaube ich nicht, dass er viele Freunde hat, und doch …*

»Ach ja, was ist eigentlich aus eurem Fund geworden? Habt ihr schon was rausgekriegt?«, erkundigte sich Weixlhammer in beiläufigem Ton.

»Unser Fund?«, fragte Jaron.

»Ja, ihr habt doch so einen Bernstein gefunden.«

Emma wollte antworten, doch Jaron kam ihr schnell zuvor. »Stimmt. Aber da sind wir nicht weitergekommen, wir hatten anderes zu tun.« *Aber jetzt weiß ich es wieder: Alhamunt, das ist der Name aus der Legende um die Brosche!*

Weixlhammer schien diese Antwort nicht ganz zufriedenzustellen, doch er lächelte. »Natürlich«, sagte er. »Wenn ihr Hilfe braucht, kommt nur zu mir, ich helfe gerne.«

»Machen wir, vielen Dank«, antwortete Antonia höflich.

»Nun, meine Lieben, so schön es ist, mit euch zu plaudern, ich muss nun leider los«, sagte der Händler und nahm ihnen die Gläser aus der Hand – auch Franky, der noch nicht einmal ausgetrunken hatte. Dann drängte er sie alle freundlich, aber bestimmt zur Tür.

»Noch viel zu tun, müsst ihr wissen.« Er schob die vier, die es völlig verdutzt mit sich machen ließen, aus seinem Laden hinaus.

Anschließend blieb er im Türspalt stehen. »Nächste Woche ist es schon wieder so weit. Und es dauert immer so schrecklich lange, die Kapelle für die Kreuzeichen-Wallfahrt herzurichten. Also, macht es gut, meine Freunde.«

Kreuzeichen-Wallfahrt? Jaron, Franky und Emma sahen sich völlig verdattert an.

Und damit drückte ihnen Weixlhammer die Tür vor der Nase zu, das Glöckchen klingelte.

Du willst wissen,
wie es weitergeht?
Das erfährst du in Band 2:

Ein rätselhafter Unfall und die Suche nach Respekt!

Abenteuer, Freundschaft und die Suche nach einem uralten Schatz schweißen Antonia, Emma, Franky und Jaron zusammen. Begleite die vier vom See auf Verbrecherjagd und tauche ein in die spannende Buchreihe von Alexander Lombardi und Sandra Binder!

Band 1:
Die verborgene Gruft und das Ende aller Tränen
ISBN 978-3-417-28841-4

Band 2:
Ein rätselhafter Unfall und die Suche nach Respekt
ISBN 978-3-417-28855-1

Band 3:
Der silberne Schlüssel und das Geheimnis der Wahrheit
ISBN 978-3-417-28873-5

Band 4:
Der Wächter der goldenen Schale
ISBN 978-3-417-28874-2

Band 5:
Operation Falkenstein und die Angst vor dem Unbekannten
ISBN 978-3-417-28934-3

Band 6:
Die Schatten der Vergangenheit und das schleichende Gift
ISBN 978-3-417-28968-8

Band 7:
Der Fund in der Tiefe
ISBN 978-3-417-28979-4

Band 8:
Eine verschollene Erinnerung
und die Sehnsucht nach einem Zuhause
ISBN 978-3-417-28103-3